AGATHA CHRISTIE
PORTAL DO DESTINO

UM CASO DE **TOMMY E TUPPENCE**

AGATHA CHRISTIE
PORTAL DO DESTINO

UM CASO DE **TOMMY E TUPPENCE**

Tradução
Henrique Guerra

GLOBOLIVROS

Postern of Fate © 1941 Agatha Christie Limited. Todos os direitos reservados. AGATHA CHRISTIE, POIROT e a assinatura de Agatha Christie são marcas registradas de Agatha Christie Limited no Reino Unido e demais territórios. Todos os direitos reservados.

Tradução intitulada *Portal do destino* © 2019 Agatha Christie Limited.

Copyright © 2019 by Editora Globo S.A. para a presente edição

Todos os direitos reservados. Nenhuma parte desta edição pode ser utilizada ou reproduzida — em qualquer meio ou forma, seja mecânico ou eletrônico, fotocópia, gravação etc. — nem apropriada ou estocada em sistema de banco de dados sem a expressa autorização da editora.

Texto fixado conforme as regras do novo Acordo Ortográfico da Língua Portuguesa (Decreto Legislativo nº 54, de 1995)

Título original: *Postern of Fate*

Editora responsável: Amanda Orlando
Assistentes editoriais: Samuel Lima e Isis Batista
Revisão: Raïtsa Leal
Diagramação: Abreu's System
Capa: Rafael Nobre

CIP-BRASIL. CATALOGAÇÃO NA PUBLICAÇÃO
SINDICATO NACIONAL DOS EDITORES DE LIVROS, RJ

C479p

Christie, Agatha, 1890-1976
  Portal do destino / Agatha Christie ; tradução Henrique Guerra. – 2. ed. – Rio de Janeiro : Globo Livros, 2019.
  312 p. ; 21 cm.

  Tradução de: *Postern of fate*
  ISBN 978-65-806-3408-8

  1. Ficção inglesa.
  I. Guerra, Henrique. II. Título.

19-59054
CDD: 823
CDU: 82-3(410.1)

Vanessa Mafra Xavier Salgado - Bibliotecária - CRB-7/6644

1ª edição, 2010 [L&PM]
2ª edição, 2019

Direitos exclusivos de edição em língua portuguesa para o Brasil adquiridos por Editora Globo S.A.
Rua Marquês de Pombal, 25 — 20230-240 — Rio de Janeiro — RJ
www.globolivros.com.br

Para Hannibal e seu dono

SUMÁRIO

LIVRO I

1 Sobre livros principalmente..13
2 A flecha negra 21
3 Visita ao cemitério 31
4 Muitos Parkinson 37
5 Feira do Elefante Branco 45
6 Problemas... 55
7 Mais problemas 65
8 Sra. Griffin..71

LIVRO II

1 Há bastante tempo.. 75
2 Apresentação a Matilde, Truelove e KK 81
3 Seis coisas impossíveis antes do café da manhã 93

4 Expedição a bordo de Truelove; Oxford e Cambridge 103
5 Métodos de investigação 121
6 Sr. Robinson 129

LIVRO III

1 Mary Jordan 151
2 Investigações de Tuppence 163
3 Tommy e Tuppence comparam anotações 169
4 Possibilidade de cirurgia em Matilde 177
5 Colóquio com o coronel Pikeaway 191
6 Portal do Destino 205
7 O inquérito 209
8 Recordações de um tio 217
9 Pelotão júnior 231
10 Ataque contra Tuppence 243
11 Hannibal em ação 261
12 Oxford, Cambridge e Lohengrin 267
13 Uma visitinha da srta. Mullins 271
14 Explorando o jardim 277
15 Hannibal e o sr. Crispin no front 283
16 Os passarinhos migram para o sul 295
17 Últimas palavras: jantar com sr. Robinson 301

Damasco tem quatro portões imponentes (...)
Portal do Destino, Portão do Deserto, Caverna do Desastre,
Fortaleza do Medo (...)
Se for passar, ó caravana, não passe cantando.
Por acaso já ouviu
No silêncio dos pássaros mortos, um pio
Ecoando?

Excerto de Gates of Damascus,
de James Elroy Flecker

LIVRO I

1

SOBRE LIVROS PRINCIPALMENTE

— Livros! — exclamou Tuppence numa explosão de mau gênio.

— O que você disse? — indagou Tommy.

Tuppence lançou o olhar na direção dele.

— Eu disse "livros" — respondeu ela.

— Entendo — falou Thomas Beresford.

Tuppence começava o trabalho de esvaziar três caixas grandes repletas de livros.

— É incrível — comentou Tuppence.

— O espaço que eles tomam?

— Sim.

— Está tentando colocar todos na estante?

— Sei lá o que estou tentando — retrucou Tuppence. — Isso que é mais esquisito. A gente nunca sabe bem o que quer. Puxa vida! — suspirou ela.

— É mesmo? — estranhou o marido. — Eu jurava que essa característica não tinha nada a ver com você. O seu problema é sempre saber *muito bem* o que quer.

— O fato — continuou Tuppence — é que estamos envelhecendo e, sejamos realistas, começando a nos sentir um pouco reumáticos... Ainda mais quando é preciso esticar o corpo, guardar livros e baixar coisas da estante. Ou se ajoelhar para espiar algo nas prateleiras de baixo e depois sentir dificuldade para se erguer de novo.

— Isso mais parece um levantamento de nossas inaptidões físicas — disse Tommy. — É disso que você está falando?

— Que nada. Estou falando sobre como é encantador termos comprado uma casa nova e encontrado um lugar bem do jeitinho que a gente queria para morar, a casa dos nossos sonhos... com pequenas alterações, é claro.

— Derrubar uma ou outra parede — disse Tommy — e construir o que você gosta de chamar de "avarandado", e o empreiteiro, de "galeria externa". Para mim é varanda mesmo.

— E então vai ficar perfeita — afirmou Tuppence.

— Quando acabar me avise! — ironizou Tommy.

— Pode brincar, mas, quando tudo estiver pronto, você vai ficar encantado com o quanto sua mulher é engenhosa e artística.

— Tudo bem — concordou Tommy. — Já decorei o que devo dizer.

— Não precisa decorar — rebateu Tuppence. — As palavras vão sair de sua boca ao natural.

— O que isso tem a ver com livros? — quis saber Tommy.

— Bem, trouxemos umas três caixas de livros conosco. Vendemos os que não nos interessavam. Trouxemos apenas aqueles que a gente não poderia mesmo deixar para trás. E então a família beltrana (não consigo me lembrar do nome agora, mas é o pessoal que nos vendeu esta casa) não queria levar junto a maioria das coisas. Perguntaram se a gente não gostaria de fazer uma oferta, inclusive para os livros, e viemos dar uma olhada...

— E fizemos algumas ofertas — completou Tommy.

— Sim. Mas não tantas quantas eles imaginavam. A mobília e a decoração eram horríveis demais. Felizmente não ficamos com aquilo, mas quando vi a coleção de livros... Havia uns especiais para crianças, sabe, na sala de estar... e um ou outro dos meus velhos prediletos. Ou melhor, vários dos meus prediletos. Então fiquei pensando como seria divertido ficar com eles! Você se lembra da história de Andrócles e o leão? Li aos oito anos de idade. Andrew Lang.*

— Não me diga, Tuppence! Aos oito anos já era esperta o suficiente para ler?

— Sim — disse Tuppence. — Com cinco anos eu já lia. Todo mundo lia cedo naquela época. A gente aprendia sem se dar conta. Um adulto lia para nós em voz alta. Se a gente gostava da história, atentava para a posição em que o livro era guardado na estante e pegava de novo para dar uma olhada. Então descobria que estava lendo também, sem se importar com aprender a soletrar ou coisa do tipo. Mais tarde isso não me ajudou muito — reconheceu —, afinal de contas, ortografia não é o meu forte. Mas teria sido ótimo, é a sensação que eu tenho, se alguém tivesse me ensinado a soletrar corretamente lá quando eu tinha uns quatro anos. Meu pai preferia me ensinar a somar, subtrair e multiplicar. Ele dizia que a tabuada era a coisa mais útil para aprender na vida, e me ensinou também a dividir com divisor de dois ou mais algarismos.

— Que inteligente ele era!

— Não sei se a inteligência era o seu forte — ponderou Tuppence —, mas era uma pessoa muito boa.

— Não estamos fugindo do assunto?

---

* Escritor escocês (1844-1912) de contos folclóricos e contos de fadas. (N.T.)

— Estamos, sim — disse Tuppence. — Como eu ia dizendo, estou pensando em reler "Andrócles e o leão"... Se não estou enganada, pertencia àquela série sobre animais escrita por Andrew Lang... Ah, eu adorava. Também tinha aquele sobre "um dia em minha vida em Eton", de autoria de um menino que estudava em Eton. Não sei por que me deu vontade de ler aquilo, mas eu li. E se tornou um dos meus livros favoritos. E tinha também histórias inspiradas nos clássicos, sem falar nos da sra. Molesworth, como *O relógio de cuco* e *Sítio dos quatro ventos*...

— Está bem — interrompeu Tommy. — Não precisa fazer a lista completa dos triunfos literários da sua infância.

— Hoje em dia — retomou Tuppence — ninguém encontra mais esses livros. De vez em quando aparecem novas edições, porém cheias de mudanças e com ilustrações diferentes. Sem brincadeira, um dia desses não consegui reconhecer *Alice no País das Maravilhas*. Parecia tudo tão estranho. Mas outros a gente ainda acha. Os da sra. Molesworth, os de antigos contos de fadas (o livro rosa, o livro azul e o livro amarelo) e muitos infantojuvenis que eu amava. Uma pilha de títulos de Stanley Weyman e coisas do tipo. Há uma porção deles aqui, abandonados.

— Está bem — cedeu Tommy. — Você caiu na tentação. Sentiu que a compra era boa até à vista!

— Sim, pelo menos... Como assim, "até a vista"?

— Até *à* vista! Eu quis dizer que você achou que era uma boa compra, mesmo com o pagamento à vista — explicou Tommy.

— Ah, bom... Pensei que ia sair da sala e estava se despedindo de mim.

— Não, em absoluto — retorquiu Tommy. — A conversa está interessante.

— É, foi barato mesmo. E aqui estão eles no meio dos nossos próprios livros. Só que agora ficamos com uma coleção imensa. A estante não vai dar nem para começo de conversa. Não vai sobrar espaço no seu gabinete?

— Não — respondeu Tommy. — Vai faltar espaço até para os meus.

— Ai, ai! — exclamou Tuppence. — Como somos previsíveis. Será que vamos ter que construir uma sala extra?

— Nem pensar — sentenciou Tommy. — A ordem é economizar. Falamos nisso anteontem mesmo. Não se lembra?

— Isso foi anteontem — redarguiu Tuppence. — As coisas mudam rápido. Já sei o que vou fazer. Vou colocar nestas prateleiras todos os livros dos quais eu não poderia me separar, e então damos uma olhadinha nos outros... Deve existir algum hospital infantil na região, ou pelo menos algum estabelecimento onde os livros serão úteis.

— Não é melhor vendê-los? — sugeriu Tommy.

— Não é o tipo de livro que as pessoas teriam interesse em comprar. Não temos nenhuma raridade ou coisa parecida.

— Nunca se sabe — argumentou Tommy. — Quem sabe um volume fora de catálogo não seja o objeto de desejo de algum livreiro?

— Nesse meio-tempo, é claro — considerou Tuppence —, temos que colocá-los na estante, folheá-los um por um, sabe como é, para conferir se não é um livro cobiçado ou inesquecível. Estou tentando deixá-los mais ou menos... digamos, mais ou menos classificados. Aventuras, contos de fadas, infantis e aquelas histórias escolares com crianças ricas, ao estilo de L. T. Meade. E também alguns dos livros que costumávamos ler para Débora quando ela era pequena. Todo mundo adorava *O ursinho Pooh*! Mas de *A galinhola cinza* eu não gostava muito.

— Parece cansada — observou Tommy. — Que tal um intervalo?

— Talvez — respondeu Tuppence —, mas antes quero acabar este lado da sala. Basta terminar de guardar os livros aqui...

— Se é assim, deixe que eu ajudo — ofereceu-se Tommy.

Ele se aproximou, esvaziou uma caixa de livros no chão, juntou uma pilha, levou até a estante e empurrou-os na prateleira.

— Vou dispor pelo tamanho. Dá um aspecto mais organizado.

— Ah, eu não chamaria isso de bem organizado — disse Tuppence.

— Bem organizado o suficiente para a coisa andar. Em outra hora podemos retomar isso e deixar tudo perfeito. Vamos classificá-los num dia de chuva, quando não tivermos nada melhor para fazer.

— O problema é que sempre temos algo melhor para fazer.

— Muito bem, aqui couberam mais sete. Agora só resta aquele canto ali em cima. Quer me alcançar aquela cadeira? As pernas são firmes? Consigo colocar alguns na prateleira de cima.

Com certo cuidado, Tommy subiu na cadeira. Tuppence lhe passou uma pilha de livros. Ele os inseriu com cuidado na prateleira superior. O desastre só aconteceu com os últimos três, que despencaram no chão e, por muito pouco, não acertaram Tuppence.

— Essa foi por pouco! — exclamou ela.

— Não tenho culpa. Você me passou muitos ao mesmo tempo.

— Puxa, ficou uma beleza! — admirou-se Tuppence, recuando um pouco. — Agora é só colocar estes na segunda prateleira de baixo para cima para encerrarmos essa caixa. É um bom começo.

Nesta manhã estou organizando os que compramos. Podemos garimpar tesouros.

— Tesouros — repetiu Tommy.

— Preciosidades de valor inestimável.

— E o que vamos fazer então? Vender?

— Acho que sim — ponderou Tuppence. — Mas é claro que nós também poderíamos guardar só para mostrar às pessoas. Não para se exibir, se é que você me entende, mas apenas para dizer: "Temos aqui alguns bons achados".

— Livros de estimação, há tempos esquecidos?

— Mais do que isso. Algo desconcertante, surpreendente, capaz de fazer a diferença na nossa vida.

— Ah, Tuppence! — exclamou Tommy. — Que imaginação fértil a sua! É bem mais fácil encontrarmos um desastre absoluto.

— Bobagem — retrucou Tuppence. — É preciso ter esperança. É a coisa mais importante na vida. Esperança. Esqueceu? Esperança não me falta.

— Nem precisa dizer — suspirou Tommy. — Não raro eu lamento isso.

2

A FLECHA NEGRA

A sra. Beresford repôs *O relógio de cuco* na lacuna da terceira prateleira de baixo para cima, com os demais livros da sra. Molesworth. Tuppence puxou *O quarto da tapeçaria* e, pensativa, segurou o volume nas mãos. Ou era melhor começar pelo *Sítio dos quatro ventos*? Não se lembrava de *Sítio dos quatro ventos* tão bem quanto se lembrava de *O relógio de cuco* e *O quarto da tapeçaria*. Os dedos vaguearam pela estante. Logo Tommy estaria de volta.

O serviço progredia devagar. Sem dúvida ela estava dispersiva. Se pelo menos não perdesse tempo folheando os livros prediletos da sua infância. Era aprazível, mas tomava tempo demais. Quando Tommy chegasse à noitinha e perguntasse como iam as coisas, ela responderia "Tudo bem", sem esquecer de uma boa dose de tato e finesse para evitar que ele subisse as escadas e conferisse com os próprios olhos se o serviço nas prateleiras progredia. A mudança não acabava nunca. Fazer mudanças sempre é bem mais demorado do que se imagina. E que gente irritante. Eletricistas, por exemplo. Descontentes com o serviço realizado na última vez, arrancavam, com um sorriso estampado no rosto, partes enormes do assoalho, criando mais e mais armadilhas, só para a desprevenida dona da casa pisar em falso e ser amparada bem a tempo pelo eletricista invisível que rastejava às apalpadelas sob o piso.

Enquanto folheava o livro, Tuppence se lembrou da conversa com o marido.

— Às vezes — suspirou Tuppence — sinto saudades de Bartons Acre.

— Lembre-se da sala de jantar — retorquiu Tommy —, lembre-se do sótão e lembre-se do que aconteceu com a garagem. Quase destruiu o carro.

— Era só ter consertado — ponderou Tuppence.

— Não — redarguiu Tommy. — Seria necessário praticamente reconstruir tudo. A alternativa era nos mudarmos. Um dia esta casa vai se tornar um lar aconchegante. Tenho certeza disso. Sobra espaço para fazer tudo que desejarmos.

— Quando você fala em espaço — retrucou Tuppence —, quer dizer lugar para um monte de tralhas.

— Concordo plenamente — disse Tommy. — Sempre guardamos mais coisas do que o necessário.

Àquela altura, Tuppence perguntou a si mesma: "Será que algum dia aquele casarão se tornaria um lar?". O que antes parecia simples agora se tornava complicado. Em parte, é claro, devido àquela montanha de livros.

"As meninas de hoje", falou Tuppence com seus botões, "não aprendem a ler tão cedo nem com tanta facilidade. Hoje tem criança de quatro, cinco, seis anos que não consegue ler. Só vão aprender aos dez ou onze anos. Não sei explicar por que era tão fácil para nós. Toda a turma sabia ler. Eu, meu vizinho Martin, Jennifer do outro lado da rua, Cyril e Winifred. Todo mundo. Não que fôssemos capazes de soletrar com perfeição, mas conseguíamos ler qualquer coisa que quiséssemos. Continuo sem saber como aprendemos. Pedindo às pessoas, imagino. Os dizeres dos cartazes, as pílulas de Carter... Nós costumávamos ler tudo sobre elas nos outdoors ao longo da ferrovia, perto de Londres. Eu sempre me perguntava qual era afinal a serventia delas. Minha nossa! É melhor retomar o trabalho."

Organizou mais alguns livros. Três quartos de hora se passaram com ela absorta primeiro em *Alice no País do Espelho*, depois com *A História desconhece*, de Charlotte Yonge, sobre o cativeiro de Maria da Escócia. As mãos de Tuppence deslizaram sobre a capa do volume grosso e esfarrapado de *A corrente de margaridas*, da mesma autora.

— Preciso reler isto — murmurou Tuppence. — Faz um século que eu li. Era fascinante torcer para Norman ser crismado. Lembro de Ethel, e... Como era mesmo o nome do lugar? Coxwell ou coisa que o valha. E a mundana Flora. Por que naquela época rotulavam as pessoas de "mundanas"? E hoje? Somos todos mundanos ou não?

— A senhora chamou?

— Não — disse Tuppence, relanceando o olhar ao leal colaborador Albert, que acabara de aparecer na soleira da porta.

— Pensei ter ouvido a sineta.

— Ela tocou sozinha quando eu subi na cadeira para pegar um livro — explicou Tuppence.

— Quer que eu apanhe o livro para a senhora?

— Quero sim — aproveitou Tuppence. — Daqui a pouco levo um tombo dessas cadeiras. Elas têm as pernas bambas e escorregam bastante.

— Algum em especial?

— Falta quase toda a terceira prateleira de cima para baixo.

Albert subiu na cadeira e foi baixando os volumes, batendo para sacudir a poeira acumulada. Tuppence os amparava com enlevo.

— Imagine só! Tinha me esquecido da maioria. *A história do amuleto* e também *Os caçadores de tesouros*. Adoro estes. Não os coloque de volta na prateleira ainda, Albert. Quero reler primeiro. O que temos aqui? *O cocar vermelho*. Revolução Francesa... romance histórico. Gênero empolgante! E olhe só: *O poder de Richelieu*. Outro do Stanley Weyman. Outros e mais outros. Eu li isso quando tinha dez ou onze anos. Só falta encontrarmos *O prisioneiro de Zenda*! — Soltou um suspiro de imenso prazer. — *O prisioneiro de Zenda*! Isso que chamo de introdução à novela romântica. A saga da princesa Flávia. O rei da Ruritânia. E o mocinho Rudolph Rassendyll, então? Impossível não sonhar com ele à noite.

Albert baixou outra mancheia de livros.

— O que temos aqui? — perguntou Tuppence. — *A ilha do tesouro*. Já li mais de uma vez, sem falar que vi pelo menos duas adaptações para o cinema. Esses filmes nunca me convencem. Olhe só... *Raptado*! Sempre gostei deste.

Albert se esticou e exagerou na quantidade de livros da braçada. Tuppence recebeu *Catriona* na cabeça.

— Sinto muito, senhora.

— Tudo bem — disse Tuppence —, não foi nada. *Catriona*. Sim. Mais algum do Robert Louis Stevenson aí em cima?

Albert entregou os livros com mais cuidado. Tuppence soltou uma exclamação de incomensurável deleite:

— *A flecha negra*! Ora, ora! *A flecha negra*! Um dos primeiros livros a cair nas minhas mãos e eu ler todinho. Você não deve ter lido este, Albert. Afinal, nem era nascido, não é? Agora deixe-me pensar. *A flecha negra*. Sim, é claro, aquele retrato na parede com olhos (de verdade) espiando através dos olhos do retrato. Emocionante. Espetacular. *A flecha negra*. Qual era o enredo? Tudo girava em torno... Ah, sim! "O gato, o rato e Lovell, o nosso cão. Governavam a Inglaterra no reinado do porcão."* É isso. O porco era ninguém menos que Ricardo III. Mas hoje em dia está na moda escrever livros enaltecendo o rei incrível que ele era. Longe de ser um canalha. Mas eu não acredito nisso. Muito menos Shakespeare. Afinal de contas, Ricardo avisa logo no começo da peça *Ricardo III*: "Estou decidido a agir como um canalha".** *A flecha negra*.

— Mais algum?

— Não, obrigada, Albert. Estou meio cansada para continuar.

— Ah, o patrão ligou avisando que vai chegar meia hora atrasado.

— Não tem importância — disse Tuppence.

Ela se sentou, abriu *A flecha negra* e mergulhou na leitura.

— Nossa, é sensacional! Esqueci quase tudo. Vai ser ótimo reler. Só lembro que a história era empolgante.

A casa caiu no silêncio. Albert voltou à cozinha. Tuppence apoiou as costas na poltrona e nem viu o tempo passar. Aninhada na poltrona um tanto surrada, a sra. Beresford buscou os prazeres do passado na leitura atenta de *A flecha negra*, de Robert Louis Stevenson.

---

* Ricardo III era chamado de *hog* (porco grande), pois tinha javalis no seu brasão de armas. (N.T.)
** Tradução de Beatriz Viégas-Faria (*Ricardo III*, L&PM, 2006, cena 1, ato I). (N.T.)

Na cozinha, Albert também não viu o tempo passar, entretido diante do fogão. Um carro estacionou. Albert saiu pela porta lateral.

— Quer que eu estacione o carro na garagem, senhor?

— Não — disse Tommy. — Pode deixar. Você está ocupado com o jantar. Estou muito atrasado?

— Não, senhor. Dentro do horário previsto. Um pouco antes até.

Tommy estacionou o veículo na garagem e então entrou na cozinha, esfregando as mãos.

— Que frio está lá fora. Cadê Tuppence?

— Lá em cima com os livros.

— O quê?! Ainda às voltas com aqueles famigerados livros?

— Sim. Hoje ela continuou o serviço e passou boa parte do tempo lendo.

— Tédio — resmungou Tommy. — Qual é o cardápio, Albert?

— Filé de linguado ao limão. Logo ficará pronto.

— Ótimo. Uns quinze minutos? Vou aproveitar e tomar um banho.

No sótão, afundada na poltrona um tanto puída, absorta na leitura de *A flecha negra*, Tuppence enrugou a testa levemente. Ela se deparara com um fato curioso. A partir da página... 64 ou 65? Deu uma olhadela rápida para conferir. Apareciam palavras sublinhadas. Tuppence passou um quarto de hora estudando o fenômeno. Não entendia por que as palavras haviam sido sublinhadas. Não formavam uma sequência lógica nem citações. Só trechos pinçados isoladamente e sublinhados em tinta vermelha. Leu baixinho:

— "Matcham não conteve um grito abafado. 'Lady!' Dick pulou de surpresa, escorregando o arpéu e a aljava entre os dedos.

Mas, para os companheiros, esse era o sinal esperado. Todos se puseram de pé ao mesmo tempo, prestes a sacar espadas e adagas das bainhas. Ellis ergueu a mão. Seus olhos brilharam."

Tuppence balançou a cabeça. Não fazia sentido.

Foi até a mesa em que deixava o material de escrever, escolheu umas folhas recém-enviadas pela gráfica para os Beresford selecionarem o papel de carta a ser estampado com o novo endereço: Os Loureiros.

— Nome bobo — disse Tuppence —, mas se mudarmos o nome as cartas acabam extraviadas.

Copiou as palavras. Então notou algo que antes não notara.

— Isso muda tudo — comentou Tuppence.

Rabiscou letras no papel.

— Então você está aí — disse Tommy de súbito. — O jantar está quase pronto. Como vão os livros?

— Curioso — disse Tuppence. — Incrivelmente curioso.

— O quê?

— Encontrei esta edição de *A flecha negra*, de Stevenson, e me deu vontade de reler. Tudo ia bem quando de repente... As páginas ficaram estranhas, com uma porção de palavras sublinhadas em tinta vermelha.

— Ora, tem gente que faz isso — arguiu Tommy. — Não digo com tinta vermelha, mas é comum sublinhar uma citação para se lembrar depois.

— Mas não é isso — respondeu Tuppence. — São letras.

— Como assim, letras?

— Venha cá — pediu Tuppence.

Tommy aproximou-se, sentou-se no braço da poltrona e leu:

— "Matcham grito Lady aljava dedos companheiros espadas adagas bainhas." Que maluquice é essa?

— Primeiro também pensei isso. Mas não é maluquice, Tommy.

A sineta soou lá embaixo.

— A ceia está pronta.

— Antes escute. Não chega a ser urgente, mas é extraordinário.

— Qual é a invenção mirabolante desta vez? — perguntou Tommy.

— Não é invenção coisa nenhuma. Preste atenção: em "Matcham", a letra M e a letra A estão sublinhadas. Depois outras palavras foram escolhidas propositalmente e, penso eu, sublinhadas com o objetivo de marcar letras específicas. As próximas são o R em "grito" e o "Y" em "Lady". Depois o J de "aljava", o "O" em "dedos", o "R" de "companheiros", o "D" em "espadas", o "A" de "adagas" e o "N" em "bainhas".

— Pelo amor de Deus, pare! — rogou Tommy.

— Só um minuto — pediu Tuppence. — Percebe agora por que eu anotei estas letras? Não vê que, se pegarmos estas letras em sequência, elas formam uma palavra? M-A-R-Y. Quatro letras sublinhadas.

— E isso forma o quê?

— Mary.

— Certo — disse Tommy. — Uma menina chamada Mary. Uma criança de natureza inventiva avisando que o livro é dela. As pessoas escrevem seus nomes nos livros e nas coisas.

— Mary — disse Tuppence. — E as próximas letras sublinhadas formam a palavra J-O-R-D-A-N.

— Não disse? Mary Jordan — falou Tommy. — Perfeitamente normal. Agora sabe o nome e o sobrenome da menina. Mary Jordan.

— Aí é que está: o livro não pertencia a ela. No começo do livro, está escrito "Alexander" em caligrafia infantil. Alexander Parkinson.

— E que importância tem isso?

— Muita importância — disse Tuppence.

— Vamos logo, estou faminto — apressou-a Tommy.

— São apenas quatro páginas — disse Tuppence. — Letras pinçadas em locais aleatórios ao longo das páginas. Não seguem uma lógica. As palavras em si não têm importância... só as letras. Então observe. Temos M-A-R-Y J-O-R-D-A-N. Até aí tudo bem. Sabe quais as duas palavras seguintes? N-Ã-O e M-O-R-E-U. Claro, era para ser "morreu", mas pelo jeito a pessoa engoliu um dos erres. Três palavras completam a frase: D-E M-O-R-T-E N-A-T-U-R-A-L. Que frase forma? "Mary Jordan não morreu de morte natural". Que tal? — indagou Tuppence. — E não é só isso. Tem mais duas sentenças: "Foi um de nós. Acho que sei quem foi". E termina. Fim das palavras sublinhadas. Empolgante, não acha?

— Olhe aqui, Tuppence — ponderou Tommy —, não está pensando em levar isso a sério, está?

— Como assim, levar isso a sério?

— Criar uma névoa de mistério.

— Ora, é um mistério para mim — retrucou Tuppence. — "Mary Jordan não morreu de morte natural. Foi um de nós. Acho que sei quem foi". Ah, Tommy, há de concordar comigo que isso é bem intrigante.

3

VISITA AO CEMITÉRIO

— Tuppence! — chamou Tommy ao entrar em casa.

Não houve resposta. Com certa contrariedade e muita pressa, ele subiu a escadaria e enveredou pelo corredor do segundo piso. Na correria, quase enfiou o pé num buraco no assoalho. A reação foi imediata.

— Eletricistas relaxados! — praguejou.

Dias antes houve um problema igual. Os eletricistas chegaram numa simpática mistura de otimismo e eficiência e começaram a trabalhar.

— Agora está quase pronto, tem pouca coisa a fazer — afirmaram. — Voltaremos hoje à tarde.

Mas a promessa não se cumpriu, o que não chegou a surpreender Tommy. Estava acostumado à tendência geral da mão de obra da construção civil, desde eletricistas até instaladores de gás e afins. Vinham, esbanjavam eficiência, faziam comentários otimistas, iam embora buscar alguma coisa. E não voltavam. A pessoa ligava para o telefone deixado, quase sempre um número errado. Se porventura o número estivesse certo, a pessoa desejada nunca estava disponível no setor, seja lá qual fosse. Tudo que se tinha a fazer era tomar cuidado para não torcer o tornozelo, despencar num buraco e se ferir de um jeito ou de outro. Calejado pela vida, ele sabia se cuidar, mas Tuppence... Ela era o tipo de pessoa que corria o constante risco de se queimar com a água fervente da chaleira ou na chapa quente do fogão. Seu maior receio era que ela se machucasse. E onde teria se enfiado agora? Chamou de novo.

— Tuppence! Tuppence!

Ele se preocupava com ela. Não saía de casa sem lhe dar uma última palavra de sabedoria; ela, por sua vez, jurava de pés juntos que seguiria os conselhos à risca. Não, ela não sairia. A não ser, é claro, para comprar manteiga. Afinal, isso não tem nada de perigoso, ou tem?

— Isso pode ser perigoso se a compradora de manteiga for *você* — respondeu Tommy.

— Ah — defendeu-se Tuppence —, não seja idiota.

— Não estou sendo idiota — justificou Tommy. — Só estou sendo um marido prudente e cuidadoso, tomando conta da minha propriedade favorita. Mas ainda não sei bem por quê...

— Porque — completou Tuppence —, além de encantadora e bonita, sou uma companhia agradável e cuido muito bem de meu maridinho.

— Talvez — provocou Tommy. — Mas, se quiser, eu posso lhe dar uma lista alternativa.

— Melhor não. Algo me diz que eu não gostaria de ouvi-la — respondeu Tuppence. — Você tem várias mágoas recolhidas. Mas não se preocupe. Tudo vai acabar bem. Quando voltar é só me chamar.

Mas agora onde estava Tuppence?

— A diabinha saiu sabe-se lá para onde — disse Tommy.

Galgou novo lance de escadas até a saleta onde a havia encontrado na outra vez. Folheando outro livro infantil, imaginou ele. De novo empolgada com palavras tolas que uma criança tola sublinhara em tinta vermelha. No rastro de Mary Jordan, seja lá quem fosse ela. Mary Jordan, que não tivera morte natural. Era inegável que aquilo atiçara um pouco a curiosidade dele. Fazia bastante tempo, presumia, que a família que lhes vendera a casa se chamava Jones. Mas os Jones foram donos da casa por apenas três ou quatro anos. Portanto, a criança do livro de Robert Louis Stevenson deveria ser de um período anterior. No sótão dos livros, nenhum livro fora da estante e nem sinal de Tuppence.

— Onde será que ela se meteu? — perguntou Thomas.

Desceu a escadaria chamando várias vezes. Sem resposta. Examinou o cabideiro no hall. Faltava a capa de chuva de Tuppence. Onde ela teria ido? E onde estava Hannibal? Tommy modificou o tom da voz e chamou:

— Hannibal! Hannibal! Níbal... meu filho! Cadê você?

E nada de Hannibal.

"Pelo menos levou Hannibal com ela", pensou Tommy.

Ele não conseguia chegar a uma conclusão se isso era pior ou melhor. Hannibal certamente não deixaria algo de ruim acontecer a Tuppence. A questão era: Hannibal não causaria problemas a outras pessoas? Cordial ao fazer visitas, ao recebê-las seu comportamento era outro. Sempre que alguém aparecia para visitar os Beresford, encontrava em Hannibal um anfitrião desconfiado. Ficava de prontidão para toda e qualquer eventualidade, para latir ou morder conforme avaliasse necessário. Mas que diabo, onde todo mundo se meteu?

Saiu andando pela rua: nem sombra de um cachorrinho preto ao lado de uma senhora de estatura mediana com capa de chuva vermelha. Por fim, retornou para casa com um muxoxo nos lábios.

Foi recebido por um aroma para lá de apetitoso. Rumou rápido até a cozinha. À frente do fogão, Tuppence virou-se e abriu um sorriso de boas-vindas.

— Como sempre, atrasado — comentou, mexendo a panela de ferro com uma colher de pau. — Está saindo um refogado de carne. Cheirinho bom, não é? Experimentei umas coisinhas bem diferentes dessa vez. Uns temperos verdes da horta. Pelo menos pareciam temperos.

— Temperos verdes — disse Tommy — ou folhas de beladona? Ou folhas de erva-dedal camufladas de verduras inofensivas! Onde você estava?

— Levei Hannibal para passear.

Hannibal, neste momento, deu o ar de sua graça. Correu na direção de Tommy numa volúpia de boas-vindas que quase o derrubou no chão. Hannibal era um cachorrinho preto, de pelo lustroso, com atraentes manchas castanhas nas nádegas e nas bochechas. Manchester terrier do mais puro pedigree, ele se considerava mais sofisticado e aristocrata do que todos os outros cães que encontrava.

— Puxa vida, Tuppence! Andei até agora atrás de você. O tempo não está agradável para passeios.

— É. Tem uma garoinha chata. Ai... fiquei cansada.

— Aonde foi? Dar uma olhada nas lojas?

— Não, hoje as lojas fecham cedo. Nada disso: fui ao cemitério.

— Mórbido — disse Tommy. — O que foi fazer no cemitério, afinal?

— Olhar as lápides.

— Mais mórbido ainda — endossou Tommy. — Hannibal se divertiu?

— Tive de colocá-lo na guia. Um sacristão não parava de sair da igreja olhando de atravessado para Hannibal... É melhor prevenir do que remediar. Hannibal talvez não fosse com a cara dele, e eu não quero preconceito conosco logo na chegada.

— O que foi procurar no cemitério?

— Ah, ver que espécie de gente está enterrada lá. Muita gente, por sinal. Lotado! Pelo jeito é um cemitério bem antigo. Há vários túmulos do século XVII e alguns ainda mais velhos. Em certas sepulturas não dá para ler a data direito, de tão antiga. Os dizeres estão apagados.

— Continuo sem entender por que você quis ir ao cemitério.

— Estava investigando — explicou Tuppence.

— Investigando o quê?

— Se tinha algum Jordan enterrado lá.

— Minha nossa — disse Tommy. — Não tirou isso da cabeça ainda?

— Afinal de contas, de morte natural ou não, Mary Jordan morreu. Então deve estar enterrada no cemitério, não é mesmo?

— A menos — provocou Tommy — que tenha sido enterrada no jardim.

— Não acho isso plausível — avaliou Tuppence. — Esse menino, Alexander, se achava muito esperto... Mas vamos supor que ele tenha sido a única pessoa a descobrir a verdade. Ou seja, ela apenas morreu, foi enterrada e ninguém...

— Ninguém suspeitou de crime — sugeriu Tommy.

— Mais ou menos. Envenenada, golpeada na cabeça, empurrada num penhasco, atropelada... Existem várias maneiras de se planejar um crime.

— Aposto que sim — disse Tommy. — Pelo menos uma coisa boa você tem: o bom coração. Não colocaria nenhum desses planos em prática por mero divertimento.

— Mas não tinha nenhuma Mary Jordan no cemitério. Não tinha nenhum Jordan.

— Que decepcionante para você — concluiu Tommy. — A comida não está pronta? Estou morrendo de fome. O cheirinho está bom.

— Está no ponto — avisou Tuppence. — Vá lavar as mãos que vou servir.

4

MUITOS PARKINSON

— Muitos Parkinson — retomou Tuppence durante a refeição.
— Bem antigos. Uma coleção incrível. Parkinson de todas as idades. Velhos, jovens, casais. Parkinson pra caramba! E outras famílias como Cape e Griffin. E dois sobrenomes engraçados: Underwood e Overwood.

— Tive um amigo chamado George Underwood — comentou Tommy.

— Eu já conhecia o sobrenome Underwood. Mas Overwood eu nunca tinha ouvido falar.

— Homem ou mulher? — indagou Thomas, com certo interesse.

— Mulher. Rose Overwood.

— Rose Overwood — pronunciou Tommy, escutando o som do nome. — Não me soa bem, não sei por quê. — E acrescentou: — Depois do almoço preciso ligar para os eletricistas. Tome cuidado, Tuppence, para não cair naquele buraco da escada.

— Das duas, uma: morro de morte morrida ou matada.

— Ou de curiosidade — completou Tommy. — A curiosidade matou o gato.

— Você não está nem um pouco curioso? — perguntou Tuppence.

— Não vejo nenhuma razão convincente para estar curioso. O que temos de sobremesa?

— Torta de melaço.

— Tenho de reconhecer, Tuppence: a comida estava deliciosa!

— Que bom que gostou — disse Tuppence.

— Que pacote é aquele na porta dos fundos? É o vinho que encomendamos?

— Não — respondeu Tuppence —, são bulbos.

— Bulbos? — indagou Tommy.

— Tulipas — esclareceu Tuppence. — Preciso falar com o velho Isaac sobre elas.

— Onde vai plantá-las?

— Acho que ao longo do caminho central do jardim.

— O coitado é tão velho que dá a impressão de que pode cair morto a qualquer minuto.

— Aí que você se engana — discordou Tuppence. — Isaac tem uma resistência fenomenal. Sabe, descobri que os jardineiros são assim. Ótimos jardineiros chegam à flor da idade na casa dos oitenta. Se aparecer um jovem forte e corpulento dizendo: "Sempre quis ser jardineiro", pode ter certeza de que ele não presta. A única coisa que sabe fazer é passar o rastelo nas folhas de vez em quando. Não importa o que a gente pede a eles, a resposta é sempre a mesma: não é a época boa. E como nunca sabemos qual é a época certa para fazer as coisas (pelo menos eu não sei), então, já viu. Eles sempre acabam enrolando a gente. Mas Isaac é fantástico. Ele sabe tudo. — Tuppence acrescentou: — Encomendei também alguns açafrões. Será que vieram junto no pacote? Vou lá dar uma olhada. Ele ficou de vir hoje e tirar todas as minhas dúvidas.

— Certo — falou Tommy. — Daqui a pouco saio para encontrar vocês.

Tuppence e Isaac tiveram uma reunião agradável. Desembrulharam as tulipas e entabularam discussões sobre as melhores alternativas. Primeiro, as tulipas precoces, que regozijam os corações a partir dos fins de fevereiro. Depois, a ideia de plantar as lindas tulipas papagaio, de pétalas ondulantes e bicolores. Por fim, as tulipas da espécie conhecida por Tuppence como *viridiflora*: de uma beleza extraordinária, com longos pecíolos de maio até meados de junho. Para realçar a atraente cor verde-pastel, combinaram de plantá-la em separado, num pacato canteiro do jardim, onde pudesse ser colhida e compor arranjos florais para a sala de estar, e também na trilha do portão da frente até a casa, onde despertaria a inveja dos visitantes ou até mesmo aguçaria a sensibilidade artística dos entregadores de carnes e mantimentos.

Às quatro da tarde, Tuppence encheu um bule marrom com chá bem forte e dispôs sobre a mesa da cozinha, junto a uma tigela de cubos de açúcar e uma jarra de leite. Convidou Isaac para entrar e recuperar as forças antes de ir embora e, em seguida, foi atrás de Tommy.

"Ele deve estar dormindo em algum lugar", pensou Tuppence com seus botões enquanto procurava pelos cômodos da casa. Ficou contente ao ver uma cabeça saliente na plataforma entre os lances de escada sobressaindo de um sinistro poço no chão.

— Tudo certinho agora, madame — garantiu o eletricista.
— Não tem mais perigo. Tudo novo em folha.

Ele avisou que o serviço continuaria em outro ponto da casa na manhã seguinte.

— Espero que vocês venham mesmo — disse Tuppence. E acrescentou: — Por acaso não viu o sr. Beresford por aí?

— Ah, o seu marido? Sim. Lá em cima no sótão. Deixando coisas cair. Bem pesadas. Acho que livros.

— Livros! — surpreendeu-se Tuppence. — Quem diria!

O eletricista sumiu de novo no seu mundo subterrâneo particular, e Tuppence subiu ao sótão convertido em biblioteca especializada em livros infantis.

Tommy estava sentado em cima de uma escadinha de três degraus. Vários livros estavam no chão ao redor, e havia lacunas consideráveis nas prateleiras.

— Então você está aí! — exclamou Tuppence. — Fingiu que não estava nem um pouco interessado. Andou olhando uma porção de livros, não? Bagunçou tudo o que eu tinha arrumado com todo o capricho.

— Vai me desculpar — falou Tommy —, mas pensei que não faria mal nenhum eu dar uma olhada.

— Algum outro livro com coisas sublinhadas em tinta vermelha?

— Não. Nada.

— Que desagradável — disse Tuppence.

— A meu ver é culpa de Alexander, nosso mestre Alexander Parkinson — disse Tommy.

— Tem razão — concordou Tuppence. — Um dos numerosos Parkinson.

— Deve ter sido um menino meio preguiçoso. Não que não dê trabalho ficar sublinhando tudo aquilo, mas não há mais informações sobre Mary Jordan — disse Tommy.

— Perguntei ao velho Isaac. Ele conhece muitas pessoas por aqui. Não lembrou de nenhum Jordan.

— O que você vai inventar com aquele abajur de bronze lá embaixo, perto da porta? — quis saber Tommy, descendo da escada.

— Vou levar à Feira do Elefante Branco — afirmou Tuppence.

— Por quê?

— Ah, sempre achei aquele negócio uma tolice completa. Compramos numa dessas viagens ao exterior, não foi?

— Devíamos estar meio birutas. Você nunca gostou. Sempre disse que odiava. Por mim, tudo bem. Sem falar que pesa uma tonelada.

— Mas a srta. Sanderson ficou encantada quando eu disse que eles podiam ficar com ele. Ela se ofereceu para apanhar aqui, mas eu disse que levaria de carro. É hoje que me livro desse trambolho.

— Se quiser, eu posso levar.

— Não, pode deixar que eu mesma resolvo isso.

— Certo — disse Tommy. — Quem sabe vou junto para ajudar a carregar?

— Ah, não vai ser difícil achar um voluntário para carregá-lo para mim — considerou Tuppence.

— Não vá fazer esforço físico.

— Pode deixar — prometeu Tuppence.

— Tem outra razão para querer ir, não tem?

— Só pensei que seria bom bater um papo com o pessoal — falou Tuppence.

— Eu nunca sei o que você está aprontando, Tuppence, mas pelo brilho no seu olhar sei *quando* está aprontando.

— Leve Hannibal para passear — sugeriu Tuppence. — Não posso levá-lo à Feira do Elefante Branco. Não quero ter que separar dois cães engalfinhados.

— Certo. Que tal um passeio, Hannibal?

Hannibal, como era seu hábito, de imediato respondeu que sim. Era impossível não entender as afirmativas e as negativas do cãozinho. Chacoalhava o corpo, balançava o rabo, erguia e baixava alternadamente as patas dianteiras e esfregava com força a cabeça na perna de Tommy.

— Isso mesmo! — parecia dizer o cãozinho. — É para isso que você existe, meu escravo querido. Vamos fazer um passeio encantador. Quero farejar muitos cheiros!

— Vamos lá — disse Tommy. — Vou levar a guia junto. Veja se não corre para o meio da rua como na última vez. Um caminhão quase o atropelou.

Hannibal levantou um olhar com a expressão: "Sou um cachorro bonzinho e obediente". Por mais enganador que fosse o olhar, em geral convencia até as pessoas acostumadas a lidar com Hannibal.

Tommy colocou o abajur de bronze no carro, não sem reclamar do peso. Tuppence zarpou. Quando o carro dobrou a esquina, Tommy enganchou a guia na coleira de Hannibal e começou a descer a rua. Então dobrou na ruela da igreja e tirou a guia, pois naquele trecho era pouco o movimento de veículos. Hannibal agradeceu o privilégio rosnando e farejando vários tufos de grama junto ao muro da calçada. Se pudesse usar a linguagem humana, teria dito algo como: "Aqui passou um canzarrão. Aquele pastor alemão asqueroso que me mordeu, só pode. Não vou com a cara dele. Não perde por esperar!" Rosnou baixinho. "Ah!

Que refrescância! Que delícia! Por aqui andou uma cachorrinha bonita. Preciso conhecê-la! Será que mora longe? Tomara que more nesta casa..."

— Saia já deste portão — ordenou Tommy. — Não vá entrar em propriedade alheia.

Hannibal fingiu não escutar.

— Hannibal!

Hannibal redobrou a velocidade e deu a volta por trás da casa, a caminho da cozinha.

— Hannibal! — esbravejou Tommy. — Não está me escutando?

O cão olhou para o dono como se perguntasse: "É comigo? Está me chamando?".

Hannibal escutou um forte latido no interior da cozinha, fugiu apressado e grudou nos calcanhares de Tommy.

— Bom menino — elogiou o dono.

A expressão de Hannibal parecia dizer: "Sou um bom menino, não sou? Sempre de prontidão! Se precisar de mim, estou a menos de um passo de distância, pronto para defendê-lo!".

Chegaram a um portão lateral que dava para o cemitério da igreja. Hannibal, não se sabe como, tinha o incrível talento de mudar de tamanho ao bel prazer. Quando bem entendia, trocava a forma um tanto espadaúda, meio roliça, para se transformar num fiapinho negro. E assim conseguiu se esgueirar por entre as barras do portão com facilidade.

— Volte aqui, Hannibal! — chamou Tommy. — É proibida a entrada de cães no cemitério da igreja.

A resposta de Hannibal a isso, se houvesse, teria sido: "Já estou no cemitério da igreja, Dono". Pulava contente nas aleias do cemitério com a aparência de um cão recém-largado num jardim especialmente prazeroso.

— Cachorro terrível! — gritou Tommy.

Abriu o portão, entrou e correu no encalço de Hannibal com a guia na mão. A essa altura, Hannibal alcançava o canto mais distante do adro e sem cerimônia tentava acessar a igreja pela fresta da porta. Tommy, porém, alcançou-o a tempo e o colocou na guia. Hannibal ergueu um olhar de inocência, como se fosse exatamente aquilo o que ele queria.

O cão abanou o rabo, observando Tommy como se dissesse: "Colocando a guia em mim, não é?. Legal! Isso tem lá seu prestígio. Prova que sou um cachorro de valor".

Já que não parecia haver ninguém para se opor a que ele caminhasse no cemitério na companhia de Hannibal, adequadamente preso a uma confiável guia, Tommy perambulou no local, verificando talvez as investigações de Tuppence do outro dia.

Primeiro observou a laje apagada de uma sepultura, nas proximidades de uma portinhola de acesso à igreja. "Era", pensou ele, "uma das mais antigas". Havia várias delas ali, a maioria datando do século XIX. Uma lápide, entretanto, chamou a atenção de Tommy.

— Estranho — disse ele. — Pra lá de estranho.

Hannibal levantou o olhar. Não entendeu aquele trecho da conversa do dono. Nada naquele túmulo parecia capaz de despertar o interesse canino. Sentou-se e mirou o dono com olhos indagadores.

5

FEIRA DO ELEFANTE BRANCO

I

Para sua agradável surpresa, Tuppence descobriu que o abajur de bronze, que tanta repulsa causava a ela e a Tommy, foi recebido com calorosas boas vindas.

— Quanta bondade, sra. Beresford! Trazer algo tão bonito! Muito interessante. Deve ter comprado numa de suas viagens ao estrangeiro.

— Sim, compramos no Egito — informou Tuppence.

A essa altura ela estava em dúvida. Comprara o item havia oito ou dez anos. "Poderia ter sido em Damasco", meditou ela, "mas igualmente poderia ter sido em Bagdá ou até mesmo em Teerã". "Mas", raciocinou, "o Egito aparecia com mais frequência na mídia"; portanto, seria bem mais interessante. Além disso, o objeto parecia egípcio. Era óbvio que, mesmo comprado em outro país, datava de um período influenciado pela manufatura egípcia.

— É grande demais para nossa casa — disse ela —, então pensei...

— É perfeito para fazermos uma rifa — sugeriu a srta. Little.

A srta. Little era, digamos assim, a encarregada. A "sabe-tudo da paróquia" estava sempre por dentro de tudo que acontecia no vilarejo. De pequena, não tinha nada: era uma mulher de carnes fartas. Ninguém a chamava pelo nome Dorothy, mas sim pelo apelido, "Dotty".

— Espero ver a senhora na feira, certo, sra. Beresford?

Tuppence assegurou que ia aparecer.

— Mal posso esperar para fazer minhas compras — tagarelou ela.

— Ah, fico tão contente com isso!

— Acho excelente a ideia do Elefante Branco — elogiou Tuppence. — É a pura verdade, não é? É bem isso: o que para uma pessoa é um elefante branco para outra é uma pérola inestimável.

— Ai, *temos* que contar isso ao pastor — afirmou a angulosa srta. Price-Ridley, abrindo um sorriso. — Aposto que ele vai se divertir bastante.

— Esta bacia de papel machê, por exemplo — falou Tuppence, erguendo o troféu mencionado.

— É mesmo? Será que alguém vai querer comprar isso?

— Eu mesma vou comprar se ainda estiver à venda quando eu vier amanhã — garantiu Tuppence.

— Mas hoje em dia tem cada tigela de plástico bonita...

— Não sou muito chegada a plástico — explicou Tuppence. — Puxa, é bonita mesmo esta bacia de papel machê! Do tipo que cabe muita coisa, um monte de porcelana junta sem quebrar. E tem também um abridor de latas antigo, modelo com cabeça de touro, que não se vê mais hoje em dia.

— Ah, mas dá mão de obra. Não acha melhor abridor elétrico?

Conversações nessa linha prosseguiram durante um curto período, e então Tuppence indagou se podia contribuir com algum serviço.

— Ah, querida sra. Beresford, quem sabe a senhora não gostaria arrumar a tenda das raridades? Aposto que a senhora tem talento artístico.

— Talento artístico, que nada — disse Tuppence —, mas vai ser um prazer arrumar a tenda. Apenas me avisem se eu fizer algo errado — acrescentou.

— Ah, é tão bom ter ajuda extra. Está sendo um prazer enorme conhecê-la, também. Já baixou a poeira da mudança? Estão bem acomodados?

— A esta altura, já devíamos estar — afirmou Tuppence —, mas ainda temos um longo caminho pela frente. Não é fácil lidar com eletricistas, marceneiros e quejandos. Nunca vão até o fim do serviço.

Surgiu um debate, com as pessoas próximas a ela, queixando-se dos eletricistas e dos instaladores de gás.

— A turma do gás é a pior — sentenciou a srta. Little com firmeza. — Eles vêm lá de Lower Stamford. Os eletricistas vêm de Wellbank.

Com a chegada do pastor para dizer algumas palavras de incentivo e ânimo aos voluntários, o assunto mudou. Ele declarou estar muito feliz por conhecer a nova ovelha do rebanho, a sra. Beresford.

— Sabemos tudo sobre a senhora — afirmou. — E sobre seu marido. Outro dia tive uma conversa interessante a seu respeito. Que vida mais animada vocês tiveram. Melhor não entrar em detalhes, não é mesmo? Missão na Segunda Guerra. Atuação fabulosa do casal.

—Ah, conta, pastor — rogou uma das senhoras, afastando-se do estande onde organizava potes de geleia.

— Não posso. Pediram sigilo absoluto — disse o pastor. — Acho que ontem vi a senhora caminhando no cemitério da igreja, sra. Beresford.

— Estive olhando a igreja — confirmou Tuppence. — O senhor tem vitrais encantadores.

— Sim, fabricados no século XIV. Pelo menos aquele da nave norte. Mas, é claro, a maioria é vitoriana.

— Passeando no cemitério — disse Tuppence, aproveitando a deixa —, notei como a família Parkinson era numerosa por aqui.

— Bem observado. Nestas bandas sempre existiram grandes contingentes da família Parkinson. Claro, eu mesmo não me lembro de nenhum deles. Mas conheço alguém que se lembra. Não é, sra. Lupton?

— Sim — respondeu ela. — Lembro-me de quando a velha sra. Parkinson era viva... *a* sra. Parkinson, que vivia no solar. Que pessoa maravilhosa!

— E vi também alguns Somer, além dos Chatterton.

— Ah, pelo jeito está se enfronhando na geografia histórica local.

— Acho que ouvi falar numa tal de Jordan... Annie ou Mary Jordan, não conhecem?

Tuppence correu o olhar entre os presentes de modo inquiridor. O nome Jordan não pareceu despertar qualquer interesse especial.

— Alguém tinha uma cozinheira chamada Jordan. Acho que a sra. Blackwell. Susan Jordan, se não me engano. Que eu me lembre, ela ficou só um semestre. O trabalho dela não era lá dos melhores.

— Isso faz muito tempo?

— Não, oito ou dez anos atrás. Não mais do que isso.

— Hoje mora algum Parkinson na cidade?

— Não, faz tempo que foram embora. Um deles se casou com uma prima e foi morar no Quênia.

— Fico pensando — prosseguiu Tuppence, dando um jeito de grudar na sra. Lupton, cujas atividades, ela sabia, incluíam o hospital de crianças local — se a senhora não gostaria de uma doação de livros infantis. Todos bem antigos, é bom que se diga. Parte de um lote que arrematamos com a mobília da casa.

— É muita bondade sua, sra. Beresford, tenho certeza. Mas sabe, já temos livros muito bons, que nos foram doados. Edições modernas para as crianças de hoje. É uma pena submetê-los à leitura de livros antiquados.

— Pensa isso mesmo? — indagou Tuppence. — Eu adorava os livros que eu tinha quando criança. Alguns eram da minha avó quando ela era criança. Justamente desses que eu gostava mais. Nunca vou me esquecer da leitura de *A ilha do tesouro*. Nem do *Sítio dos quatro ventos*, da sra. Molesworth. E os de Stanley Weyman.

Percorreu o ambiente com olhos curiosos e então, resignada, verificou a hora no relógio de pulso, exclamou como era tarde e despediu-se.

II

Tuppence chegou em casa, estacionou o carro na garagem e rodeou a casa para entrar pela porta da frente. A porta estava aberta, então ela entrou. Albert veio da cozinha e curvou o corpo para saudá-la.

— Aceita um chazinho? A senhora parece cansada.

— Não, obrigada — disse Tuppence. — Já tomei chá na quermesse. Bolo ótimo, mas o pão doce deixava a desejar.
— É difícil acertar o pão doce. Pão doce é quase tão difícil quanto rosquinha. Ah — suspirou —, que delícia as rosquinhas de Milly!
— Insuperáveis — concordou Tuppence.
Milly era a esposa de Albert, falecida havia alguns anos. Na opinião de Tuppence, Milly era boa no preparo de torta de melaço, mas nunca acertara a mão com as rosquinhas.
— É difícil acertar as rosquinhas — afirmou Tuppence —, eu mesma nunca consegui acertar.
— É um dom.
— Onde está o sr. Beresford? Saiu?
— Lá em cima. Na biblioteca. A saleta dos livros. Sei lá como a senhora chama. Para mim é o sótão.
— O que está fazendo lá? — quis saber Tuppence, levemente surpresa.
— Folheando os livros, acho. Arrumando a estante, dando o acabamento, como se diz.
— É surpreendente — disse Tuppence. — Ele não tem sido muito gentil conosco em relação àqueles livros.
— Cavalheiros — comentou Albert — são assim, não é mesmo? Preferem livros importantes, sobre tópicos científicos e concretos.
— Vou subir e expulsá-lo de lá — decidiu Tuppence. — Que fim levou Hannibal?
— Lá em cima com o dono, acho.
Naquele instante, Hannibal deu sinal de vida. Primeiro latiu com a fúria feroz necessária a um bom cão de guarda, mas logo

chegou à conclusão correta de que quem chegara era a querida dona e não alguém para roubar as colheres de chá ou assaltar a casa. Desceu as escadas gingando, a língua rosa de fora e o rabo balançando.

— Ah — disse Tuppence —, feliz ao ver a mamãe?

Hannibal demonstrou estar felicíssimo ao ver a mãe. Pulou em cima dela com tanto ímpeto que quase a derrubou no chão.

— Calma — pediu Tuppence. — Não está querendo me matar, não é?

Hannibal deixou claro que a única coisa que queria era lambê-la, afinal ele a amava tanto.

— Onde está o seu dono? Onde está o papai? Lá em cima?

Hannibal entendeu. Subiu um lance de escada, virou a cabeça por cima do ombro e esperou Tuppence o seguir.

— Quem diria! — falou Tuppence ao entrar, um pouco ofegante, na sala dos livros, e ver Tommy montado na escada, tirando e recolocando livros na estante. — O que está fazendo? Não ia levar Hannibal para passear?

— Fomos passear — disse Tommy. — No cemitério da igreja.

— Por que cargas d'água levou Hannibal ao cemitério da igreja? Não gostam de cachorros por lá.

— Estava na guia — amenizou Tommy. — Em todo caso, eu não o levei. Ele que me levou. Tive a impressão de que ele gostou do cemitério.

— Espero que não vire uma obsessão — desejou Tuppence. — Sabe como é Hannibal. Sempre gosta de adotar uma rotina. Se ele adotar a rotina de ir ao cemitério da igreja todo santo dia, será complicado para nós.

— Ele está sendo muito esperto nessa situação — comentou Tommy.

— Esperto ou teimoso? — indagou Tuppence.

Hannibal virou a cabeça, aproximou-se e esfregou o nariz contra a barriga da perna dela.

— Ele está dizendo — avisou Tommy — que é um cãozinho muito esperto. Mais esperto do que nós dois juntos.

— E o que você quer dizer com isso? — indagou Tuppence.

— Divertiu-se por lá? — perguntou Tommy, mudando de assunto.

— Dizer que eu me diverti seria um exagero — falou Tuppence. — O pessoal foi muito amável comigo. Em breve não vou confundir tanto as pessoas como ainda confundo. Como é difícil no começo! Todo mundo tem o mesmo jeito e veste o mesmo tipo de roupa. À primeira vista, a gente não consegue distinguir quem é quem. A menos que sejam muito bonitos ou muito feios. E isso não é comum em cidades pequenas, não é verdade?

— Estou lhe dizendo — repetiu Tommy — que Hannibal e eu temos sido incrivelmente espertos.

— Ué, não era só Hannibal que tinha sido esperto?

Tommy estendeu a mão e pegou um livro da prateleira.

— *Raptado* — observou. — Ah, sim! Outro Robert Louis Stevenson. Alguém era fã de carteirinha de Robert Louis Stevenson. *A flecha negra, Raptado, Catriona* e mais dois, se não me engano. A maioria, presentes da avó para o netinho favorito, Alexander Parkinson. E um da tia generosa.

— E o que tem isso? — indagou Tuppence.

— Tem que eu encontrei o túmulo dele — revelou Tommy.

— Encontrou o quê?

— Na verdade foi Hannibal. Bem no canto, contra uma daquelas portinholas que dão para a igreja. Suponho que seja a porta secundária da sacristia. Apagado e mal cuidado, mas está lá. Morreu aos catorze anos. Alexander Richard Parkinson. Hannibal farejou ao redor. Eu o afastei e consegui ler a inscrição meio desgastada.

— Catorze anos... — refletiu Tuppence. — Pobre menino.

— Sim — concordou Tommy —, é triste e...

— Tem algo que você não disse ainda — afirmou Tuppence.

— Não estou entendendo.

— Estive pensando, sabe. Acho que me passou o vírus, Tuppence. Isso é o que você tem de pior. Quando encasqueta num assunto, não mergulha sozinha; dá um jeito de deixar outra pessoa interessada.

— Não entendi aonde você quer chegar — reconheceu Tuppence.

— Estive pensando se não é uma questão de causa e efeito.

— Como assim, Tommy?

— Estive pensando em Alexander Parkinson, que se deu o trabalho, embora tenha se divertido ao fazê-lo, de bolar uma espécie de código ou mensagem secreta num livro. "Mary Jordan não morreu de morte natural." E se for verdade? E se Mary Jordan, seja lá quem fosse, foi mesmo assassinada? Não percebe? Então talvez a próxima coisa a acontecer tenha sido a morte de Alexander Parkinson.

— Não quer dizer... não pensa que...

— Fiquei me perguntando... — disse Tommy. — Fiquei intrigado com a idade... catorze anos. Não tinha menção alguma sobre a causa da morte. Se bem que uma informação dessas não seria colocada na lápide. Apenas o texto: "Em Tua presença, a plenitude da alegria". Algo do tipo. Mas... Ele pode ter morrido porque sabia de algo perigoso, algo que podia comprometer alguém. E por isso... acabou morto.

— Quer dizer, assassinado? Está imaginando coisas — falou Tuppence.

— Foi você quem começou. A imaginar coisas e a ficar se perguntando. Não tem muita diferença, não é?

— Podemos continuar a imaginar — falou Tuppence —, mas não vamos conseguir encontrar nada. Já se passaram muitos e muitos anos.

Os dois se entreolharam.

— Mais ou menos na época em que investigávamos o caso de Jane Finn — lembrou Tommy.

Os dois trocaram olhares de novo; suas mentes mergulharam no passado.

6
PROBLEMAS

I

Fazer uma mudança de domicílio muitas vezes parece uma satisfação prazerosa. Mas nem sempre as coisas acontecem conforme o planejado. Contatos precisam ser renovados e ajustados com eletricistas, empreiteiros, marceneiros, pintores, aplicadores de papel de parede, fornecedores (de geladeira, fogão e eletrodomésticos), estofadores, fabricantes de cortinas, instaladores de cortinas, colocadores de linóleo no piso, comerciantes de tapetes. Todos os dias surgem não apenas as tarefas agendadas como também de quatro a doze "chamadas extras", esperadas com ansiedade ou já praticamente esquecidas.

Mas havia momentos em que Tuppence, com suspiros de alívio, declarava vitória em diferentes campos.

— A cozinha está quase perfeita — afirmou. — Só falta encontrar uma vasilha adequada para farinha.

— E que importância tem isso? — questionou Tommy.

— Muita, ora. Quase sempre compramos farinha em pacotes de um quilo e meio, que não cabem nos recipientes que temos. São delicadinhos demais, sabe? Bobinhos. Enfeitados com rosas e girassóis... Mas em nenhum cabe mais de meio quilo.

De vez em quando, Tuppence tecia outras considerações:

— Os Loureiros. Que nome estúpido para uma casa. Não entendo por que é chamada assim. Não tem loureiro nenhum por aqui. Bem que poderia se chamar Os Olmos. São árvores muito bonitas. — afirmou Tuppence.

— Me disseram que antes de ser Os Loureiros era chamada de Long Scofield — informou Tommy.

— Esse nome também não significa nada — falou Tuppence. — Scofield? Que diabos quer dizer isso? E quem morava na casa na época?

— Acho que os Waddington.

— Eu me confundo toda — disse Tuppence. — Os Waddington e depois os Jones, o pessoal que nos vendeu a casa. E antes deles, os Blackmore? E, mais antigamente, os Parkinson. Muitos Parkinson. A cada dia topo com outro Parkinson.

— Como assim?

— Acho que é porque estou sempre perguntando — disse Tuppence. — Se eu descobrisse algo sobre os Parkinson, avançaríamos na solução do nosso... problema.

— Hoje em dia, parece que todo mundo gosta de usar essa palavra para tudo. O problema de Mary Jordan, não é isso?

— Não é só isso. Há o problema de Mary Jordan, mas deve haver um monte de outros problemas. Mary Jordan não morreu de morte natural, e então a mensagem continuava dizendo: "Foi um de nós". Pois bem, isso significa alguém da família Parkinson ou apenas alguém que morava na casa? Digamos que houvesse dois ou três Parkinson, alguns Parkinson mais velhos e pessoas com sobrenomes diferentes, tias dos Parkinson ou sobrinhas e sobrinhos dos Parkinson, e quem sabe pelo menos uma faxineira, uma camareira, uma cozinheira e talvez uma governanta, e talvez uma *au pair*... Pensando bem, faz muito tempo para ser uma *au pair*... Mas "um de nós" pode significar um monte de coisa. As residências eram mais cheias na época do que hoje. Mary Jordan poderia ter sido faxineira, camareira ou até mesmo cozinheira. E por que alguém queria vê-la morta, e de morte não natural? Alguém deve ter desejado a sua morte, caso contrário a morte teria sido natural, não teria? Depois de amanhã vou em outra reuniãozinha social — disse Tuppence.

— Ultimamente é só o que você tem feito.

— É uma ótima maneira de conhecer os vizinhos e todas as pessoas que vivem nesta cidadezinha. Afinal de contas, isto aqui é praticamente uma aldeia. E as pessoas não param de falar das velhas tias e de outras pessoas conhecidas. Vou ver o que descubro com a sra. Griffin. Está na cara que é uma figura importante nas redondezas. Não erraria por muito se dissesse que ela governa todo mundo com mão de ferro, sabe? Ela põe medo no pastor, no médico, na enfermeira que visita a domicílio e em quem mais cruzar o caminho dela.

— Será que a enfermeira não ajudaria?

— Não creio. Ela está morta. Pelo menos, a da época dos Parkinson está morta, e faz pouco tempo que a atual chegou. Parece não ter interesse no local. Não creio que tenha conhecido um Parkinson.

— Por mim — afirmou Tommy desesperado —, podíamos esquecer *todos* os Parkinson.

— Pensa que isso seria o fim dos nossos problemas?

— Puxa vida! — exclamou Tommy. — Problemas de novo?
— É culpa da Beatrice — falou Tuppence.
— Beatrice?
— Que sempre fala em problemas. Na verdade, era Elizabeth. A diarista que tivemos antes de Beatrice. Ela sempre chegava para mim e dizia: "Madame, posso falar um minutinho com a senhora? Sabe, estou com um problema". Então Beatrice começou a vir nas quintas-feiras e pegou a mania, imagino. Passou a ter problemas também. É só um jeito de dizer as coisas... Mas você sempre chama de problema.
— Está bem — concordou Tommy. — Digamos que seja isso. Você tem um problema... Eu tenho um problema... Nós dois temos problemas!

Ele suspirou e saiu.

Tuppence desceu as escadas devagar, meneando a cabeça. Hannibal foi ao encontro dela esperançoso, abanando o rabo e gingando na ânsia de receber alguma atenção.

— Não, Hannibal — falou Tuppence. — Já passeou hoje. Já teve seu passeio matinal.

Hannibal deu a entender que ela estava redondamente enganada, ele não havia sido levado para passear, não.

— Entre os cães que eu conheço, você é o que pior mente — afirmou Tuppence. — Já passeou com o papai.

Hannibal fez uma segunda tentativa, que consistiu em se empenhar para mostrar por variadas atitudes que qualquer cão tem direito a um segundo passeio. Basta o dono ser capaz de enxergar as coisas por aquele prisma. Sem sucesso, desceu as escadas. Começou a latir alto e a fazer toda e qualquer menção de estar prestes a dar uma forte mordida na moça de cabelo desgrenhado que brandia um Hoover.* Ele odiava o Hoover e era contra Tuppence ficar conversando muito tempo com Beatrice.

— Ai, não deixa ele me morder — pediu Beatrice.

— Cão que ladra não morde — falou Tuppence. — Só finge que morde.

— Um dia, quando menos esperar, ele vai me morder — previu Beatrice. — Dona Tuppence, será que eu podia falar um instantinho com a senhora?

— Ah — disse Tuppence. — Já sei...

— Sim, madame. Estou com um problema.

— Bem como eu pensei. Que espécie de problema? A propósito, conhece alguma família local ou alguém que tenha vivido aqui com o sobrenome Jordan?

— Jordan? Deixe-me ver. Hum... não tenho certeza. É claro, tinha os Johnson... e... sim, um dos guardas era Johnson. E um dos carteiros também. George Johnson. Meu amigo. — Beatrice soltou uma risadinha.

— Nunca ouviu falar da Mary Jordan, que morreu?

Beatrice fez uma expressão perplexa, balançou a cabeça e retornou ao ataque.

— Posso contar o meu problema, madame?

— Sim, o problema.

— Espero que a senhora não se incomode de eu ficar perguntando isso, dona Tuppence, mas estou numa sinuca, sabe, e não gosto...

— Seja breve — pediu Tuppence. — Preciso sair para a reunião da quermesse.

---

* Marca de aspiradores de pó e enceradeiras. (N.T.)

— Ah, sim. Na casa da sra. Barber, não é?

— Isso mesmo — disse Tuppence. — Mas qual é o problema afinal?

— É um casaco, sabe. E que casaco mais bonito! Sempre namorava ele na vitrine da Simmonds, até que um dia pedi para experimentar. Ficou tão bem em mim, pelo menos eu achei. Tinha uma mancha pertinho da bainha, mas quase nem dava para notar. De modo que...

— Sim — incentivou Tuppence —, e então?

— Aquilo explicava por que o preço era tão baixo, sabe. Então comprei. E me pareceu um bom negócio para ambas as partes. Mas, quando cheguei em casa, encontrei uma etiqueta no forro. Em vez de 3,70 libras estava marcado 6,00 libras! Bem, dona Tuppence, jamais tinha me acontecido uma coisa dessas, fiquei sem saber o que fazer. Voltei na loja e levei o casaco comigo... Achei melhor levar de volta e explicar, sabe, que eu não queria pagar um valor inferior ao devido. Daí, sabe a moça que me vendeu (uma moça muito querida, o nome dela é Gladys, não lembro o sobrenome)? Ela ficou muito nervosa, muito mesmo. E eu disse: "Bem, não tem problema, eu pago a diferença". Mas ela respondeu: "Não, não pode fazer isso, porque já foi tudo contabilizado". Entende?

— Acho que sim — respondeu Tuppence.

— E então ela falou: "Se fizer isso, vai me deixar numa enrascada".

— Por que a deixaria numa enrascada?

— Pois é. Também fiquei encucada com isso. Afinal, me venderam o casaco com preço mais baixo, mas eu levei o casaco de volta. Não consegui entender por que isso a colocaria numa enrascada. Ela disse que, se houve negligência e acabaram cobrando o preço errado, com certeza ela seria colocada no olho da rua.

— Duvido muito — falou Tuppence. — Você agiu certo. Não vejo que outra coisa poderia ter feito.

— Mas então foi isso, sabe. Ela fez tanto estardalhaço, começou a chorar e a perder o controle, então levei o casaco para casa outra vez. Agora fiquei sem saber se trapaceei a loja ou se... Ai, não sei o que fazer.

— Acho — iniciou Tuppence — que estou ficando velha. Não sei mais como proceder hoje em dia. É tudo tão esquisito nas lojas. Preços esquisitos, tudo difícil. Mas se eu fosse você e quisesse pagar um valor extra, talvez a melhor solução fosse dar o dinheiro para a fulaninha... a tal Gladys. Ela pode colocar o dinheiro no caixa ou passar a um superior.

— Já pensei nessa possibilidade, mas não vou me sentir bem fazendo isso, sabe. E se ela embolsa a grana? Ela pode ficar com o dinheiro, e ninguém vai ficar sabendo, porque eu ganhei um desconto que na verdade não foi registrado. Então seria Gladys a roubar o dinheiro, não seria? Não sei se confio nela a esse ponto. Meu Senhor Bom Jesus.

— Sim, a vida é muito complicada, não é? Sinto muito, Beatrice, mas nesse caso quem tem que tomar uma decisão é você. Se não consegue confiar na sua amiga...

— Ah, mas Gladys não é minha amiga de verdade. Só costumo fazer compras lá. E ela sempre é simpática comigo. Não é exatamente uma amiga, sabe? Parece que ela teve uns probleminhas no último lugar em que trabalhou. Dizem que embolsou o dinheiro de um produto que vendeu.

— Bem, nesse caso — disse Tuppence, já um pouco inquieta —, eu não faria nada.

A firmeza de sua entonação foi tanta que Hannibal foi solidário. Latiu alto para Beatrice e arremeteu contra o Hoover, considerado por ele um de seus piores inimigos. Era como se quisesse dizer: "Não confio nesse Hoover. Bem que eu gostaria de cravar os dentes nele".

— Ah, se acalme, Hannibal. Pare de latir. Não vá morder nada nem ninguém — recomendou Tuppence. — Vou chegar bem atrasada.

Saiu de casa com pressa.

II

— Problemas — murmurou Tuppence, enquanto descia a colina pela Estrada do Pomar. Como em outras ocasiões, desfrutou o percurso imaginando se por acaso um dia existira um pomar numa daquelas casas. Hoje em dia parecia tão improvável...

A acolhida da sra. Barber foi calorosa. De imediato ofereceu uma bandeja com bombas de creme de dar água na boca.

— Que bombas deliciosas — elogiou Tuppence. — Comprou-as na Betterby's?

Betterby's era a confeitaria local.

— Que nada! Foi a minha tia que fez. Ela é fantástica, sabe? Prepara coisas maravilhosas.

— Bombas são bem difíceis de fazer — afirmou Tuppence. — Eu nunca consegui.

— Precisa de um tipo especial de farinha. Nisso reside o segredo.

As senhoras tomaram café e falaram sobre as peculiaridades de certos tipos de comida caseira.

— A srta. Bolland falou na senhora um dia desses, sra. Beresford.

— É mesmo? — indagou Tuppence. — Bolland?

— Ela mora perto da casa do pastor. A família dela mora ali há um bom tempo. Contou coisas da época em que era criança. Ela adorava as groselheiras maravilhosas do jardim. E as ameixeiras-rainhas-cláudias também. Hoje é praticamente impossível encontrar uma rainha-cláudia verdadeira. Só se vê ameixeiras comuns, que nem de longe tem frutas tão saborosas.

A conversa das senhoras rumou para o assunto das frutas que perderam o sabor de outrora, o sabor da infância.

— Meu tio-avô tinha pés de rainha-cláudia — interveio Tuppence.

— Ah, sim. Não é aquele cônego de Anchester? O cônego Henderson também morou lá uma época, com a irmã dele, se não me engano. Que coisa mais triste. Um dia ela estava comendo bolo de cominho, sabe, e uma semente entrou no caminho errado. Num piscar de olhos, ela se engasgou, se engasgou, se engasgou e pimba! Que coisa mais triste, não é? — comentou a sra. Barber. — Triste mesmo. Um primo meu também morreu engasgado — continuou ela. — Um pedaço de cordeiro. É muito fácil de acontecer, sabe? Tem gente inclusive que morre de tanto soluçar. Não conseguem parar o ataque de soluços. Vai ver não conhecem a rima: "Açúcar, miolo de pão, gelo moído e limão/ Coçar o céu da boca com cotonete de algodão/ Tomar um bom susto de prender a respiração!". Mas tem que declamar num só fôlego!

7

MAIS PROBLEMAS

— Posso falar um minutinho com a senhora?

— Ai, meu santo — disse Tuppence. — Mais problemas?

Tuppence vinha do sótão, descendo as escadas, batendo o pó da roupa. Trajava o seu melhor conjunto de casaco e saia; pensava em colocar um chapéu de pena e sair para o chá na casa da nova amiga, conhecida na Feira do Elefante Branco. O momento parecia inoportuno para escutar as desventuras de Beatrice.

— Não chega a ser um problema. Só uma coisinha que talvez a senhora goste de saber.

— Ah — falou Tuppence, ainda com o pressentimento de que poderia ser outro problema disfarçado. Desceu os degraus com cuidado. — Estou meio apressada, tenho um chá para ir.

— Só queria falar uma coisa sobre a moça que a senhora me perguntou. Mary Jordan, não era? Só que o pessoal achou que era Mary Johnson. Tinha uma Belinda Johnson que trabalhava no correio, mas isso foi há muito tempo.

— Sim — concordou Tuppence. — E também tinha um policial chamado Johnson, já me disseram.

— Bem, em todo caso, essa minha amiga, a Gwenda, trabalha naquela loja que fica junto ao correio e vende envelopes, cartões e badulaques, sem falar nos bibelôs de porcelana na época do Natal...

— Sei — cortou Tuppence —, o nome é Mrs. Garrison's ou algo parecido.

— Sim, mas hoje a loja não é mais da sra. Garrison. Bem, minha amiga Gwenda achou que a senhora ia gostar de saber. Parece que ela ouviu falar numa Mary Jordan que morou aqui há muito tempo. Muito tempo mesmo. Morou aqui nesta casa, quero dizer.

— Aqui em Os Loureiros?

— Bem, na época não tinha esse nome. Gwenda ficou sabendo de algo sobre ela. Algo que talvez fosse do seu interesse. Uma história bem triste até. Morreu numa espécie de acidente.

— Quer dizer que ela estava morando nesta casa quando morreu? Ela era da família?

— Não. A família se chamava Parker, um nome assim. Aqui morava um monte de Parkers, Parkers ou Parkinsons... Ela só estava hospedada aqui. Acho que a sra. Griffin sabe essa história. Conhece a sra. Griffin?

— Ah, muito pouco — disse Tuppence. — Por coincidência, é na casa dela o chá desta tarde. Falei com ela no outro dia na feira, quando fomos apresentadas.

— É bem velha, mais até do que aparenta, mas dizem que tem uma memória excelente. Acho que um dos meninos dos Parkinson era afilhado dela.

— Como ele se chamava?

— Alec, se não me engano. Um nome parecido. Alec ou Alex.

— O que aconteceu com ele? Cresceu... foi embora... tornou-se soldado, marinheiro ou coisa do tipo?

— Ah, não. Ele morreu. Acho que está enterrado no cemitério local. Morreu de uma doença daquelas, acho, que as pessoas não conheciam muito. Uma daquelas doenças com nome de gente.

— Quer dizer uma doença com nome próprio?

— Mal de Hodgkin ou coisa do tipo. Não, não era esse o nome, mas outro parecido. Não sei como é, mas dizem que o sangue da gente muda de cor. Hoje em dia parece que tiram o sangue da pessoa e fazem uma transfusão com sangue bom, ou algo assim. Mas até mesmo com esse tratamento a pessoa quase sempre acaba morrendo, dizem. A menina da sra. Billings (aquela da confeitaria) morreu disso aos sete anos. Dizem que mata gente bem jovem.

— Leucemia?

— Bem que achei que a senhora sabia. Sim, era esse o nome, tenho certeza. Mas eles falam que um dia vão achar a cura, sabe? Assim como hoje o pessoal toma vacina e outros remédios contra tifo e o diabo a quatro.

— Muito interessante — disse Tuppence. — Pobre menino.

— Ah, ele nem era tão pequeno. Já estava na escola. Devia ter treze ou catorze anos.

— Bem — insistiu Tuppence —, é tudo muito triste. — Fez uma pausa e então disse: — Minha nossa, estou atrasada. Preciso me apressar.

— Aposto que a sra. Griffin vai saber de algo. Não digo coisas acontecidas com ela, mas, como mora aqui desde criança, já escutou muitas histórias sobre as famílias antigas. Algumas histórias escabrosas. Escandalosas! Claro, isso na época que o pessoal chama de eduardiana ou vitoriana. Não sei qual. A senhora deve saber. Acho que é vitoriana, porque a velha rainha era viva. É, deve de ser vitoriana mesmo. Outros dizem que é da época eduardiana, o "círculo da Marlborough House". Isso que eu chamo de alta sociedade!

— Sim — concordou Tuppence —, sim. Alta sociedade.
— E escândalos — disse Beatrice, com certo fervor.
— Uma boa dose de escândalos — reforçou Tuppence.
— Meninas fazendo o que não deviam — continuou Beatrice, relutante a se despedir da patroa no melhor da conversa.
— Não — discordou Tuppence. — As meninas levavam vidas muito... puras e austeras. Casavam-se cedo e, em geral, entravam na nobreza.
— Puxa! — exclamou Beatrice. — Que bom para elas. Roupa bonita, turfe, danças e bailes.
— Sim — falou Tuppence —, baile é o que não faltava.
— Uma vez uma amiga me contou que a avó dela trabalhou de empregada numa daquelas casas sofisticadas, sabe, que recebiam a nobreza e o príncipe de Gales, aquele mesmo que depois se tornou Eduardo VII, estava lá e foi tão simpático... Atencioso com os empregados e com todo mundo. E, quando ela foi embora, levou o sabonete que ele tinha usado para lavar as mãos e guardou sempre com ela. Mostrava para a gente quando éramos crianças.
— Que emocionante — comentou Tuppence. — Devem ter sido tempos inesquecíveis. Talvez ele tenha se hospedado aqui em Os Loureiros.
— Não, nunca ouvi falar nisso, e eu teria ouvido. Não, aqui só os Parkinson. Nem condessa, nem marquesa, nem lorde, nem dama. A principal atividade dos Parkinson era o comércio. Gente muito rica e tudo o mais, mas não há nada de empolgante no comércio, não é?
— Depende — ponderou Tuppence. E acrescentou: — É melhor eu...

— É melhor a senhora ir andando, senão vai se atrasar, madame.

— Sim. Bem, muito obrigada. É melhor colocar um chapéu. Meu cabelo ficou todo desarrumado.

— Também! A senhora roçou a cabeça naquele canto onde ficam as teias de aranha. Vou lá limpar para a senhora não fazer isso de novo.

Tuppence desceu correndo as escadas.

"Alexander correu nestes degraus", pensou ela. "Muitas vezes. E ele sabia que tinha sido 'um deles'. Isso me deixa intrigada. Mais intrigada do que nunca."

8

SRA. GRIFFIN

— Que bom que vocês vieram morar aqui, sra. Beresford — disse a sra. Griffin enquanto servia o chá. — Açúcar? Leite?

Empurrou para a frente um prato, e Tuppence escolheu um sanduíche.

— Quando a gente mora no interior, é essencial ter bons vizinhos, com interesses comuns. Já tinha visitado a nossa região?

— Não — respondeu Tuppence —, nunca. Recebemos oferta de muitas casas diferentes... Os corretores de imóveis enviavam detalhes sobre elas. Claro, a maioria era pavorosa. Uma das casas se chamava Plena do Encanto do Velho Mundo.

— Sei — anuiu a sra. Griffin. — Sei muito bem. Em geral, "encanto do velho mundo" significa que é preciso trocar o telhado e que o mofo está tomando conta do forro. E "completamente modernizado"... bem, a gente sabe o que isso significa. Um monte de engenhocas que ninguém quer. E a vista das janelas é horrível, só uma fileira de casas asquerosas. Mas Os Loureiros é uma casa encantadora. A senhora deve ter feito uma boa reforma, não é?

— Muitas pessoas diferentes devem ter morado lá — jogou a isca Tuppence.

— Ah, sim. Ninguém parece ficar muito tempo em lugar nenhum hoje em dia, não é mesmo? Os Cuthbertson moraram lá depois dos Redland, antes deles os Seymour. E depois deles os Jones.

— Por que será que se chama Os Loureiros? — perguntou Tuppence.

— Ah, bem, esse era o tipo de nome que as pessoas gostavam de dar às casas. Claro, se você retroceder o suficiente, talvez até a época dos Parkinson, acho que *existiam* loureiros. Provavelmente um caminho sinuoso, sabe? Serpenteando no meio de uma alameda de louros, incluindo aqueles rajados. Nunca gostei de louros-rajados.

— Nem eu. Concordo com a senhora, não gosto deles também — afirmou Tuppence. E acrescentou: — Parece que a família Parkinson era numerosa...

— Ah, sim. Acho que foram eles que ficaram mais tempo na casa.

— Parece que ninguém sabe muita coisa sobre eles.

— Bem, querida, faz muito tempo. E depois de... bem, acho que depois do... ocorrido, eles ficaram meio melindrados. Não é de se surpreender que tenham vendido a propriedade.

— Tinha reputação ruim? — arriscou Tuppence. — As pessoas achavam a casa insalubre?

— Não a casa. As pessoas. Mas claro... a... desgraça, vamos dizer assim, aconteceu durante a Primeira Guerra. Ninguém pôde acreditar. Minha avó sempre tocava nesse assunto. Algo a ver com segredos navais... projetos de um novo submarino. Parece que a moça que morava com os Parkinson estava envolvida no caso.

— O nome dela era Mary Jordan? — indagou Tuppence.

— Sim, a senhora tem toda a razão. Depois suspeitaram que esse não era o seu verdadeiro nome. Alguém já suspeitava dela havia um bom tempo. O garoto Alexander. Bom garoto. Inteligente como só ele.

LIVRO II

1
HÁ BASTANTE TEMPO

Na tarde garoenta, Tuppence escolhia cartões de aniversário no correio quase vazio. As pessoas largavam as cartas na caixa postal que havia do lado de fora ou compravam selos com pressa. Depois, em geral, partiam sem demora para o aconchego do lar. Não era uma daquelas tardes de lojas cheias. "Na verdade", pensou Tuppence, "escolhera a dedo aquele dia em especial".

Gwenda, a quem reconhecera facilmente com base na descrição feita por Beatrice, demonstrara satisfação em atendê-la. A moça cuidava da lojinha que ficava dentro do correio. Uma senhora grisalha era responsável pelos negócios postais de sua majestade, a rainha. Por sua vez, Gwenda, uma jovem que falava pelos cotovelos e que sempre se interessava pelas pessoas recém-chegadas ao vilarejo, sentia-se em casa em meio a cartões de Natal, de Dia dos Namorados, aniversário, cartões-postais humorísticos, artigos de papelaria, material de escritório, vários tipos de chocolate e inúmeros artigos de porcelana para uso doméstico. Em pouco tempo, ela e Tuppence se tornaram amigas.

— É ótimo saber que tem morador novo no Veraneio do Príncipe!

— Até onde eu sei, sempre se chamou Os Loureiros.

— Ah, não. Teve outros nomes. Por aqui, as casas mudam de nome com frequência. O pessoal gosta de mudar o nome das casas.

— Sim, pelo jeito gostam — concordou Tuppence pensativa.
— Inclusive chegamos a cogitar um ou dois nomes. A propósito, Beatrice me contou que você conheceu uma jovem chamada Mary Jordan que morou lá.
— Não a conheci, mas ouvi falar dela. Foi na guerra, não na última. Naquela anterior em que usaram zepelins.
— Lembro dos zepelins — disse Tuppence.
— Foi em 1915 ou 1916 que eles sobrevoaram Londres, não é?
— Uma vez eu estava na Loja do Exército e da Marinha com uma tia-avó e soou um alarme.
— Eles sobrevoavam a cidade à noite, não é mesmo? Deve ter sido bem assustador.
— Nem tanto — disse Tuppence. — O pessoal ficava até bastante animado. Não era nem de longe tão assustador quanto os bombardeios da Segunda Guerra. Era nítida a sensação de que as bombas seguiam os habitantes. Sempre caía uma bomba por perto!
— A senhora passava as noites nos abrigos do metrô? Uma amiga minha morava em Londres na época. Ela dormia todas as noites no metrô. Na Warren Street, se não me engano. Todo mundo tinha seu abrigo subterrâneo preferido.
— Ainda bem que eu não estava em Londres na última guerra — contou Tuppence. — Não teria gostado de passar todas as noites no metrô.
— Bem, essa amiga minha, a Jenny, adorava. Dizia que era sempre muito divertido. A pessoa tinha o lugar certo no abrigo. Era o cantinho da pessoa sempre, a pessoa dormia ali, podia levar comes e bebes, confraternizar e conversar. A função varava a madrugada. Maravilhoso, sabe? Até o raiar do dia. No fim da guerra,

quando teve que dormir em casa outra vez, ela não aguentou. Parecia tão sem graça!

— Mas, em 1914 — recordou Tuppence —, não havia aviões bombardeiros. Só os zepelins.

Estava na cara que Gwenda perdera o interesse pelos zepelins.

— E quanto a Mary Jordan? — Tuppence voltou ao assunto.
— Beatrice comentou que você sabia coisas sobre ela.

— Na verdade não... Só mencionaram o nome dela algumas vezes, mas isso já faz décadas. Minha avó contava que Mary Jordan tinha uma linda cabeleira dourada. Origem alemã... Uma daquelas solteironas, ou *frauleins*, como eram chamadas. Cuidava das crianças, era uma espécie de babá ou governanta. Trabalhou numa família ligada à Marinha em algum lugar... na Escócia, se não estou enganada. E depois veio parar aqui. Trabalhava na casa dos Parks... ou Perkins. Tirava um dia de folga por semana. Ia até Londres, e era para lá que levava as coisas, seja lá o que fosse.

— Que tipo de coisas? — quis saber Tuppence.

— Não sei... Ninguém falava muito nisso. Coisas que ela roubava, imagino.

— Ela foi flagrada roubando?

— Acho que não. Estavam começando a suspeitar, só que ela adoeceu e morreu antes disso.

— De que foi que ela morreu? Foi aqui mesmo? Deve ter sido levada a um hospital.

— Não... na época não tinha hospital na região. Praticamente não existia assistência social naquele tempo. Alguém comentou comigo que foi um erro estúpido da cozinheira. Foi colher espinafre e trouxe por engano folhas de erva-dedal. Ou talvez tivesse ido colher alface... Não, acho que foi outra coisa. Outros disseram que tinha sido beladona, mas eu não acreditei *nisso* nem um minuto! Afinal, todo mundo conhece beladona, não é verdade? E, além do mais, a beladona é um arbusto que dá frutos, por isso, era mais fácil a cozinheira pegar folhas de erva-dedal por engano na horta. A erva-dedal é a *Digitalis* ou um nome desses que lembra dedo. Todas as partes da planta têm uma substância mortal... digoxina ou coisa parecida. O doutor veio e fez o que pôde, mas acho que foi tarde demais.

— Tinha muita gente na casa quando isso aconteceu?

— Ah, tinha bastante gente... A casa sempre estava com hóspedes, pelo que dizem, sem falar na criançada e nas pessoas que passavam o fim de semana, além da babá, da governanta e das turmas de amigos. Mas a senhora não pense que eu fiquei sabendo dessas coisas do nada. Foi a minha avó quem me contou. E o velho sr. Bodlicott também comenta de vez em quando. Você sabe, o velho jardineiro aqui do vilarejo. Ele trabalhava lá e foi acusado de ter colhido as folhas erradas, mas não foi *ele* quem colheu. Foi alguém que saiu da casa querendo ajudar, colheu as verduras na horta e as levou para a cozinha. Espinafre, alface e outras verduras... Acho que se enganaram porque não entendiam muito de horta. Disseram no inquérito que *qualquer um* poderia ter cometido aquele erro, pois o espinafre e a azedinha-da-horta estavam plantados perto da digi-e-tal, sabe, então eles devem ter colhido um feixe de folhas de cada uma das plantas e misturado sem querer. Coisa triste. A avó contava que a moça era linda, o cabelo dourado e tudo o mais.

— E ela ia a Londres todas as semanas? Devia ter um dia de folga.

— Sim. Tinha amigos lá. Ela era estrangeira... As más línguas comentavam que era espiã germânica.

— E ela era?

— Quem vai saber? Os homens ficavam atraídos por ela, ao que parece. Os oficiais da Marinha e aqueles do acampamento militar em Shelton também. Ela tinha admiradores por lá, sabe. No acampamento militar.

— Ela era espiã mesmo?

—Acho que não. Quero dizer, minha avó disse que as pessoas *comentavam*. Não foi na última guerra. Foi muito tempo antes.

— Engraçado como é fácil confundir uma guerra com outra — falou Tuppence. — Conheci um velho que jurava que o amigo dele tinha participado da Batalha de Waterloo.

— Imagine só. Bem antes de 1914. Antigamente, as pessoas tinham mesmo babás estrangeiras... *Mademoiselles* ou *fräuleins*, seja lá o que for uma *fräulein*. Minha vó disse que Mary Jordan era um amor com as crianças. Todo mundo a adorava.

— Isso aconteceu quando ela morava nos Loureiros?

— Não era esse nome na época, pelo menos acho que não. Ela morava com os Parkinson ou com os Perkin, algo parecido — afirmou Gwenda. — Aquilo que hoje a gente chama de moça *au pair*. Ela veio daquela cidade onde inventaram a empada, sabe, de onde a Fortnum & Mason importa empadas caras para festas. Meio alemã e meio francesa, pelo que me disseram.

— Estrasburgo? — sugeriu Tuppence.

— Essa mesma. Ela gostava de pintar quadros. Pintou uma das minhas tias-avós. O retrato a fez parecer muito velha, dizia a tia Fanny. Retratou também um dos garotos da família Parkinson. A velha sra. Griffin ainda tem o quadro. O menino

Parkinson descobriu alguma coisa sobre ela, acho... Esse mesmo que ela pintou no quadro, quero dizer. Afilhado da sra. Griffin, se não estou enganada.

— Por acaso o nome dele não era Alexander Parkinson?

— Esse mesmo. Aquele enterrado perto da igreja.

2
APRESENTAÇÃO A MATILDE, TRUELOVE E KK

Na manhã seguinte, Tuppence saiu à procura daquele popular personagem do vilarejo comumente conhecido como velho Isaac, ou, em ocasiões formais, se alguém lembrasse, sr. Bodlicott. Isaac Bodlicott era um dos personagens "folclóricos" da cidadezinha. Era folclórico por causa da idade — alegava ter noventa anos (mas poucas pessoas acreditavam) — e pelo talento de fazer consertos dos mais variados. Se os esforços para chamar o encanador fossem infrutíferos, era só recorrer ao velho Isaac Bodlicott. Qualificado ou não para realizar os consertos que fazia, ele adquirira experiência ao longo dos muitos anos de sua vida em toda sorte de contratempos nas instalações sanitárias e elétricas, na banheira e nos aquecedores de água. O valor que cobrava era mais em conta, se comparado a um profissional realmente habilitado, e, em geral, os consertos eram surpreendentemente bem-sucedidos. Fazia serviços de carpintaria, trocava fechaduras, pendurava quadros (de maneira, às vezes, meio torta) e consertava molas de poltronas danificadas. A principal desvantagem dos préstimos do sr. Bodlicott era o hábito de tagarelar enquanto ajustava a dentadura, o que tornava sua fala pouco inteligível. Suas lembranças sobre os moradores de tempos antigos do vilarejo pareciam ilimitadas. Como um todo, era difícil avaliar o quanto essas lembranças eram confiáveis. O sr. Bodlicott não perdia a oportunidade de contar em detalhes uma das boas histórias dos velhos tempos. Dava asas à imaginação assim como à memória, sem mudar a entonação.

— A senhora ia ficar surpresa, e como ia, se eu contasse tudo o que eu sei dessa história. Surpresa mesmo. Todos pensavam que sabiam tudo, mas estavam enganados. Redondamente enganados. Foi a irmã mais velha! Foi sim. Parecia tão boazinha... O cachorro do açougueiro que levantou a lebre. Seguiu a moça direitinho até em casa, acredita? Sim. Só que não era a casa dela, sabe? Mas, enfim, eu poderia falar um monte sobre *isso*. E então tinha a velha sra. Atkins. Ninguém sabia que ela guardava um revólver em casa, mas eu sabia. Fiquei sabendo quando fui chamado para consertar a cômoda alta... É assim que o pessoal chama aqueles armários na altura do peito, não é? Sim. Cômoda alta. Pois muito bem, lá estava ela, com seus setenta e cinco anos, e, naquela gaveta, a gaveta da cômoda alta que eu fui consertar (tive que trocar as dobradiças e a fechadura), estava o revólver. Enrolado com um par de sapatos femininos. Número trinta e quatro. Ou seria trinta e três? Cetim branco. Pezinhos delicados. Sapatos de casamento da tataravó, ela me disse. Talvez. Mas tem gente que diz que a dona Atkins comprou aqueles sapatinhos numa loja de antiguidades. Quem garante? O certo é que tinha um revólver embrulhado junto. Pois é. O pessoal dizia que o filho dela trouxe da viagem. Da viagem ao leste da África, quero dizer. Foi caçar elefantes ou búfalos por lá. E, quando voltou para casa, trouxe o revólver junto. E a senhora sabe o que a velha fazia? O filho a ensinou a atirar. Ela ficava sentada, de revólver na mão, cuidando pela janela de quem subia pelo caminho. Daí ela atirava nos dois lados dos incautos, que ficavam atarantados e davam no pé. Ela não deixava ninguém se aproximar para incomodar os passarinhos. Muito chegada aos passarinhos. Para a senhora ver, nos passarinhos ela nunca atirava. De jeito nenhum faria uma coisa dessas. Depois tinha aqueles causos sobre a sra. Letherby. Quase acabou no tribunal. Cleptomaníaca! A ladina roubava nas lojas. Podre de rica.

Depois de convencer o sr. Bodlicott a substituir a claraboia do banheiro, Tuppence ficou imaginando se conseguiria direcionar a conversa para quaisquer recordações que ajudassem Tommy e ela a resolverem o mistério do ocultamento, naquela casa, de um interessante tesouro ou segredo, cuja natureza eles ainda não conheciam.

Por sua vez, o velho Isaac Bodlicott não escondia o contentamento por realizar os consertos para os novos inquilinos. Um dos prazeres de sua vida era conhecer melhor o pessoal recém-chegado. Um dos principais acontecimentos no seu cotidiano era encontrar pessoas que ainda não tinham tido uma amostra das suas espetaculares lembranças e reminiscências. Aqueles já habituados com elas não o encorajavam a repetir aquelas histórias. Mas plateia nova... era sempre uma coisa agradável, assim como disponibilizar o seu maravilhoso leque de serviços em prol da comunidade. Entregar-se ao prazer de uma narrativa era um deleite para ele.

— Que sorte a do velho Joe. Poderia ter lanhado toda a cara.

— É verdade.

— Tem mais cacos de vidro ali no chão, dona. É melhor varrer.

— Sei — disse Tuppence —, ainda não deu tempo.

— Ah, mas com caco de vidro é melhor não facilitar. A senhora sabe como é vidro. Um caco pode fazer um estrago enorme.

A pessoa pode inclusive morrer disso, se chega a cortar uma veia. Lembro do que aconteceu com a srta. Lavinia Shotacomb. A senhora nem acredita...

Tuppence não se interessou em ouvir de novo a história da trágica morte da septuagenária surda e quase cega. Já escutara o caso por outras pessoas do vilarejo.

— Imagino — cortou Tuppence, impedindo que Isaac mergulhasse em suas lembranças sobre Lavinia Shotacomb — que o senhor saiba bastante coisa das pessoas que viviam aqui antigamente e de todas as coisas fantásticas que aconteceram.

— Ah, pois é. Não sou tão jovem, sabe. Passei dos oitenta e cinco. Firme e forte rumo aos noventa. Mas a memória está sempre em dia, graças a Deus. Tem coisa que a gente não esquece. De jeito nenhum. Por mais que o tempo passe, algo faz a gente se lembrar, trazendo tudinho de volta. Cada coisa que eu posso contar... a senhora nem sonha.

— É mesmo incrível, não é? Só de pensar tudo que o senhor sabe de tantas pessoas fora do comum — afirmou Tuppence.

— Pois é, tem cada história, sabe? Não ponho a mão no fogo por ninguém! Tem gente que esconde a verdadeira identidade. Às vezes esconde segredos que ninguém imagina.

— Espiões — ponderou Tuppence — ou criminosos.

Olhou para ele com esperança. O velho Isaac curvou-se e apanhou um caco de vidro.

— Não disse? — indagou. — A senhora ia gostar de cravar *isto* na sola do pé?

Tuppence começou a sentir que a reposição de uma claraboia não renderia muito no objetivo de provocar as lembranças de Isaac sobre casos empolgantes do passado. Ela comentou que a pequena estufa contígua à parede da casa, perto da janela da sala de jantar, estava precisando de uns reparos e um pesado investimento na substituição dos vidros. Valia a pena consertar ou seria melhor desmanchar? Isaac pareceu contente em ter um novo problema para resolver. Desceram as escadas e contornaram a casa até chegar à construção mencionada.

— Ah, a senhora quer dizer essa daí, não é?

Tuppence fez que sim.

— Ka-Ka — falou Isaac.

Intrigada, Tuppence o encarou. KK? Aquelas duas letras não significavam nada para ela.

— Como é?

— Eu disse KK. Assim que o pessoal chamava a estufa na época da velha sra. Lottie Jones.

— Ah, e por que ela chamava a estufa de KK?

— Sei lá. Acho que o pessoal gostava de dar uma espécie de apelido para lugares como este... Não é muito grande. Casas maiores têm estufas de verdade. Sabe, onde se cultivam vasos de avencas.

— Sim — falou Tuppence, evocando com facilidade as próprias lembranças sobre o assunto.

— Se quiser pode chamar de casa de vegetação ou jardim de inverno. Mas esta aqui a velha sra. Lottie Jones chamava de KK. Sei lá por quê.

— Ela usava para cultivar avencas?

— Não era usada para isso, não. Era usada mais como depósito para os brinquedos das crianças. Falando nos brinquedos, imagino que ainda estejam aí dentro, se ninguém os levou. Puxa, está quase desabando, não é? Só deram uma tapeada e colocaram um telhadinho. Acho que ninguém mais vai querer usar. O pessoal enfiava aí os brinquedos estragados, cadeiras de jardim e coisas do tipo. Mas, sabe, na época eles já tinham o cavalo de balanço e o Truelove no cantinho lá do fundo.

— Podemos entrar para dar uma olhada? — perguntou Tuppence, tentando espiar por uma parte da vidraça um pouco mais clara. — Pelo jeito tem uma porção de coisas estranhas aí dentro.

— Primeiro temos que achar a chave — respondeu Isaac.

— Imagino que esteja pendurada no lugar de sempre.

— Qual lugar de sempre?

— Ali no galpãozinho.

Eles seguiram por uma trilha nos fundos da casa. O galpãozinho quase não merecia o título de galpãozinho. Isaac empurrou a porta com o pé, removeu pedaços de galhos de árvores, chutou algumas maçãs podres e, tirando um velho capacho pendurado na parede, revelou três ou quatro chaves enferrujadas pendiam de um prego.

— O molho de chaves do velho Lindop — informou. — O último jardineiro que morou aqui. Fazia cestos de vime, se aposentou e virou jardineiro. Mas não era bom nem no artesanato nem no jardim. A senhora quer entrar em KK...?

— Ah, sim — respondeu Tuppence esperançosa. — Gostaria de conhecer KK. Como se soletra?

— Como se soletra o quê?

— Quero dizer, KK. Só duas letras?

— Acho que não. Acho que era algo diferente. Duas palavras estrangeiras. Se não estou enganado, K-A-I e então outro K-A-I. Kay-Kay ou Kye-Kye. Acho que era uma palavra japonesa.

— Alguma família japonesa morou aqui antigamente?

— Ah, não. Pelo menos eu nunca ouvi falar.

Um pouco de óleo, que Isaac localizou e aplicou com bastante rapidez, teve efeito maravilhoso na mais enferrujada das chaves. Inserida na fechadura e virada com um rangido, abriu a porta. Tuppence e seu guia penetraram no ambiente.

— Não disse? — falou Isaac, sem demonstrar qualquer orgulho especial em relação aos objetos ali dentro. — Só quinquilharia, não é?

— Aquele cavalo ali é muito bonito! — elogiou Tuppence.

— Aquela é a Matirde — contou Isaac.

— Matilde? — corrigiu Tuppence, duvidosa.

— Que seja. Um desses nomes femininos. Rainha alguma coisa. Disseram que era o nome da mulher de Guilherme, o Conquistador, mas acho que era lorota. Veio dos *States*. Quem trouxe foi o padrinho de uma das crianças.

— Uma das...

— Uma das crianças da família Bassington, se não me engano. Antes da outra turma. Sei lá. Calculo que esteja toda enferrujada a esta altura.

Mesmo um pouco deteriorada, Matilde não deixava de ser uma égua maravilhosa. O comprimento era bem o de qualquer cavalo ou égua de verdade. Poucos fios na outrora volumosa crina. Uma orelha quebrada. Algum dia sua cor fora cinza. As pernas dianteiras se projetavam para a frente e as pernas traseiras para trás; a cola era fina.

— Não funciona como os cavalos de balanço que a gente vê por aí — explicou Isaac. — A senhora sabe, não é? Em geral eles vão para cima e para baixo, para cima e para baixo, para a frente e para trás. Mas este aqui não, sabe? Ele meio que pula!

Primeiro as pernas da frente, e depois as pernas traseiras. Um balanço bem diferente. Deixa ver se eu subo nela para mostrar para a senhora...

— Tome cuidado — pediu Tuppence. — Não vá se machucar com pregos e cuide para não levar um tombo.

— Tsc! Já andei nela cinquenta ou sessenta anos atrás. Continua bem firme, sabe? Não está se desmanchando ainda.

Num movimento acrobático repentino e inesperado, ele montou no lombo de Matilde. O cavalo balançou para a frente e então para trás.

— Tem molejo, não tem?

— Sim, tem molejo — concordou Tuppence.

— Ah, a criançada adorava isto, sabe? A srta. Jenny brincava todo dia.

— Quem era a srta. Jenny?

— Ah, ela era a mais velha, sabe? Foi o padrinho dela quem mandou este presente para ela. Também mandou o Truelove — acrescentou.

Tuppence o encarou com curiosidade. A observação não parecia se aplicar a qualquer outro conteúdo da Kay-Kay.

— É assim que o chamavam, sabe? Aquele cavalinho com charrete lá no fundo. A srta. Pamela descia a encosta em cima dele. Menina terrível de arteira! A srta. Pamela puxava ele até o topo da encosta, então subia, colocava os pés ali... onde era para ser os pedais, mas não funcionam, e começava a descer, usando os pés como freios. Por sinal quase sempre ela amortecia a descida num daqueles pinheirinhos chilenos.

— Não parece nem um pouco agradável — comentou Tuppence — amortecer a descida num pinheiro chileno...

— Pois é, às vezes ela conseguia parar um pouco antes. Menina terrível. Descia um monte de vezes... Uma vez desceu quatro vezes seguidas. Eu vinha cuidar do canteiro de heléboros-brancos e das moitas de capim-dos-pampas e ficava observando ela descer. Eu não falava com ela, porque ela não gostava de falar com a gente. Só queria saber de continuar o que estava fazendo, ou com o que pensava que estava fazendo.

— O que ela pensava que estava fazendo? — indagou Tuppence, começando subitamente a se interessar mais pela srta. Pamela do que pela srta. Jenny.

— Bem, não sei direito. Às vezes dizia que era uma princesa, sabe, fugindo... Maria, rainha da, como é mesmo? Irlanda ou Escócia?

— Maria, rainha da Escócia — sugeriu Tuppence.

— Sim, isso mesmo. Fugindo de um castelo. "Lock alguma coisa" era o nome do castelo. Não uma fechadura, um lago.*

— Ah, sim. E Pamela pensava que era Maria da Escócia fugindo dos inimigos?

— Isso mesmo. Indo para a Inglaterra falar com a rainha Elizabeth. Só que ela não era flor que se cheirasse.

— Bem — começou Tuppence, disfarçando a decepção —, é tudo muito interessante mesmo. Que família o senhor diz que era essa?

— Ah, eles eram os Lister.

— Já ouviu falar numa Mary Jordan?

---

* Jogo de palavras entre *lock* (fechadura) e *loch* (denominação dos lagos na Escócia). Maria I da Escócia esteve presa em um castelo situado no meio do Loch Leven. (N.T.)

— Ah, sei de quem a senhora fala. Não, isso foi um pouco antes da minha época, acho. Quer dizer a espiã alemã, não é?

— Todo mundo parece saber algo sobre ela por aqui — comentou Tuppence.

— Sim. Eles a chamavam de "frau-linha" ou algo parecido com o nome de uma ferrovia.

— Parece mesmo — afirmou Tuppence.

De repente, Isaac caiu na risada.

— Ha, ha, ha! Se ela fosse uma linha ferroviária, não seria lá muito reta, não é? — E soltou uma nova risada.

— Que piada engraçada — falou Tuppence compreensiva.

Isaac riu outra vez.

— Já está na hora de a senhora pensar em plantar umas verduras, não acha? Se quiser que suas favas cresçam na melhor época, a senhora devia plantar agora e depois preparar o solo para as ervilhas. E que tal uma variedade de alface prematura? Que tal Tom Thumb? Variedade maravilhosa de alface! Pequenininha, mas crespa como nenhuma outra.

— O senhor deve ter feito muito trabalho de jardinagem por aqui. Não digo só nesta casa, mas em vários lugares.

— Ah, sim, já fiz muito biscate por aí, sabe? Eu tinha o costume de visitar as casas me oferecendo. Algumas tinham jardineiros relaxados, e eu aproveitava e vinha de vez em quando para dar uma mãozinha. Uma vez aconteceu um acidente aqui, sabe? Uma confusão com as verduras. Antes de meu tempo... mas eu fiquei sabendo.

— Algo a ver com as folhas de erva-dedal, não é? — indagou Tuppence.

— Ah, pelo jeito a senhora já ouviu falar no assunto. Isso também faz muito tempo, sabe? Sim, várias pessoas ficaram doentes. Uma delas morreu. Pelo menos foi o que me disseram. Sei apenas de ouvir falar. Um velho amigo meu me contou.

— Acho que foi a *fraulein* — afirmou Tuppence.

— O quê? Foi a "frau-linha" que morreu? Essa é nova para mim.

— Bem, talvez eu esteja errada — ponderou Tuppence. — Vamos supor que eu leve o Truelove, ou seja lá como for o nome daquilo, e o coloque no topo da colina onde aquela menina, a Pamela, ia... Se é que a colina ainda existe.

— Ora, é claro que a colina ainda existe. O que a senhora pensa? É pura grama ainda, mas tenha cuidado. Não sei até que ponto a ferrugem tomou conta do Truelove. Não quer que limpe e lubrifique primeiro?

— Boa ideia! — disse Tuppence. — E depois o senhor pode fazer uma lista de verduras para começarmos a cultivar.

— Pode deixar. Mas vou cuidar para que a horta não tenha erva-dedal junto do espinafre! Eu não ia gostar nada de escutar que aconteceu algo com a senhora, logo agora que está de casa nova. Um lugar bonito, ainda mais para quem tem grana para fazer umas melhorias.

— Muito obrigada.

— E pode deixar também que eu dou uma revisada no Truelove para que ele não quebre com a senhora em cima. É bem velhinho, mas a senhora ia ficar surpresa de como as coisas antigas funcionam. Outro dia fui visitar um primo meu e ele apareceu com uma bicicleta velha. Ninguém ia imaginar que aquele negócio funcionava. Fazia quarenta anos que ninguém pedalava nela. Mas, com um pouquinho de óleo, andou que é uma maravilha. Um pouco de óleo é um santo remédio!

3

SEIS COISAS IMPOSSÍVEIS ANTES DO CAFÉ DA MANHÃ

I

— Que diabos?! — exclamou Tommy.

No retorno ao lar, ele estava acostumado a encontrar Tuppence em locais improváveis, mas, dessa vez, ficou mais perplexo do que de costume.

Não havia vestígios dela no interior da casa. Lá fora, o suave tamborilar da chuva não cessava. Será que estava entretida no jardim? Saiu para confirmar a hipótese. Foi então que observou:

— Que diabos?!

— Olá, Tommy! — saudou Tuppence. — Voltou mais cedo hoje.

— Que negócio é este?

— Truelove?

— O que você disse?

— Eu disse Truelove — explicou Tuppence. — É o nome dele.

— Vai tentar dar um passeio nele? É muito pequeno para você.

— Claro que sim. É uma espécie de brinquedo infantil... como os triciclos ou as bicicletas com rodinhas.

— Ele não *anda* de verdade, não é? — quis saber Tommy.

— Não exatamente — respondeu Tuppence. — Mas a gente leva até em cima da colina e então... A descer todo santo ajuda, e é só aproveitar o declive.

— E se esborrachar na chegada. Não é isso?

— Nem um pouco — discordou Tuppence. — É só ir freando com os pés. Quer uma demonstração?

— Melhor não — pediu Tommy. — A chuva está engrossando. Só queria saber por que está fazendo isso. É assim tão divertido?

— Na verdade assusta um pouco, mas sabe, eu só queria descobrir e...

— E resolveu perguntar para esta árvore? Que árvore é esta, afinal? Um pinheiro chileno, não é?

— Exato — confirmou Tuppence. — Como sabe?

— Claro que eu sei. Sei o outro nome dela, também.

— E eu também — falou Tuppence.

Os dois se entreolharam.

— Agora me esqueci — reconheceu Tommy. — Termina com "cária"...

— Algo parecido com isso — completou Tuppence. — Isso já é o suficiente, não acha?

— O que está fazendo no meio de uma coisa espinhosa dessas?

— Ora, pelo simples fato de que quando você chega ao sopé da colina, se não dá tempo de parar, o jeito é amortecer numa dessas não-sei-o-quê-cárias...

— Não seria urticária? Não, isso tem a ver com urtiga — falou Tommy. — Enfim, gosto não se discute.

— Eu só estava fazendo uma investigaçãozinha sobre aquele problema mais recente.

— Problema seu ou meu?

— Não sei — disse Tuppence. — Espero que nosso.

— Não outro dos problemas de Beatrice ou coisa parecida?

— Ah, não. Fiquei imaginando que outras coisas poderiam estar escondidas nesta casa, então descobri um monte de brinquedos jogados numa esquisita espécie de estufa há muito, muito tempo. Entre eles, esta criatura e também Matilde, um cavalo de balanço com um buraco na barriga.

— Buraco na barriga?

— Sim. As crianças enfiavam coisas dentro... Folhas sujas, papéis avulsos e retalhos de flanela usados na limpeza dos móveis.

— Vamos entrar — falou Tommy.

II

— Bem, Tommy — começou Tuppence, esticando as pernas junto ao calorzinho agradável da lareira da sala, que acendera para receber o esposo —, conte as novidades. Foi ver a tal exposição na Galeria do Hotel Ritz?

— Não deu tempo.

— Como assim? Pensei que tinha ido justamente para isso.

— Nem sempre a gente consegue fazer as coisas como planeja.

— Deve ter ido a algum lugar e feito *alguma coisa* — falou Tuppence.

— Descobri uma nova alternativa para estacionar o carro.

— Isso é sempre útil — falou Tuppence. — Onde fica?
— Perto de Hounslow.
— O que cargas d'água você foi fazer em Hounslow?
— Na verdade, não fui a Hounslow. Tem uma espécie de estacionamento lá. Então peguei o metrô.
— Para Londres?
— Sim. Pareceu-me o modo mais fácil.
— Está com jeito de quem tem culpa no cartório — sugeriu Tuppence. — Não vai me dizer que eu tenho uma concorrente em Hounslow?
— Não — garantiu Tommy. — Vai ficar contente ao saber o que eu andei fazendo.
— Ah, comprou um presente para mim?
— Não vamos exagerar — disse Tommy. — Mesmo porque nunca sei o que você quer.
— Às vezes acerta em cheio os palpites — falou Tuppence esperançosa. — O que andou fazendo, Tommy? Por que devo ficar contente?
— Porque eu também — explicou Tommy — estou fazendo minhas pesquisas.
— Todo mundo faz pesquisa hoje em dia — comentou Tuppence. — Adolescentes, sobrinhos e sobrinhas, filhos e filhas, todo mundo pesquisa. Não sei bem o que pesquisam hoje em dia, mas, seja lá o que for, nunca chegam a uma conclusão. Só pesquisam, gastam um bom tempo, ficam satisfeitos consigo, mas tenho minhas dúvidas se dá algum resultado.
— Como Betty, a nossa filha adotiva, que foi para a África Oriental — lembrou Tommy. — Soube alguma notícia dela?

— Sim, ela está adorando... Adora pesquisar as famílias africanas e escrever artigos sobre elas.

— E as famílias apreciam o interesse dela?

— Não — afirmou Tuppence. — Na paróquia do meu pai, eu me lembro, ninguém gostava dos forasteiros... Os abelhudos, como eram chamados.

— Tem razão — concordou Tommy. — Isso salienta as dificuldades da minha pesquisa ou tentativa de pesquisa.

— Que pesquisa? Não sobre cortadores de grama, espero.

— Não tenho a mínima ideia do que cortadores de grama têm a ver com a história.

— Ué — disse Tuppence —, não é você quem vive olhando catálogos e mais catálogos? Está louco para comprar um cortador de grama.

— Aqui em casa o tipo de pesquisa é outro... Tem a ver com história... crimes e mistérios acontecidos há pelo menos sessenta ou setenta anos.

— Em todo caso, vamos lá. Conte um pouco mais sobre suas pesquisas, Tommy.

— Fui a Londres — contou ele — e fiz a coisa andar.

— Ah, uma pesquisa em andamento? — indagou Tuppence. — Faço a mesma coisa por aqui. Só que nossos métodos são diferentes. E remetem a tempos mais antigos.

— Está começando a se interessar mesmo pelo problema de Mary Jordan? Essa é a expressão que você utiliza ultimamente — disse Tommy. — Está tomando forma, não é? O mistério ou o problema de Mary Jordan.

— Por sinal, um nome tão comum. Se ela era mesmo alemã, talvez o nome não seja verdadeiro — ponderou Tuppence.

— O pessoal dizia que ela era espiã germânica, mas poderia ter sido inglesa, imagino eu.

— Essa história de espiã germânica é pura lenda.

— Continue, Tommy. Não está contando nada.

— Bem, eu ativei certas... certas... certas...

— Chega de certas — pediu Tuppence. — Não estou entendendo nada.

— Às vezes é difícil de explicar as coisas — falou Tommy.

— Mas existem certas maneiras de se fazer uma investigação.

— Sobre o passado?

— Sim. É possível descobrir informações concretas sem cavalgar brinquedos antigos, interrogar velhotas, jogar verde para colher maduro com um velho jardineiro que confunde tudo e atazanar as moças do correio para ver se elas lembram do que as tias-bisavós disseram um dia.

— Cada atividade dessas ajudou um bocadinho — defendeu-se Tuppence.

— E a minha também vai ajudar — previu Tommy.

— Então tem feito investigações? A quem dirigiu suas perguntas?

— Não é bem assim, mas você deve se lembrar, Tuppence, que numa época da minha vida estive em contato com pessoas que realmente sabem como lidar com esse tipo de coisa. Existem pessoas a quem você paga uma quantia para que façam a pesquisa para você nos meios e locais apropriados, de forma que os resultados obtidos são bem confiáveis.

— Que tipo de coisas? Que tipo de locais?

— Ora, muitas coisas. Para começo de conversa, pode-se mandar alguém pesquisar óbitos, nascimentos e casamentos.

— Ah, mandou alguém a Somerset House?* Lá é possível investigar óbitos e casamentos?

— E nascimentos... Mas não precisa ir pessoalmente, é só contratar alguém para ir em seu lugar. E descobrir quando alguém morreu, ler o testamento desse alguém, checar os casamentos das igrejas ou verificar certidões de nascimento. Tudo isso pode ser investigado.

— Está gastando muito? — quis saber Tuppence. — O combinado era economizar depois das despesas da mudança.

— Levando em conta o seu interesse na solução desse problema, considero que é dinheiro bem investido.

— E então, descobriu alguma coisa?

— Não assim tão rápido. É preciso esperar até a pesquisa ficar pronta. Se eles conseguirem obter as respostas...

— Quer dizer então que alguém vai aparecer e nos dizer que Mary Jordan nasceu num lugarejo como Little Sheffield-on-the-Wold? E depois você vai até lá investigar mais? É por aí a coisa?

— Mais ou menos. Existem resultados do censo, atestados de óbitos com a causa da morte. Tem muita coisa que a gente pode descobrir.

— Parece interessante — reconheceu Tuppence —, o que já é alguma coisa.

— Sem falar nos arquivos dos jornais que o público pode acessar e pesquisar.

— Notícias... sobre assassinatos ou julgamentos?

---

* Palácio londrino que abrigou o Registro Geral desde 1837 até a década de 1970. (N.T.)

— Não necessariamente. O importante é manter conexões com pessoas específicas. Pessoas por dentro das coisas... a quem se pode recorrer, fazer umas perguntinhas, reatar velhos laços. Como na época em que tocamos aquele escritório de detetive particular em Londres. Existem pessoas capazes de fornecer informações ou de nos dizer onde consegui-las. As coisas dependem um pouquinho de quem você conhece.

— Isso é a mais pura verdade — anuiu Tuppence. — Aprendi isso na pele.

— Nossos métodos são diferentes — falou Tommy. — Não quero dizer que os meus sejam melhores. Nunca vou me esquecer do dia em que apareci de repente naquela estalagem Sans Souci. A primeira coisa com que me deparo é você sentada tricotando e dizendo chamar-se sra. Blenkensop.

— Pois é. Tudo porque *não* contratei ninguém para fazer o trabalho em meu lugar. Quer fazer bem-feito, faça você mesmo — falou Tuppence.

— É — disse Tommy —, você fingiu que saiu e ficou escutando na salinha ao lado a minha interessante conversa com o homem do serviço secreto. Ficou sabendo exatamente para onde eu deveria ir e o que eu ia fazer. Então deu um jeito de chegar lá primeiro. Escutar às escondidas. Sem tirar nem pôr. Coisa mais vergonhosa.

— Com resultados bem satisfatórios — disse Tuppence.

— Sim — falou Tommy. — Você tem uma espécie de intuição para o sucesso. Ele vem a você ao natural.

— Um dia vamos descobrir tudo que aconteceu aqui, só que faz tanto tempo... Não sai da minha cabeça que algo muito importante se esconde aqui, algo relacionado com esta casa ou com o pessoal que morou nela... Mas ainda não entendo como. Enfim, já sei qual é o nosso próximo passo.

— O quê? — quis saber Tommy.

— Acreditar em seis coisas impossíveis antes do café da manhã*, é claro — esclareceu Tuppence. — Agora são quinze para as onze, e quero ir dormir. Estou cansada, sonolenta e toda suja de tanto brincar com essas coisas velhas e enferrujadas. Imagino que ainda existam outras coisas naquele lugar chamado... Por sinal, por que será que se chama Kay-Kay?

— Não sei. Como é que se soletra?

— Acho que é K-A-I. Não apenas K-K.

— Assim soa mais misterioso?

— Soa japonês — falou Tuppence em dúvida.

— Nada a ver. Parece mais um prato. Um tipo de arroz, talvez.

— Vou para a cama, mas antes vou tomar um bom banho e dar um jeito de tirar as teias de aranha dos cabelos — falou Tuppence.

— Lembre-se — disse Tommy —, seis coisas impossíveis antes do café da manhã.

— Aposto que o supero nesse aspecto — disse Tuppence.

— Às vezes você é imprevisível — alfinetou Tommy.

— Mas quase sempre quem tem razão é *você* — retorquiu Tuppence. — E isso é muito irritante. Enfim, a vida é um teste contínuo. Quem é que vive dizendo isso?

— Não importa — falou Tommy. — Vá tirar a sujeira dos tempos de antanho. Isaac é um bom jardineiro?

---

* Em *Alice no País do Espelho*, Alice diz que não acredita em coisas impossíveis. A Rainha Branca responde que na infância já pensava em "seis coisas impossíveis antes do café da manhã". (N.T.)

— Pelo menos pensa que é — respondeu Tuppence. — Acho que podemos dar uma chance a ele...
— Infelizmente não sabemos quase nada sobre jardinagem. Mas esse é outro problema.

4

EXPEDIÇÃO A BORDO DE TRUELOVE; OXFORD E CAMBRIDGE

I

"Seis coisas impossíveis antes do café da manhã... Pois sim!", pensou Tuppence enquanto tomava a xícara de café e avaliava a possibilidade de comer o ovo frito remanescente no aparador, no meio de dois rins de aparência tentadora. "O café da manhã é mais útil do que pensar em coisas impossíveis. Tommy que se aventure atrás delas. Investigação, pois sim! Tenho lá minhas dúvidas se ele vai descobrir alguma coisa."

Serviu-se do ovo frito e dos rins.

"Que bom", continuou Tuppence, "ter opções diferentes no café da manhã".

Por um bom tempo, ela se contentara com uma xícara de café e um suco de laranja ou de toranja. Eficiente para perder peso, esse tipo de café da manhã não era o que se podia chamar de saboroso. Pela força dos contrastes, pratos quentes sobre o aparador animavam os sucos digestivos.

"Isso", refletiu Tuppence, "é o que os Parkinson deviam tomar no café da manhã. Ovos estrelados com bacon e talvez...", vasculhou na memória cenas de antigos romances, "faisão desfiado, servido frio no aparador. Que delícia! Ah, eu me lembro, parecia delicioso. As crianças ficavam em segundo plano. Só sobravam as pernas para elas. Se bem que pernas de gamo são excelentes para mordiscar". Abocanhou o último pedaço de rim e parou de murmurar consigo.

Ao mesmo tempo, barulhos singulares entraram pelo vão da porta.

— Estranho — disse Tuppence. — Parece uma orquestra desafinada.

Calou-se de novo, uma fatia de pão torrado na mão, e levantou o olhar quando Albert entrou na sala.

— O que está acontecendo, Albert? — quis saber Tuppence. — Não me diga que os operários estão tocando harmônio...

— É o técnico que veio ver o piano — disse Albert.

— Ver o piano? Para quê?

— Para afiná-lo. A senhora que me pediu para chamar um afinador.

— Ora, ora! — exclamou Tuppence. — Já providenciou? Como você é competente, Albert.

O olhar de Albert transbordou de satisfação. Ele *sabia* da extrema competência com que providenciava os pedidos extras do casal Beresford.

— Ele disse que estava na hora — afirmou.

— Imagino que sim — comentou Tuppence.

Terminou a xícara de café e passou à sala de estar. Um rapaz mexia no piano de cauda, que revelava ao mundo as suas entranhas.

— Bom dia, madame — saudou o rapaz.

— Bom dia — respondeu Tuppence. — Que bom que pôde vir logo.

— Ah, ele estava precisando ser afinado, e como.

— Sei disso — falou Tuppence. — Sabe, acabamos de nos mudar. E se tem coisa que não faz bem a um piano é ficar sendo transportado para lá e para cá. Se bem que fazia um bom tempo que não o afinávamos mesmo.

— Logo percebi — confirmou o rapaz.

Pressionou três cordas diferentes, uma após a outra, tocou duas notas alegres numa tecla branca e duas notas melancólicas em Lá menor.

— Belo instrumento, madame, se me permite observar.

— É um Erard — informou Tuppence.

— Não é fácil conseguir um piano desses hoje em dia.

— Ele já teve seus percalços — comentou Tuppence. — Superou os bombardeios em Londres. Nossa casa lá foi atingida. Felizmente não estávamos em casa, e os danos no piano foram superficiais.

— Sim. Os mecanismos estão em boa condição. Não precisam de nenhum reparo maior.

A conversa seguiu agradável. O rapaz tocou os primeiros compassos de um prelúdio de Chopin e desembocou numa interpretação de "O Danúbio azul". Por fim, anunciou que o trabalho estava encerrado.

— É melhor eu aparecer de vez em quando — alertou. — Seria bom daqui a um tempinho experimentar o piano de novo. A gente nunca sabe quando pode... não sei bem como me expressar... pisar na bola. Sabe como é, um pequeno detalhe que a gente não percebe na primeira vez.

Os dois se separaram com manifestações mútuas de apreço sobre música em geral e sobre música para piano em particular, e com as saudações educadas de duas pessoas que concordavam bastante quanto à alegria que a música proporcionava às suas vidas.

— Imagino o trabalhão que deu para arrumar esta casa — falou ele olhando ao redor.

— Ela ficou um tempo vazia antes de nos mudarmos.

— Ah, sim. Mudou de dono muitas vezes.

— Tem uma história e tanto, não é? — perguntou Tuppence. — Muita gente morou aqui no passado, e aconteceu cada coisa esquisita!

— Ah, sim, a senhora deve estar falando do que aconteceu muito tempo atrás. Não sei se foi na última guerra ou na anterior.

— Segredos navais — arriscou Tuppence.

— A gente escuta o que pessoal fala, mas eu mesmo não sei de nada.

— Bem antes do seu tempo — falou Tuppence, apreciando o jovem semblante do rapaz.

Após ele sair, sentou-se ao piano.

— Vou tocar "Gota de chuva no telhado" — disse Tuppence, que lembrara da peça de Chopin ao escutar o afinador executando um dos outros prelúdios do compositor. Deslizou os dedos nas teclas, fazendo o acompanhamento para uma canção, primeiro cantando com os lábios fechados e depois murmurando as palavras também.

Aonde meu amor foi passear?
Meu amor percorre que caminhos?
Na mata ecoa o canto dos passarinhos
Quando será que meu amor vai voltar?

— Estou tocando a nota errada — falou Tuppence —, mas pelo menos o piano está bom outra vez. Ah, como é divertido tocar piano de novo. Aonde meu amor foi passear? — cantarolou. — Quando será que meu amor... Meu Truelove? — disse Tuppence pensativa. — Amor... Truelove? Quem sabe não é um sinal? É melhor eu sair e passear com o Truelove.

Ela calçou as botinas, vestiu um blusão e saiu para o jardim. Truelove havia sido empurrado não de volta ao seu antigo lar em KK, mas para dentro do estábulo vazio. Tuppence o tirou para fora, puxou-o até o topo da colina gramada, passou um pano que trouxera para remover o grosso das teias da aranha grudadas em vários pontos, acomodou-se na charretinha de Truelove, colocou os pés nos pedais e o induziu a pôr-se em movimento, tão bem quanto suas condições lhe permitiam.

— Agora, Truelove — disse ela —, vamos descer a colina! Sem correr muito.

Levantou os pés dos pedais e os posicionou de modo a conseguir usá-los como freios, se necessário.

Truelove não parecia inclinado a ganhar muita velocidade, embora seu único esforço fosse deixar a força da gravidade agir colina abaixo. Porém, o declive acentuou de repente. Truelove acelerou o galope, Tuppence usou os pés como freios com mais energia. Os dois foram parar no meio de um jovem pinheiro chileno no sopé da colina, em uma posição bem mais desconfortável do que de costume.

— Que dolorido — falou Tuppence, desemaranhando-se do meio dos galhos.

Tendo se desvencilhado das grimpas da araucária chilena, Tuppence limpou a roupa e olhou ao redor. Chegara a um trecho de arbustos fechados que abraçava o lado oposto da colina. Arbustos de azaleias e hortênsias. "Na primavera", pensou Tuppence, "seria lindo de ver". Mas naquele instante não tinha beleza especial. Apenas um bosque cerrado de arbustos. Entretanto, ela notou uma antiga trilha que penetrava no meio das moitas. O mato ficava cada vez mais fechado, mas dava para distinguir a direção da trilha. Tuppence quebrou alguns galhos, forçou passagem por entre os arbustos e contornou a colina. A trilha começou a serpentear colina acima. Era evidente que havia muito tempo ninguém passava por ali.

— Onde será que vai dar isso? — murmurou Tuppence. — Deve ter um destino.

"Talvez", pensou ela quando a trilha deu duas curvas sinuosas em zigue-zague, "tenha sido isso que *Alice no País das Maravilhas* quis dizer ao se referir a uma trilha que de repente se sacode e muda de direção". Os arbustos rarearam e surgiram loureiros, talvez os que haviam dado nome à propriedade. Uma trilha pedregosa, íngreme e estreita serpenteava morro acima por entre os pés de louros. Terminou abruptamente em quatro degraus cobertos de musgos. Os degraus levavam a um nicho outrora feito de metal, agora substituído por garrafas. Um santuário. Nele, um pedestal com uma escultura de pedra bastante deteriorada. Um menino de cesta na cabeça. Tuppence teve a impressão de que já vira algo parecido.

— Isso liga um local a uma data — falou ela. — Bem parecido com o que a tia Sarah tinha no jardim. Por sinal, um jardim com vários loureiros.

Suas memórias a remeteram até tia Sarah, a quem visitara em ocasiões esporádicas na infância. Lembrou-se das brincadeiras que faziam lá, como aquele jogo chamado River Horses. Para brincar de River Horses era preciso levar o bambolê junto. Tuppence, é bom que se diga, tinha seis anos na época. O bambolê representava os cavalos. Cavalos brancos crinudos de caudas graciosas. Com os cavalos, Tuppence atravessava em sua imaginação um relvado alto e espesso, alcançava um canteiro forrado de capim-dos-pampas, balançando as inflorescências plumosas ao vento, e subia por um caminho semelhante até chegar a um quiosquezinho no meio das faias, onde havia a escultura de um menino inclinado com uma cesta na cabeça. Tuppence, quando cavalgava os corcéis triunfantes até lá, sempre levava um presente para colocar na cesta; então dizia que era uma oferenda e fazia um pedido. E quase sempre o pedido se tornava realidade.

— Mas — lembrou-se Tuppence, sentando-se no último degrau da escada —, na verdade eu trapaceava. Eu pedia algo que eu sabia que era quase certo que ia acontecer. Então eu tinha a sensação de que meu pedido se realizava. Era mesmo *mágico*! Uma oferenda apropriada para um deus do passado. Mas não era um deus de verdade e sim um menininho gordinho. Ah... como era divertido todo aquele faz de conta!

Suspirou, retornou pela trilha e tomou o caminho da misteriosamente denominada KK.

KK parecia estar na mesma bagunça de sempre. Matilde tinha uma aparência desamparada e desprezada, mas duas outras coisas chamaram a atenção de Tuppence: banquinhos com as figuras de cisnes brancos em volta, feitos de porcelana. Um azul-escuro e o outro azul-celeste.

— Claro — disse Tuppence —, já vi esses bancos quando era menina. Decorando os avarandados. Uma tia minha, se não me engano, tinha dois. A gente os chamava de Oxford e Cambridge. Iguaizinhos a estes. Patos... Ou melhor, *cisnes*. Com essa mesma coisa estranha no assento, um buraco em S. A gente enfiava coisas dentro. Vou pedir para Isaac levar os banquinhos para fora e dar uma boa lavada neles. Então, quando o tempo melhorar, vou colocá-los na "varanda", como diz o Tommy, ou na "galeria", como o empreiteiro insiste em chamar. Acho mais bonito "avarandado".

Deu meia-volta rápido rumo à porta, tropeçou em Matilde e...

— Ai, não! — exclamou Tuppence. — Que foi que eu fiz dessa vez?

Tinha chutado o banquinho de porcelana, que rolara no chão e se quebrara em pedaços.

— Ai, meu Deus — choramingou Tuppence —, é o fim de Oxford. Vou ter que me contentar apenas com Cambridge. Não vai dar para colar Oxford. Os pedaços são muito irregulares.

Suspirou e ficou se perguntando o que Tommy estaria fazendo.

II

Tommy compartilhava lembranças com velhos amigos.

— O mundo anda cada vez mais bizarro — comentou o coronel Atkinson. — Ouvi falar que você e a sua esposa, como é o nome dela, Prudence (mas você a chama pelo apelido, Tuppence, isso mesmo), pois então, ouvi falar que foram morar no litoral. Num lugarejo perto de Hollowquay. Por que resolveram morar lá? Algo em especial?

— Encontramos uma casa barata — explicou Tommy.

— Ah, isso sempre é uma sorte, não é? Qual o nome dela? Precisa me deixar seu endereço.

— Estamos pensando em chamá-la de Recanto do Cedro, porque tem um cedro magnífico lá. O nome original era Os Loureiros, mas carrega uma aura meio vitoriana, não é?

— Os Loureiros, Os Loureiros em Hollowquay. Quer saber o que penso? O que anda aprontando, hein?

Tommy mirou aquele velho rosto ornado por um espesso bigode branco.

— Está metido em algo, não está? — indagou o coronel Atkinson. — Trabalhando para o governo de novo?

— Ah, estou muito velho para isso — respondeu Tommy. — Não me envolvo mais com isso desde que me aposentei.

— Não sei se acredito, não. Talvez seja uma resposta-padrão. Talvez tenham lhe pedido para dizer isso. Afinal de contas, ainda falta descobrir muita coisa sobre aquele negócio todo.

— Que negócio? — perguntou Tommy.

— Ora, não leu ou ouviu falar sobre o assunto? O escândalo Cardington. Sabe, surgiu depois daquela história... das tais cartas... e do caso do submarino Emlyn Johnson.

— Lembro vagamente — disse Tommy.

— Não era o submarino em si, mas foi isso que chamou atenção para o caso. Aquelas cartas entregavam o jogo, politicamente falando. Sim. Cartas. Quem conseguisse colocar as mãos nelas teria feito um estrago. Teria atraído a atenção para pessoas tidas na época como as mais confiáveis dentro do governo. Impressionante como essas coisas acontecem, não é? Você sabe! Traidores infiltrados, sempre confiáveis, sempre sujeitos excelentes, sempre acima de qualquer suspeita... e todo o tempo... Bem, pouca coisa veio à tona. — Piscou para Tommy. — Quem sabe não enviaram vocês para dar uma olhada?

— Uma olhada em quê? — quis saber Tommy.

— Na casa. Não foi Os Loureiros que você disse? Às vezes, o pessoal brincava com Os Loureiros. O pessoal da segurança foi até lá e deu uma boa investigada, com o resto da turma. Pensavam que iam encontrar alguma prova útil na casa. Uma das hipóteses era de que as cartas haviam sido enviadas ao continente (à Itália para ser mais exato) pouco antes do alerta. Mas outra linha de investigação defendia que ainda estavam escondidas naquela região. O tipo de lugar repleto de porões, pedras soltas e recantos variados. Tommy, meu garoto, confesse que está de volta à caça!

— Garanto que hoje não faço mais nenhuma atividade oficial.

— Era isso que a gente pensava quando você estava naquele outro lugar. No começo da última guerra. Quando perseguiu e capturou aquele sujeito alemão. Aquele e a mulher com livros de cantigas infantis. Sim. Trabalhinho para lá de inteligente, aquele. E agora escalaram você para seguir outro rastro!

— Tolice — retrucou Tommy. — Não perca tempo enfiando essas ideias na cabeça. Não passo de um velhote aposentado agora.

— Não passa de uma raposa velha. Melhor que a maioria desses novatos. Sim. Fica aí sentado com esse olhar inocente... Mas vou parar com o interrogatório. Seria indelicadeza pedir que revele segredos estatais, não é mesmo? Mas peça a sua esposa para tomar cuidado. Sabe que ela sempre se arrisca demais. Escapou por um triz no caso do M ou N.

— Tuppence — afirmou Tommy — só está interessada na história do lugar, sabe. Quem morou, onde morou... Nas fotos das velhas famílias que um dia habitaram a casa, essas coisas. E na reforma do jardim. São nossos interesses básicos hoje em dia. Jardins e catálogos de tulipas.

— Só vou acreditar nisso se transcorrer um ano sem nada empolgante acontecer. Mas eu conheço você, Beresford, e conheço a nossa sra. Beresford também. Os dois formam uma bela dupla, e aposto que vão descobrir algo. Uma coisa é certa: se aqueles papéis um dia vierem à tona, o efeito no front político será devastador. Muita gente não vai gostar. Não mesmo. Gente vista hoje como pilares da retidão! Mas muitos analistas os consideram perigosos. Não se esqueça: até os mais inofensivos têm conexões com gente muito perigosa. Então tenha cuidado e faça a sua esposa ter cuidado também.

— Puxa — disse Tommy —, essas suas ideias estão me deixando entusiasmado.

— Vá se entusiasmando, mas tome conta da sra. Tuppence. Sou admirador dela, sempre foi uma boa moça.

— Moça é meio exagerado — avaliou Tommy.

— Ora, não fale assim da sua mulher. Não pegue esse hábito. Mulher como aquela é uma em um milhão. Tenho pena da pessoa que ela estiver investigando. Aposto que hoje ela está agindo.

— Acho que não. Deve ter ido tomar chá na casa de alguma velhinha.

— Hum... Velhinhas às vezes fornecem informações úteis. E crianças de cinco anos de idade também. Às vezes de onde você menos espera surge uma verdade sobre a qual ninguém sonha. Ficaria pasmo se soubesse...

— Sei que ficaria, coronel.

— Mas não devemos contar segredos — disse o coronel Atkinson, balançando a cabeça.

III

A caminho de casa, Tommy grudou o nariz no vidro da janela do trem e admirou a veloz paisagem rural. "Fico pensando...", disse ele com seus botões, "... aquele velhote em geral está por dentro das coisas. Bem informado. Mas o que poderia haver lá que possa ser de interesse *hoje*? Ficou tudo no passado... *não poderia* haver nada importante antes daquela guerra. Nada que importasse hoje em dia". E então mergulhou em pensamentos, que lhe pareciam estar *atrás* da sua mente em vez de *dentro* dela. Novas ideias dominavam o mundo... ideias de mercado comum. Em algum lugar, havia netos e sobrinhos, novas gerações... membros mais jovens das famílias tradicionais, com força, influência e poder na sociedade apenas porque haviam nascido na família certa. Se, por acaso do destino, não fossem leais, *poderiam* ser aliciados, poderiam acreditar em novas crenças ou em velhas crenças revividas, seja lá como se queira pensar no assunto. A Inglaterra vivia uma conjuntura engraçada, uma conjuntura diferente. Ou sempre estivera na mesma conjuntura? Sempre uma camada de lama sob a superfície lisa. Perto dos seixos, perto das conchas, no fundo do mar, as águas são turvas. Em algum lugar, algo vagaroso se move. Algo a ser encontrado e eliminado. Mas não numa província como Hollowquay. Ela estava fora de moda, se é que um dia estivera na moda. Uma aldeia de pescadores que evoluiu e teve seu auge como uma espécie de Riviera inglesa, agora era um mero resort de verão lotado apenas na alta temporada. Hoje, a maioria prefere viajar ao estrangeiro.

IV

— E então? — indagou Tuppence ao se erguer da mesa de jantar naquela noite e encaminhar-se à sala contígua para tomar café.
— Foi divertido ou não foi? Como vão os velhos amigos?
— Cada vez mais velhos — disse Tommy. — E que tal o chá na sua amiga?
— Veio o afinador de piano — informou Tuppence. — Choveu à tarde, então não fui vê-la. Uma pena, a velha deve saber coisas bem interessantes.
— Meu amigo sabia — revelou Tommy. — Fiquei bem surpreso até. O que pensa mesmo deste lugar, Tuppence?
— Desta casa?
— Não da casa, da aldeia. Hollowquay.
— É um lugar pacato.
— Como assim, pacato?
— Gosto dessa palavra. As pessoas costumam ignorá-la, não sei por quê. Um lugar pacato é um lugar onde as coisas não acontecem, e a gente nem quer que elas aconteçam. Ficamos felizes por elas não acontecerem.
— Ah, isso é por causa da nossa idade.
— Não é por causa disso. É bom saber que *existem* lugares onde as coisas não acontecem. Mas confesso que hoje algo quase aconteceu.

— Como assim, quase aconteceu? Andou fazendo alguma bobagem, Tuppence?

— Claro que não.

— Então o que quer dizer?

— Sabe a cúpula de vidro no telhado da estufa, aquela que balançou um pouco aquele dia? Pois é, veio abaixo. Por um triz não caiu na minha cabeça. Eu poderia ter virado picadinho.

— Parece bem inteira — falou Tommy, olhando para ela.

— Tive sorte. Mas ainda assim, me fez pular de susto.

— Agora vamos ter que chamar o senhorzinho que costuma vir aqui fazer biscates, como é mesmo o nome dele? Isaac, não é? Precisamos chamá-lo e pedir para ele dar uma conferida nos outros vidros... Afinal, não queremos que você passe desta para melhor, não é, Tuppence?

— Quem compra uma casa velha sempre corre o risco de encontrar algo de errado com ela.

— Acha que tem algo de errado com esta casa, Tuppence?

— O que diabos quer dizer com algo de errado com esta casa?

— É que hoje fiquei sabendo de uma coisa esquisita sobre ela.

— Coisa esquisita... sobre esta casa?

— Sim.

— Vai me desculpar, Tommy, parece impossível — duvidou Tuppence.

— Por que impossível? Só porque ela aparenta ser pacata e inocente? Bem pintadinha e reformada?

— Não. Bem pintadinha, reformada e inocente, tudo isso é por nossa conta. Parecia estragada e desleixada quando a compramos.

— Por isso saiu barata.

— Está meio lacônico, Tommy — disse Tuppence. — O que se passa?

— Bem, foi Monty, o velho galã bigodudo, sabe?

—Ah, o galã. Mandou lembranças carinhosas para mim?

— Claro. Recomendou que se cuidasse e que eu cuidasse de você.

— Ele sempre diz isso. Mas não vejo por que deva me cuidar por aqui.

— Ora, parece o tipo de lugar em que é bom se cuidar.

— Quer ser mais claro, Tommy?

— Tuppence, o que pensaria se eu dissesse que ele sugeriu, ou insinuou, como queira, que estávamos aqui não de chuteiras penduradas, mas como agentes na ativa, que estávamos outra vez, como nos tempos de M ou N, a trabalho, enviados em nome da segurança e da ordem, para descobrir alguma coisa, para descobrir o que há de errado neste lugar?

— Não sei se é você quem está sonhando ou o velho bigodudo, se foi ele quem insinuou isso.

— Pois foi ele. Parecia pensar mesmo que estamos aqui numa espécie de missão, para descobrir alguma coisa.

— Descobrir alguma coisa? Que tipo de coisa?

— Alguma coisa escondida nesta casa.

— Alguma coisa escondida nesta casa! Tommy, quem está maluco, você ou ele?

— Cheguei a pensar que ele estava mesmo maluco, mas não tenho certeza.

— O que pode ser encontrado nesta casa?

— Sei lá, algo que alguém escondeu um dia.

— Um tesouro? Joias da coroa russa no porão?
— Não um tesouro. Algo perigoso para alguém.
— Curioso — falou Tuppence.
— Por quê? Achou alguma coisa?
— Claro que não. Mas parece que houve um escândalo neste lugar há um tempão. Ninguém se lembra de verdade, mas é o tipo de coisa que as vovós contam, e os empregados fofocam. Beatrice tem uma amiga que sabe algo do assunto. E tem a ver com Mary Jordan. Muito sigiloso.
— Está imaginando coisas, Tuppence? Retrocedeu aos dias gloriosos da nossa juventude, à época em que alguém entregou uma encomenda secreta a uma moça a bordo do *Lusitania*, aos dias em que respirávamos aventuras e seguíamos o rastro do enigmático sr. Brown?
— Minha nossa, Tommy, isso faz muito tempo! Nossa alcunha era os Jovens Aventureiros. Agora nem parece que foi real, parece?
— É, não parece. Nem um pouquinho. Mas foi real, sim. E como foi. Assim como tem um monte de coisa real em que a gente não consegue acreditar. Deve ter sido há pelo menos sessenta ou setenta anos.
— O que Monty disse mesmo?
— Cartas ou documentos — explicou Tommy — capazes de criar um grande motim político. Um poderoso que não merecia o cargo. Cartas, documentos, enfim, coisas que o deixariam com as calças na mão se viessem à tona um dia. Toda sorte de intrigas, coisa muito antiga.
— Na época de Mary Jordan? Que estranho — ponderou Tuppence. — Tommy, tem certeza de que não dormiu no trem e sonhou com tudo isso?

— Talvez — respondeu Tommy. — É mesmo estranho.

— Por outro lado — disse Tuppence —, bem que a gente poderia dar uma olhadinha, já que estamos morando aqui.

Ela correu o olhar pela sala.

— Nunca imaginei que poderia haver algo escondido por aqui. E você, Tommy?

— Não parece o tipo de casa que alguém escolheria para esconder algo. Várias famílias já moraram aqui depois daquela época.

— Sim. Família após família, até onde eu sei. Eu suponho que algo poderia estar escondido no sótão ou no porão, ou ainda enterrado embaixo do piso do quiosque. Vai ser bem divertido! — animou-se Tuppence. — Quando não tivermos nada melhor para fazer, e nossas costas estiverem doloridas de tanto plantar tulipas, a gente pode dar uma procurada por aí. Só para pôr os miolos para funcionar, sabe? Partir da pergunta: se eu quisesse esconder algo, que lugar escolheria para que ninguém conseguisse achar?

— Não acho que exista algo incógnito aqui — falou Tommy. — Não com jardineiros e pessoas, sabe, sempre bisbilhotando, e com diferentes famílias morando aqui, corretores de imóveis e tudo mais.

— Nunca se sabe. Pode estar até dentro de um bule de chá.

Tuppence levantou-se, foi até a cornija da lareira, subiu num banquinho e pegou um bule de chá chinês. Levantou a tampa e deu uma espiada.

— Nada aqui — falou ela.

— Lugar impróprio — desdenhou Tommy.

— Acha — quis saber Tuppence, com uma voz esperançosa — que alguém tentou acabar comigo e afrouxou a claraboia de vidro da estufa para ela cair em cima de mim?

— Acho difícil — disse Tommy. — Mais provável que o objetivo fosse eliminar o velho Isaac.

— Que decepcionante — falou Tuppence. — Seria boa a sensação de ter escapado por um triz.

— Bem, é melhor você se cuidar. Eu também vou cuidar de você.

— Sempre me trata como criança — reclamou Tuppence.

— Não deixa de ser um cavalheirismo da minha parte — falou Tommy. — Deveria ficar satisfeita por ter um marido dedicado.

— Não tentaram atirar em *você* nem descarrilar o trem ou coisa parecida, tentaram? — indagou Tuppence.

— Não — respondeu Tommy. — Mas é melhor verificar os freios do carro antes de sair na próxima vez. Ah, tudo isso é bobagem — acrescentou ele.

— Claro que é — concordou Tuppence. — Pura bobagem. Por outro lado...

— Por outro lado o quê?

— Só de pensar numa coisa dessas já é meio divertido.

— Pensa que Alexander foi assassinado porque sabia de alguma coisa? — perguntou Tommy.

— Ele sabia algo sobre quem matou Mary Jordan. "Foi um de nós..." — O rosto de Tuppence se iluminou. — *Nós* — repetiu ela com ênfase. — Temos que descobrir a quem Alexander se referia ao dizer "nós". Temos que desvendar um crime. Voltar ao passado e solucioná-lo... Descobrir onde aconteceu e por que aconteceu. Nunca antes enfrentamos desafio igual.

5
MÉTODOS DE INVESTIGAÇÃO

— Afinal por onde andava, Tuppence? — questionou o marido ao retornar para casa no dia seguinte.

— Por último estive no porão — respondeu Tuppence.

— Dá para notar — observou Tommy. — O seu cabelo está cheio de teias de aranha.

— Ora, não poderia ser diferente. No porão, teia de aranha é o que não falta. Afora isso — falou Tuppence —, só uns frascos de *bay rum*.*

— *Bay rum*? — indagou Tommy. — Interessante.

— Mesmo? — respondeu Tuppence. — Alguém consegue beber aquilo? Não me parece nem um pouco palatável.

— Acho — disse Tommy — que o pessoal usava como tônico capilar. Quero dizer homens, não mulheres.

— Tem razão — disse Tuppence. — Lembro de um tio meu que aplicava. Um amigo dele trazia da América.

— É mesmo? Que interessante — disse Tommy.

— Não acho — desdenhou Tuppence. — Não nos ajuda em nada, pelo menos. Não é possível esconder nada num frasco desses.

— Então é assim que você passa o seu tempo.

---

* Destilado das folhas e frutos de *Pimenta racemosa*, planta do Caribe. (N.T.)

— É preciso começar por algum lugar — falou Tuppence.
— Se o que seu amigo disse é verdade, algo *pode* estar escondido nesta casa, mesmo sendo difícil imaginar onde está ou o que é. Afinal, quando você vende uma casa, morre ou se muda, a casa é então esvaziada, não é mesmo? Os herdeiros tiram a mobília e a vendem, ou, se a mobília fica, o *próximo morador* a vende. Por isso, pela lógica, as coisas que sobraram na casa até hoje não pertencem a moradores antigos e sim aos mais recentes.

— Mas então por que alguém ia querer nos ferir ou tentar nos expulsar daqui? Isso só faria sentido se houvesse algo que não querem que a gente descubra.

— Essa é a *sua* teoria — falou Tuppence. — Pode não ser verdade. Em todo caso, o dia não foi totalmente perdido. Encontrei algumas *coisinhas*.

— Têm a ver com Mary Jordan?

— Não em especial. O porão, como disse, não é uma fonte muita boa. Velharias fotográficas, uma lâmpada de quarto escuro que se usava antigamente, de vidro vermelho, e as garrafas de bebida. Mas nenhum ladrilho com a aparência de ter sido removido para esconder algo embaixo. Alguns baús danificados e duas malas antigas, tudo coisa sem muita utilidade. É só dar um chute que se desmancham. Fracasso quase total.

— Que frustrante — disse Tommy.

— Para falar a verdade, no fim *encontrei* umas coisinhas interessantes. Então falei com meus botões (é sempre bom falar com os seus botões!)... Pensando bem, antes de contar, é melhor subir e tirar as teias de aranha.

— Faça isso — concordou Tommy. — Ficará mais agradável aos olhos.

— Se quer um sentimento puro como o de Darby e Joan* — falou Tuppence —, deve sempre me achar provocante, não importa a idade.

— Tuppence, minha queridinha — falou Tommy —, para meus olhos você é provocante até demais. E, com esse cachinho fofo de teia de aranha enfeitando a orelha esquerda, fica ainda mais atraente. Parece aquele cachinho dos retratos da imperatriz Eugênia, sabe, descendo pelo pescoço. Com a diferença de que nos cachinhos da imperatriz não tinha uma aranha.

— Aranha? — gritou Tuppence passando a mão no cabelo.

Ela subiu e mais tarde voltou à presença de Tommy. Uma taça a esperava. Olhou para ela desconfiada.

— Não vai querer que *eu* beba o *bay rum*, vai?

— Nem eu quero.

— Bem — reiniciou Tuppence —, se eu puder continuar com o que estava falando...

— Por favor, continue — pediu Tommy. — Vai continuar de qualquer jeito, mas quero ter a sensação de que foi porque eu a incentivei.

— Como eu ia dizendo, falei com meus botões: "Se eu fosse esconder algo nesta casa para ninguém achar, que tipo de lugar escolheria?"

— Nada mais lógico — ponderou Tommy.

— E então pensei: "que lugares existem por aqui onde é possível esconder coisas?" Um deles é a barriga de Matilde.

— Como é? — disse Tommy.

---

* Personagens de um antigo provérbio inglês que representa o protótipo de uma união harmônica e duradoura. (N.T.)

— A barriga de Matilde. O cavalo de balanço. Eu contei a você sobre o cavalo de balanço. É americano.

— Quanta coisa veio da América — concluiu Tommy. — O rum também, pelo que você disse.

— O cavalo de balanço tem um buraco na barriga. Foi o velho Isaac quem me contou. Um buraco na barriga com uma porção de papéis esquisitos dentro. Nada de atrativo. Mas é um bom esconderijo, não acha?

— É possível.

— E o Truelove, é claro. Examinei Truelove de novo. Ele tem um assento impermeável todo estragado, mas ali não tinha nada. E também não achei pertences pessoais de ninguém, é claro. Então pus a cabeça para funcionar de novo. Afinal de contas, ainda faltava a estante cheia de livros. As pessoas escondem coisas nos livros. E não chegamos a terminar a biblioteca lá em cima, não é?

— Achei que tínhamos terminado — comentou Tommy com esperança.

— Ainda não. Falta a prateleira de baixo.

— Mas essa não precisa ser mexida. Pelo menos não é necessário pegar uma escada e ficar baixando os livros.

— Pois é. Então subi no sótão, sentei no chão e examinei a prateleira inferior. A maioria dos livros era de sermões. Escritos em outras épocas por um pastor metodista. Nada de estimulante. Daí eu derrubei todos os volumes da prateleira no chão e, então, descobri um buraco camuflado embaixo dos livros. Não dá para saber quando foi feito. Sei que alguém abriu um buraco e empurrou lá para dentro tudo que é tipo de coisa. Até um livro meio rasgado, grande, de capa parda. Puxei para dar uma olhada. Nunca se sabe, não é? E o que você pensa que era?

— Não tenho a mínima ideia. A primeira edição de *Robinson Crusoé*?

— Não. Um livro de aniversário.

— Um livro de aniversário?! E o que vem a ser isso?

— O pessoal fazia antigamente. É bem velho. Da época dos Parkinson, acho. Ou até mesmo antes. Bem dilapidado e rasgado. Nada que valha a pena guardar, e não acredito que alguém tenha dado importância a ele. Mas é *bem* antigo mesmo, e *é possível* achar algo nele, penso eu.

— Entendo. Quer dizer que alguém pode ter guardado algo no meio das páginas.

— Sim. Mas ninguém fez isso, é claro. Nada assim tão simples. De todo modo, vou continuar procurando com bastante cuidado. Ainda não o examinei com a atenção necessária. Pode ter nomes interessantes nele.

— Imagino que sim — falou Tommy, sem esconder o ceticismo.

— Esse item foi o único com que me deparei no setor de livros. Não tinha mais nada na prateleira de baixo. Então, é claro, só faltava examinar os armários.

— E o resto da mobília? — indagou Tommy. — Gavetas secretas.

— Não, Tommy, está vendo tudo errado. Toda a mobília da casa agora é *nossa*. A casa estava vazia quando trouxemos a mudança. A única coisa que encontramos aqui de tempos antigos é aquela confusão toda na estufa KK, todos aqueles brinquedos e bancos de jardim velhos e enferrujados. Não existe na casa algo que se possa chamar mesmo de mobília antiga. Seja lá quem morou aqui ultimamente levou as coisas ou colocou-as à venda.

Depois dos Parkinson várias famílias moraram aqui, então é difícil ter ficado algo daquela época. Mas, por incrível que pareça, *encontrei* uma coisa que pode ser útil.

— O quê?

— Cardápios de porcelana.*

— Cardápios de porcelana?

— Sim, naquele velho closet em que não tínhamos entrado ainda. Aquele ao lado da despensa, que tinham perdido a chave. Pois bem, achei a chave numa caixa velha. Lá fora, na KK. Coloquei um pouco de óleo na chave e consegui abrir a porta do closet. Não tinha nada nele. Era só um armário sujo com uns cacos de porcelana dentro. Vestígios das últimas pessoas que estiveram aqui. Mas, jogado na prateleira de cima, tinha um montinho de cardápios de porcelana vitoriana, que o pessoal usava nas festas. De dar água na boca, as coisas que eles comiam... Refeições fascinantes. Depois do jantar eu leio para você. Duas sopas, uma leve e outra mais substanciosa e, a seguir, dois tipos de peixe. Isso tudo antes das entradas! Então você tinha uma salada ou coisa que o valha. E daí vinha a carne e daí... não tenho bem certeza o que vinha depois. Torta de sorvete! E para encerrar, salada de lagosta! Dá para acreditar?

— Chega, Tuppence — pediu Tommy —, não aguento mais.

— Para mim é interessante. São coisas antigas. Bem antigas!

— E o que pretende extrair de todas essas descobertas?

— O único item promissor é o livro de aniversário. Nele há uma menção sobre uma pessoa chamada Winifred Morrison.

— E...?

---

* Peças de porcelana em que se escrevia o cardápio com lápis cinza. (N.T.)

— E Winifred Morrison, pelo que sei, era o nome de solteira da velha sra. Griffin, aquela que fui visitar esses dias na hora do chá. Ela é uma das moradoras mais antigas da aldeia e se lembra ou ficou sabendo de fatos das gerações passadas. Quem sabe ela não se lembra ou ouviu falar de alguns dos outros nomes do livro de aniversário?

— Quem sabe — falou Tommy com ar de dúvida. — Ainda acho que...

— O que você acha? — quis saber Tuppence.

— Não sei bem o que acho — finalizou Tommy. — Vamos para a cama e dormir. Não acha que é melhor deixarmos de lado toda essa história? Que diferença faz descobrir quem matou Mary Jordan?

— Não *quer* descobrir?

— Não, não quero — garantiu Tommy. — Pelo menos... ah, desisto. Conseguiu me enredar também, eu admito.

— E *você* não descobriu nada? — indagou Tuppence.

— Hoje não deu tempo. Mas consegui novas fontes de informações. Contratei a mulher de quem lhe falei, aquela especializada em pesquisas... Está investigando pistas.

— Então — disse Tuppence — ainda há esperança. Pode até ser uma tolice, mas que é divertido, ah, isso é.

— Não tenho certeza se vai ser tão divertido quanto você pensa — considerou Tommy.

— Isso não importa — retorquiu Tuppence. — O que importa é que estou fazendo o meu melhor.

— Não tente fazer o melhor sozinha — recomendou Tommy. — É justamente isso que me deixa tão preocupado... Nem sempre estou por perto.

6

SR. ROBINSON

I

— O que será que Tuppence está fazendo agora? — perguntou Tommy num suspiro.

— Vai me desculpar, não escutei bem o que o senhor disse.

Tommy virou a cabeça e observou a srta. Collodon com mais calma. Magra e macilenta. O cabelo grisalho se recuperava de uma tintura oxigenada cujo objetivo (não alcançado) era rejuvenescer-lhe o aspecto. Mais recentemente, testara várias tonalidades artísticas (cinza, fumaça, névoa, azul-metálico e outras colorações sedutoras) adequadas a uma senhora passando dos sessenta anos, dedicada ao ofício da pesquisa. O semblante estampava superioridade ascética e autoconfiança suprema.

— Não foi nada, srta. Collodon — disse Tommy. — Só uma coisa em que estava pensando. Mais nada.

"O que será", pensou Thomas, tomando o cuidado de não verbalizar, "que ela está inventando hoje? Tolices, aposto. Quase se suicidando colina abaixo naquele fantástico e obsoleto brinquedo que ainda vai se desintegrar todo com ela em cima. Vai acabar quebrando algum osso. A bacia, por exemplo, é um risco sério hoje em dia, embora eu não saiba por que ela fica tão vulnerável com o tempo". Tuppence, pensou ele, naquele instante estava aprontando alguma das suas tolices ou bobagens. Na melhor das hipóteses, não seria tolice nem bobagem, mas algo *bem* perigoso. Como era difícil manter Tuppence longe do perigo! Lembrou-se de incidentes do passado. Um poema lhe veio à mente e declamou em voz alta:

Portal do destino (...)
Se for passar, ó caravana, não passe cantando.
Por acaso já ouviu
No silêncio dos pássaros mortos, um pio
Ecoando?

Para a surpresa de Tommy, a srta. Collodon respondeu de imediato:

— Flecker — disse ela. — Flecker. E continua assim: "Portão do Deserto, Caverna do Desastre, Fortaleza do Medo..."

Tommy a encarou, então se deu conta: a srta. Collodon pensou que era uma charada poética. Já estava pronta para pesquisar a obra e outras informações sobre o poeta citado. O problema com a srta. Collodon era a amplidão do campo de pesquisa.

— Eu só estava pensando na minha esposa — desculpou-se Tommy.

— Ah — disse a srta. Collodon.

Mirou Tommy com uma expressão nova no olhar. Problemas conjugais, deduziu ela. O próximo passo seria oferecer o endereço de um escritório de consultoria matrimonial onde Tommy pudesse harmonizar as questiúnculas do casamento.

Tommy apressou-se a dizer:

— A senhora conseguiu descobrir algo sobre aquele pormenor de que lhe falei anteontem?

— Ah, sim. Foi moleza. Somerset House sabe ser útil quando o assunto é pesquisa. Sabe, não tem nada especial, mas consegui dados sobre certos nascimentos, casamentos e mortes.

— De quem? De todas as Marys Jordan?

— Jordan, sim. Uma delas é Mary, a outra é Maria, e tem uma Polly. E Molly também. Não sei se tem a que o senhor quer. Quer ver os dados?

Ela lhe entregou uma folhinha datilografada.

— Ah, obrigado. Muito obrigado.

— Consegui os endereços também. Aqueles que o senhor me pediu. Só falta o endereço do major Dalrymple. Hoje em dia as pessoas mudam de endereço com frequência. Mas daqui a uns dois dias consigo essa informação. Este é o endereço atual do dr. Heseltine. Mora em Surbiton.

— Muito obrigado — disse Tommy. — Posso começar com ele.

— Mais alguma investigação?

— Tenho aqui uma lista de meia dúzia de pessoas. Talvez não sejam da sua alçada.

— O meu trabalho — explicou a srta. Collodon, com total segurança — é tornar as coisas da minha alçada. É fácil descobrir o que se quer descobrir. Sei que é uma forma tola de se expressar, mas explica as coisas, sabe? Eu me lembro... Ah, faz um tempão, quando comecei a trabalhar nisso e descobri o escritório de consultoria Selfridge. Você pode fazer as perguntas mais espantosas, sobre as coisas mais espantosas, e eles sempre são capazes de dizer algo ou indicar onde obter as respostas com rapidez. Mas claro que hoje é diferente. A maioria das investigações acontece quando a pessoa quer cometer suicídio e está com problemas psicológicos. Teleaconselhamento. E questões jurídicas sobre testamentos, além de um monte de fontes extraordinárias para escritores. E cargos no exterior e problemas de imigração. Meu campo de ação é bem amplo.

— Tenho certeza que sim — falou Tommy.

— E ajudo alcoólatras também. Existem muitas associações especializadas nisso. Umas bem melhores que as outras. Tenho uma lista e tanto... bem abrangente... de instituições confiáveis...

— Vou me lembrar disso — disse Tommy — se um dia eu estiver precisando. Vai depender de até onde vou conseguir chegar hoje.

— Ah, mas o senhor não apresenta nenhum sinal de alcoolismo.

— Nem nariz vermelho? — perguntou Tommy.

— É pior nas mulheres — vaticinou a srta. Collodon. — Mais difícil, sabe, de livrá-las do vício, como se diz. Os homens têm lá suas recaídas, mas não tão fortes. Falando sério, as mulheres numa hora estão muito felizes tomando limonada e tudo o mais; de repente, numa bela noite, no meio de uma festa... vai tudo por água abaixo.

Em seguida, consultou o relógio.

— Minha nossa, tenho que ir andando. Tenho um compromisso na Upper Grosvenor Street.

— Por enquanto — disse Tommy —, muito obrigado por tudo.

Abriu a porta com polidez, ajudou a srta. Collodon a vestir o casaco, despediu-se, voltou à sala e disse:

— Esta noite não posso me esquecer de contar a novidade a Tuppence! A pesquisadora pensou que eu tenho uma esposa alcoólatra e que meu casamento está acabando. Era só o que faltava!

II

O que faltava era um encontro num restaurante de preços módicos na vizinhança de Tottenham Court Road.

— Ora, veja só — disse um senhor de idade, saltando num pulo da cadeira onde estivera esperando — se não é Tom Cabeça de Cenoura! Não o teria reconhecido.

— É bem possível que não — concordou Tommy. — Não sobrou muito cabelo cor de cenoura para contar a história. Agora é Tom versão grisalha.

— Ah, não é só você. Como vai de saúde?

— Como de costume. Um fio prestes a rebentar. Cada vez mais perto da decomposição.

— Há quanto tempo não nos víamos? Dois, oito, onze anos?

— Não precisa exagerar — falou Tommy. — Nos encontramos naquele jantar lá no Maltese Cats outono passado, não se lembra?

— É mesmo. Pena que quebrou. Sempre pensei que quebraria. Lugar chique, mas a comida era uma droga. O que tem feito, rapaz? Ainda nos meandros da espionagem moderna?

— Que nada — disse Tommy —, não tenho mais nada a ver com espionagem.

— Meu bom Deus, que desperdício de talento!

— E você, Suíça-de-carneiro?

— Ah, já estou velho demais para servir meu país dessa maneira.

— Muita espionagem em andamento?

— Como sempre. Mas hoje as missões ficam a cargo da meninada brilhante, que sai da universidade com diploma na mão, louca por emprego. Por onde tem andado? Enviei um cartão no Natal. Pra falar a verdade, só enviei em janeiro. Voltou com o carimbo "Destino ignorado".

— Sim. Estamos morando no litoral. Hollowquay.

— Hollowquay? Esse lugarejo me atiça uma lembrança. Algo da sua especialidade aconteceu por lá, não foi?

— Não na minha época — explicou Tommy. — Só fiquei sabendo dessa história depois que cheguei lá. Lendas de mais de sessenta anos.

— Um submarino, não? Projetos de submarinos vendidos para alguém. Esqueci para quem. Talvez japoneses ou russos... ou outros mais. Sei que um dos lugares de encontro com agentes inimigos era o Regent's Park. Em geral, um funcionário subalterno da embaixada. Nada de espiãs excitantes como nos livros de ficção.

— Tenho umas perguntinhas a lhe fazer, Suíça-de-carneiro.

— Ah, é mesmo? Fique à vontade. Não que eu tenha algo para contar, minha vida é bem tediosa. Margery... lembra-se dela?

— Claro que me lembro de Margery. Quase fui ao seu casamento.

— Sei. Mas pegou o trem errado, até onde me lembro. O trem ia para a Escócia e não para Southall. Não perdeu muita coisa.

— O casamento não saiu?

— Ah, sim, o casamento saiu, mas por um motivo ou outro, acabou não funcionando. Não durou mais que um ano e meio. Ela se casou de novo. Eu não, mas vou bem, obrigado. Moro em Little Pollon. Lá tem um campo de golfe bem ajeitado. Minha irmã mora comigo. Ela é uma viúva bem de vida, e nos damos muito bem. É um pouco surda, de modo que não escuta o que eu falo, a menos que eu grite um pouquinho.

— Você disse que já ouviu falar de Hollowquay. Algo relacionado com espionagem?

— Pra falar a verdade, meu velho, faz tanto tempo que não lembro muita coisa. Sei que causou o maior tumulto na época. Excelente jovem oficial da Marinha, acima de qualquer suspeita, inglês da gema, confiável até embaixo d'água. Mas, no frigir dos ovos, nada disso. Trabalhava para... hum, não me lembro agora para quem ele trabalhava. Os alemães, suponho. Antes da guerra de 1914. Acho que era isso.

— Não tinha uma mulher ligada ao caso? — perguntou Tommy.

— Se não me engano sim... Uma tal de Mary Jordan. Mas não tenho certeza quanto a esse detalhe. Saiu nos jornais, e acho que era esposa dele... digo, do oficial da Marinha acima de qualquer suspeita. A mulher dele entrou em contato com os russos e... não, isso aconteceu bem depois. A gente mistura as coisas... É tudo tão parecido. A esposa pensou que ele não ganhava dinheiro suficiente, o que equivale a dizer, imagino, que *ela* não ganhava dinheiro suficiente. E então... Mas por que desenterrar toda essa velha história? Que interesse pode ter após tanto tempo? Já que o assunto é coisa antiga, lembro da sua atuação naquele caso do *Lusitania*, o navio que naufragou, não é? Foi você ou sua mulher quem resolveu o caso?

— Nós dois — contou Tommy. — Isso já faz tanto tempo...

— Tinha uma jovem na história, não tinha? Jane Fish ou coisa semelhante. Ou era Jane Whale?

— Jane Finn — disse Tommy.

— Onde ela está agora?

— Casou-se com um americano.

— Ah, entendo. Tudo perfeito. No fim das contas, a conversa sempre recai nos amigos e no que aconteceu com eles. Quando descobrimos que estão mortos, ficamos incrivelmente surpresos. Afinal, não passava por nossa cabeça que pudessem estar mortos. Mas quando descobrimos que nossos amigos estão vivos, isso acaba nos surpreendendo ainda mais. Complicado este mundo.

Tommy concordou e, nesse meio-tempo, o garçom se aproximou. Qual o pedido... A conversa então passou a ser gastronômica.

III

À tarde, Tommy compareceu a outro encontro, por indicação do amigo. Desta vez, com um homem triste e grisalho enfurnado num escritório, aborrecido por perder tempo com Tommy.

— Não poderia afirmar com certeza. Claro que sei meio por cima do que você está falando... O caso foi muito comentado na época, causou uma grande convulsão política, mas, na verdade, não tenho informações sobre esse tipo de coisa, sabe? Não. Essas coisas não duram, não é verdade? A gente esquece tão logo a imprensa arruma outro escândalo picante.

Discorreu com brevidade sobre situações instigantes em que algo insuspeito de repente viera à tona devido a um fato especial. Então disse:

— Sei de alguém que pode ajudá-lo. Está aqui o endereço. Já marquei uma hora. Sujeito legal. Sabe de tudo. Ele é o melhor, sem dúvida. Padrinho da minha filha. Por isso, é sempre tão simpático comigo e sempre quebra meus galhos quando está ao alcance dele. Perguntei se ele poderia lhe atender. Contei que você precisava de informações de cúpula, expliquei que você era um bom amigo, e ele disse que já ouviu falar em você. "Claro que ele pode vir." Às 15h45, se não me engano. O endereço é este. Um escritório no centro financeiro. Já o conhece?

— Acho que não — falou Tommy, olhando o nome no cartão com o endereço. — Não.

— Quem olha para ele nem imagina o quanto ele sabe. Grande e amarelo.

— Grande e amarelo — ecoou Tommy.

A informação não ajudava muito.

— Ele é o melhor — afirmou o amigo grisalho de Tommy.

— Sem dúvida o melhor. Não deixe de ir lá. Pelo menos ele vai ser capaz de lhe dizer *algo*. Boa sorte, amigo velho.

IV

Tommy localizou com sucesso o mencionado escritório no centro financeiro. Um homem beirando os quarenta anos o encarou com cara de poucos amigos. Teve a sensação de que o homem suspeitou de várias coisas: de que Tommy carregava uma bomba escondida, preparava um sequestro ou estava prestes a render todos os funcionários com um revólver. A sensação deixou Tommy bastante inquieto.

— Tem hora com o sr. Robinson? Qual horário, o senhor disse? Ah, 15h45. — Ele consultou uma agenda. — Sr. Thomas Beresford, não é mesmo?

— Sim — confirmou Tommy.

— Ah, por gentileza, assine aqui.

Tommy assinou onde indicado.

— Johnson!

Um jovem de seus 23 anos, de aparência nervosa, surgiu como um fantasma detrás de uma repartição de vidro.

— Pois não, senhor?

— Leve o sr. Beresford até o quarto andar, no escritório do sr. Robinson.

— Pois não, senhor.

Levou Tommy ao elevador, o tipo de elevador que parece ter ideias próprias de como lidar com as pessoas que entram nele. As portas se abriram. Tommy entrou; as portas se fecharam bruscamente, quase esmagando suas costas.

— Tarde gelada — puxou papo Johnson, em atitude amigável para alguém que claramente se aproximava do poderoso chefão.

— Como sempre — respondeu Tommy.

— Uns dizem que é a poluição, outros que é todo aquele gás sendo drenado do Mar do Norte — comentou Johnson.

— Essa eu não tinha ouvido falar — surpreendeu-se Tommy.

— Mas acho que não tem nada a ver — sentenciou Johnson.

Passaram pelo segundo e pelo terceiro andares, chegando, enfim, ao quarto andar. Tommy escapou outra vez por um triz das portas que se fechavam, e Johnson o guiou por um corredor até chegar a uma porta. Bateu, alguém mandou entrar, ele abriu a porta, introduziu Tommy no recinto e anunciou:

— O sr. Beresford, senhor. Com hora marcada.

Saiu e fechou a porta atrás de si. Tommy deu alguns passos. Uma escrivaninha colossal dominava o ambiente. Sentado atrás dela, um colosso de muitos quilogramas e o dobro de centímetros. Como havia sido descrito: grande e amarelo. Tommy não adivinhou sua nacionalidade. Poderia ser qualquer uma. Dava a impressão de ser estrangeiro. Alemão? Austríaco? Talvez japonês. Mas bem podia ser inglês.

— Ah, sr. Beresford.

O sr. Robinson levantou-se para um aperto de mãos.

— Sinto muito por tomar seu valioso tempo — iniciou Tommy.

Teve a impressão de que o conhecia de algum lugar ou de que alguém já lhe apontara o sr. Robinson. O certo é que na ocasião anterior, seja lá qual tenha sido, ficara evidente que o sr. Robinson era importante, e Tommy se comportara com timidez. E agora se dava conta (ou melhor, estava na cara) que o sr. Robinson continuava importante.

— O senhor quer informações, pelo que soube. O seu amigo, como é o nome dele?, já introduziu o assunto.

— Talvez eu não devesse lhe incomodar com esse assunto. Não é relevante. Foi só...

— Só uma ideia?

— Em parte ideia da minha mulher.

— Ouvi falar da sua mulher. E do senhor também. Deixe-me ver, a última missão foi o caso M ou N, não foi? Hum... Lembro sim. De todos os fatos e detalhes. Capturaram aquele tal comandante, não foi? Aquele supostamente da Marinha Britânica, mas na verdade um huno de alto escalão. Continuo os chamando de hunos de vez em quando, sabe? Se bem que agora tudo mudou com o mercado comum. É como se todo mundo fosse junto ao jardim de infância, por assim dizer. Eu sei. Fez um bom trabalho. Um trabalho excelente. E sua mulher também. Eu que o diga. Todos aqueles livros infantis... Lembro. "Gansinho, tolinho...": não foi essa canção de ninar que revelou o segredo? "Perdeu-se no caminho? Sobe e desce a escada toda hora, e no quarto de minha senhora?"

— E pensar que o senhor se lembra disso — falou Tommy com grande respeito.

— Sei como é. A gente se surpreende quando alguém se lembra das coisas. Lembrei agora mesmo. É tão bobo, não é? Ninguém jamais suspeitaria de algo por trás, não é mesmo?

— Valeu a pena o esforço.

— Mas e agora, qual o problema?

— Nada, não — falou Tommy. — É só...

— Vamos lá, conte-me sem floreios. Não tenha medo. Apenas conte a história. Sente-se. Tire o peso das pernas. Não sabe (se não sabe, vai saber daqui a alguns anos) que é importante relaxar os pés?

— Sou velho o suficiente para saber — reconheceu Tommy. — Não vou demorar muito para esticar as canelas.

— Não fale assim. Vou lhe contar uma coisa: depois que a gente ultrapassa certa idade podemos viver praticamente para sempre. Mas então me conte, de que se trata?

— Resumindo — disse Tommy —, minha mulher e eu nos mudamos e passamos por toda aquela função de entrar numa casa nova...

— Sei bem como é — disse o sr. Robinson. — Eletricistas embaixo do assoalho... Fazem buracos e caímos dentro deles. E...

— A família que nos vendeu a casa nos vendeu um lote de livros. Uma coleção de livros infantis. Henty* e coisas do tipo.

— Henty fez parte de minha infância.

— Num livro que minha esposa estava lendo, encontramos letras sublinhadas. Quando colocadas em sequência, formavam uma frase. E... o senhor vai achar uma grande tolice o que vou dizer agora...

— Isso é alvissareiro — incentivou o sr. Robinson. — Se parece tolice, daí mesmo que eu gosto de ficar sabendo.

— Dizia: "Mary Jordan não morreu de morte natural. Foi um de nós. Acho que sei quem foi."

— Muito interessante — falou o sr. Robinson. — Eu nunca me deparei com algo parecido antes. Então era isso que dizia? Mary Jordan não teve morte natural. E quem foi que escreveu? Alguma pista?

— Tudo indica que um menino em idade escolar. Parkinson, o nome da família. Moraram na casa e ele era um dos Parkinson, ao que parece. Alexander Parkinson. Pelo menos tem alguém com esse nome enterrado no cemitério da igreja.

— Parkinson — repetiu o sr. Robinson. — Espere um pouco. Deixe-me pensar. Parkinson... Às vezes sabemos que um nome tem conexão com o caso, mas nem sempre lembramos direito.

— E ficamos curiosos para descobrir quem foi Mary Jordan.

— Que não morreu de morte natural. Bem a praia de vocês. Mas parece estranho mesmo. O que descobriram sobre ela?

---

* George Alfred Henty (1832-1902), romancista inglês especializado em aventuras históricas. (N.T.)

— Nada de nada — disse Tommy. — Ninguém se lembra muito nem fala muito dela. Uma pessoa disse que ela era o que hoje chamamos de moça *au pair*, uma babá ou coisa que o valha. Ninguém lembra direito. Uma *mademoiselle* ou uma *fraulein*. É difícil conseguir informações, sabe.

— E ela morreu... de que mesmo?

— Alguém trouxe por acidente algumas folhas de erva-dedal com o espinafre da horta. Mas, vou ser sincero, isso não mataria ninguém.

— É verdade — concordou Robinson. — Não seria suficiente. Mas, se a pessoa aplicasse uma dose forte do alcaloide digitalina no café e se assegurasse de que Mary Jordan o ingerisse na hora do lanche, então... como se diz, a erva-dedal seria o bode expiatório, e tudo seria considerado um acidente. Mas Alexander era muito inteligente para engolir essa. O menino tinha ideias ousadas, não tinha? Algo mais, Beresford? Quando foi isso? Na Segunda ou na Primeira Guerra? Ou antes disso?

— Antes. Corria o boato entre antigos habitantes do lugar de que ela era uma espiã germânica.

— Lembro do caso... Provocou grande comoção. Qualquer alemão trabalhando na Inglaterra antes de 1914 era considerado espião. O tal oficial inglês envolvido era "acima de qualquer suspeita". De minha parte, sempre desconfio de pessoas acima de qualquer suspeita. Tudo isso faz muito tempo. Não deve existir relatório recente sobre o tópico. Pelo menos não do jeito que as coisas são divulgadas hoje, só para agradar ao público.

— É tudo muito nebuloso.

— Não poderia ser diferente a esta altura. Sempre teve ligação, claro, com segredos roubados sobre submarinos naquela época. E novidades da área da aviação. Material nessa linha. Foi bem isso que despertou o interesse do público. Mas as coisas têm vários prismas, sabe. Tinha também o lado político. Muitos de nossos políticos importantes. O tipo de sujeito de quem as pessoas dizem: "Ele tem as mãos limpas". Ter as mãos limpas é tão perigoso quanto estar acima de qualquer suspeita quando o assunto é o funcionalismo público. Mãos limpas uma ova! — desdenhou o sr. Robinson. — Na última guerra deu para perceber isso. Certas pessoas não tinham a integridade que era atribuída a elas. Como aquele sujeito que tinha um chalé na praia. Fez inúmeros discípulos elogiando Hitler. Pregava que nossa única chance era fazer aliança com ele. Nobre cidadão de ideias altruístas, tão preocupado com a extinção de toda a pobreza, iniquidade e injustiça... Pois sim! Fascista enrustido, bajulador de Franco, na Espanha, e de toda aquela cambada. Também do querido Mussolini na crista da onda. Inúmeras facetas paralelas antes das guerras. Detalhes que nunca vieram à tona. Ninguém nunca ficou sabendo direito.

— O senhor está por dentro de tudo — não se conteve Tommy. — Desculpe-me, não considere rudeza da minha parte, mas é mesmo empolgante conhecer alguém que sabe de tudo.

— Confesso que costumo enfiar o nariz onde não sou chamado, como se diz. Deparo-me com circunstâncias colaterais nos bastidores. A gente escuta muita coisa. A gente escuta também muita coisa de velhos amigos, envolvidos até o pescoço, que conheciam a turma. Imagino que o senhor já tenha descoberto como funciona, não é verdade?

— É verdade — confirmou Tommy. — Eu me encontro com velhos amigos que têm visto outros velhos amigos. Existe muita coisa que nossos amigos sabiam, e a gente sabia. Na época não trocamos informações, mas é só usar essa rede que a gente fica sabendo de coisas *bem* interessantes.

— Percebo — falou o sr. Robinson — aonde quer chegar... Peguei o fio da meada, como se diz. É interessante que tenha se deparado com isso.

— O problema — falou Tommy — é que eu não tenho certeza se... Quero dizer, talvez seja tudo bobagem nossa. Compramos essa casa para morar, a casa dos nossos sonhos. Reformamos até deixá-la do jeito ideal e tentamos embelezar o jardim. Mas não quero me envolver com espionagem outra vez. É pura curiosidade. Alguma coisa que aconteceu há muito tempo, mas que não sai da sua cabeça, que você deseja saber por quê. Mas não tem objetivo. Não vai fazer bem a ninguém.

— Sei. Querem apenas *saber*. A essência do ser humano. É isso que nos leva a explorar a Lua, realizar descobertas submarinas, procurar gás natural no Mar do Norte, descobrir que as algas marinhas fornecem mais oxigênio do que as florestas. Sempre descobrimos mais e mais novidades. Tudo por conta da curiosidade. Sem curiosidade os humanos seriam jabutis. Vida confortável, a do jabuti. Dorme o inverno todo e não come nada além de grama para passar o verão. Não chega a ser uma vida fascinante, mas é bem tranquila. Por outro lado...

— Por outro lado, humanos são mangustos.

— Que bom. O senhor lê Kipling.[*] Fico muito feliz com isso. Hoje Kipling não é tão apreciado quanto deveria. Sujeito admirável. Um autor maravilhoso para se ler hoje em dia. Seus

---

[*] Rudyard Kipling (1865-1936), vencedor do Nobel de Literatura, autor de *O livro da selva* e *Kim*. (N.T.)

contos são de uma qualidade espantosa. Acho que as pessoas ainda não lhe deram o valor merecido.

— Não quero botar os pés pelas mãos — disse Tommy. — Não quero me envolver com um monte de coisas que não me dizem respeito, que hoje não dizem respeito a ninguém.

— Isso a gente nunca sabe — ponderou o sr. Robinson.

— Não estou apenas — falou Tommy, sentindo-se culpado por incomodar figura tão ilustre — brincando de desvendar mistérios.

— Desvendar mistérios para agradar a mulher, não é? Ouvi falar nela. Ainda não tive o prazer de conhecê-la pessoalmente. Pessoa realmente maravilhosa, não é mesmo?

— Pode-se dizer que sim — respondeu Tommy.

— É bom escutar isso. Gosto de pessoas que permanecem juntas e desfrutam seu casamento desafiando o tempo.

— Na verdade somos jabutis. Tuppence e eu. Velhos e cansados. Temos uma saúde invejável para alguém da nossa idade, mas não queremos nos envolver com nada. Não queremos nos intrometer em nada. Apenas...

— Não precisa ficar se desculpando — ponderou o sr. Robinson. — Quer apenas investigar. Farejar como o mangusto. E a sra. Beresford também. Pelo que ouvi falar dela, aposto que vai dar um jeito de descobrir.

— Pensa que ela tem mais chances de descobrir do que eu?

— Talvez o senhor não seja tão incisivo quanto ela, mas é inegável que tem facilidade em descobrir fontes. Não é fácil descobrir fontes para coisas tão antigas como essa.

— É por isso que eu me sinto mal por ter vindo aqui lhe incomodar. Mas não foi ideia minha. Foi coisa do Suíça-de-carneiro. Indicou uma pessoa que lhe indicou...

— Sei a quem o senhor se refere. Tinha costeletas grossas e orgulhava-se delas, por isso ele era chamado assim. Um bom sujeito. Realizou um bom trabalho na ativa. Ele sabe que eu me interesso muito por esses assuntos. Comecei cedo, sabe, a bisbilhotar e a descobrir coisas.

— E agora — disse Tommy — está no topo.
— Quem foi que disse isso? — quis saber o sr. Robinson.
— Bobagem.
— Não penso assim — falou Tommy.
— Tem gente — ponderou o sr. Robinson — que conquista o topo, e tem gente que é obrigada a ocupá-lo. Guardadas as proporções, a segunda alternativa é a que mais se encaixa no meu caso. Tópicos de relevância inadiável surgiram em meu caminho.
— A Operação Frankfurt, não foi?
— Escutou os boatos? Mas não penso mais nisso. Quanto menos se falar no assunto melhor. Fique à vontade para fazer suas perguntas. Talvez eu seja capaz de respondê-las. Se eu disser que eventos antigos podem dar pistas para descobrir possíveis desdobramentos atuais, isso até pode ter seu fundo de verdade. Eu não me surpreendo com ninguém nem com nada. Mas não sei que sugestão eu possa lhe dar. É o caso de se deter, escutar as pessoas, garimpar pistas de décadas atrás. Se aparecer algo que na sua avaliação possa ser do meu interesse, não pense duas vezes para me ligar ou entrar em contato. Vamos criar códigos, deixar nos envolver pela empolgação outra vez. Ter a ilusão de que somos mesmo importantes. Que tal geleia de maçã silvestre? O senhor me liga dizendo que sua mulher preparou geleia de maçã silvestre e me oferece um pote. Então vou saber o que isso significa.

— Que eu descobri informações sobre Mary Jordan... Mas não vejo o objetivo de continuar com isso. Afinal de contas, ela está morta.

— Sim, está morta. Mas, sabe, às vezes temos ideias equivocadas porque ouvimos inverdades. Ou porque lemos coisas a respeito.

— Ideias equivocadas sobre Mary Jordan? Então ela não tem importância?

— Não quis dizer isso. Ela tem importância sim. — O sr. Robinson olhou o relógio. — Meu tempo se esgota. Vou receber outra pessoa em dez minutos. Um maçante com trânsito no alto escalão governamental. Sabe como é a vida hoje em dia. Governo... É preciso suportar a presença do governo em tudo. No escritório, no lar, no supermercado, na tevê. Vida privada: é disso que precisamos hoje. Por exemplo, essa divertida investigação só é possível para quem desfruta da vida privada e encara a vida do prisma privado. Quem sabe vocês não conseguem descobrir a verdade? Sim. Pode ser que sim ou pode ser que não. Por enquanto, não posso afirmar mais nada, mas sei de alguns fatos que talvez mais ninguém saiba. Com o tempo talvez eu possa contar. Enquanto o assunto estiver encerrado, na prática isso não é exequível. Mas vou lhe contar uma coisa que pode ajudar nas investigações. Deve ter lido sobre o comandante fulano de tal (esqueci o nome dele agora), julgado e condenado por espionagem. Traiu a nação e mereceu ver o sol nascer quadrado. Não há como negar. Mas Mary Jordan...

— Sim?

— Vou contar uma coisa que, como eu disse, pode alterar o seu ponto de vista. Mary Jordan... Bem, ela até podia ser chamada de espiã, mas não uma espiã germânica, não uma espiã inimiga. Escute bem, meu rapaz. Não posso ficar lhe chamando de "meu rapaz".

O sr. Robinson baixou o tom de voz e inclinou o corpo sobre a escrivaninha.

— Ela estava do nosso lado.

LIVRO III

1

MARY JORDAN

— Mas isso muda tudo — disse Tuppence.
— Sim — concordou Tommy. — Foi uma grande surpresa.
— Por que será que ele contou a você?
— Não sei — falou Tommy. — Vários motivos.
— Como é ele, Tommy? Não chegou a me contar.
— Amarelo e corpulento — descreveu Tommy. — Comum e ao mesmo tempo fora do comum, se é que você me entende. No topo da parada.
— Está falando de música pop?
— A gente escuta tanto esses termos que acaba pegando.
— Mas por que afinal ele lhe contou? Com certeza não ia revelar informações confidenciais.
— Faz muito tempo que isso aconteceu — ponderou Tommy. — Está tudo encerrado. Calculo que nada disso ainda tenha relevância hoje em dia. Hoje tudo é noticiado, mesmo que não oficialmente. Não se esconde mais nada. O que acontece acaba nas manchetes. O que foi escrito e declarado, qual o motivo da agitação e como se tentou abafar o escândalo.
— Você me deixa toda confusa quando fala essas coisas — reclamou Tuppence. — Dá a impressão de que estamos vendo tudo errado.

— Como assim, vendo tudo errado?
— Nossa abordagem.
— Continue — incitou Tommy.
— Como eu disse, parece tudo errado. Descobrimos a pista em A *flecha negra*. O menino Alexander sublinhou o livro, ao que tudo indica. Quem matou Mary Jordan? A mensagem dizia "um de nós". Talvez alguém da família ou que morava na casa ou que a frequentava. Mas quem afinal era Mary Jordan? Isso nos deixa perplexos.
— Só Deus sabe o quanto — comentou Tommy.
— Não descobri nada de concreto sobre ela. Só...
— Só que era uma espiã germânica, não é isso?
— Isso é que o povo pensava e imaginei que fosse verdade. Mas agora...
— Sabemos que não é verdade — completou Tommy. — Ela era o contrário de uma espiã germânica.
— Uma espiã britânica.
— Uma agente do serviço secreto da Inglaterra. Veio aqui com a missão de desmascarar... Como é mesmo o nome dele? Eu queria ter melhor memória para nomes. O oficial da Marinha. O tal que vendeu o segredo do submarino. Devia haver um enclave de espiões alemães por aqui, como nos tempos de M ou N, todos atarefados maquinando atrocidades.
— É o que parece.
— E ela foi enviada para descobrir o que se passava.
— Entendo.
— Se for assim, "um de nós" não significa o que pensávamos. "Um de nós" significa... alguém que morava nas redondezas. Alguém relacionado a esta casa ou algum hóspede de uma

ocasião especial. E por isso ela foi assassinada. A sua identidade foi revelada. E Alexander descobriu tudo.

— Talvez ela fingisse ser espiã — falou Tuppence — a serviço da Alemanha. Fez amizade com o tal comandante...

— Que tal chamá-lo de comandante X? — sugeriu Tommy.

— Certo. Ela fez amizade com o comandante X.

— Não vamos nos esquecer — lembrou Tommy — do agente inimigo que morava nas imediações. O cabeça de uma vasta organização. Morava num chalé à beira-mar. Escrevia propaganda ideológica. Defendia que nossa única escapatória era nos mancomunarmos com os alemães...

— É tudo tão emaranhado — disse Tuppence. — Projetos, documentos secretos, conspirações... Tudo tão confuso. Buscamos nos lugares errados.

— Vai me desculpar — redarguiu Tommy —, mas discordo.

— Por quê?

— Se Mary Jordan veio aqui para descobrir algo, e se ela realmente descobriu, quando *eles* (o comandante X e sua trupe, pois devia ter mais gente envolvida) descobrissem a verdade sobre ela...

— Não me deixe ainda mais atrapalhada — rogou Tuppence. — Do jeito que você fala, só me confunde ainda mais. Continue, mas fale mais claro.

— Está bem. Quando a desmascararam tiveram que...

— Silenciá-la — concluiu Tuppence.

— Falando desse jeito você faz parecer uma trama de Phillips Oppenheim* — disse Tommy. — De antes de 1914, com certeza.

---

* Edward Phillips Oppenheim (1866-1946), romancista inglês de livros de espionagem. (N.T.)

— Seja como for, tiveram que silenciar Mary antes que ela relatasse suas descobertas.

— Deve haver algo mais por trás disso — avaliou Tommy.

— Talvez ela tenha se apossado de algo importante. Alguma espécie de documento ou comunicado escrito, cartas enviadas ou passadas a alguém.

— Entendo. Precisamos procurar num amplo leque de suspeitos. Mas, se ela foi uma das pessoas a morrer por causa do engano ocorrido com as verduras, não entendo por que Alexander usou a expressão "um de nós". Tudo indica que não era alguém da família *dele*.

— Talvez não tenha sido alguém da casa — ponderou Tommy. — É fácil colher por engano folhas parecidas, misturá-las num só molho e levá-las até a cozinha; mas isso não seria suficiente, penso eu, para causar algum efeito real... digo... *fatal*. As pessoas consomem a refeição, se sentem mal e chamam o médico. O médico manda analisar a comida e conclui que houve um engano com as verduras. Nem sequer lhe passa pela cabeça que alguém pudesse ter feito de propósito.

— Mas então todos que comeram teriam morrido — falou Tuppence. — Ou todos teriam ficado doentes, mas *escapado*.

— Não necessariamente — retorquiu Tommy. — Se quisessem matar alguém (Mary J.), era só ministrar uma dose de veneno, vamos dizer, num coquetel *antes* do almoço ou do jantar, ou quem sabe no café ou no chá... Digitalina ou acônito, seja qual for o veneno da erva-dedal...

— Acônito é extraído do capuz-de-frade — interveio Tuppence.

— Não dê uma de sabichona — reclamou Tommy. — Todos ingeriram uma dose baixa e ficaram um pouco doentes. Só uma vítima fatal. Não percebe? Se a maioria ficasse doente depois da refeição (jantar ou almoço) no mesmo dia, o incidente seria investigado, e o equívoco, descoberto. Afinal, esses enganos acontecem. Adultos comem cogumelos venenosos e crianças comem frutos de beladona porque acham que é amora. Ficam doentes, mas em geral não morrem. Se alguém morre, considera-se que a pessoa que morreu era alérgica ao princípio ativo, por isso *ela* morreu e os outros *não*. Percebe? Dá a impressão de que tudo não passou de um engano. Nem se cogita a hipótese de haver outra explicação...

— Ou, então, ela ficou um pouco doente, como os outros, e recebeu a dose fatal no chá da manhã seguinte — sugeriu Tuppence.

— Tenho certeza, Tuppence, que ideias não lhe faltam.

— Sobre esse detalhe, é verdade — falou Tuppence. — Mas e o resto? Quem e por quê? Quem era "um de nós"... Ou, melhor dizendo, "um deles"? Quem teve a oportunidade? Alguém hospedado nas redondezas, um amigo talvez? Alguém que forjou uma carta dizendo "Por gentileza, a sra. Murray Wilson está visitando a cidade e quer muito conhecer seu bonito jardim", ou coisa que o valha. Tudo isso seria bem fácil.

— Creio que sim.

— Nesse caso — falou Tuppence —, deve haver algo aqui na casa que explique o que aconteceu comigo ontem.

— O que aconteceu com você ontem, Tuppence?

— Sabe aquela geringonça do cavalinho com charrete? Pois é, as rodas daquela maravilha caíram na descida, e eu levei um tombo daqueles. Fui parar no meio dos galhos do pinheiro chileno. Por pouco não me machuquei feio. Aquele velho tolo, Isaac, devia ter visto se aquela coisa era segura. Ele disse que *tinha* visto. Antes de eu usá-la, ele disse que estava tudo em ordem.

— E não estava?

— Não. Depois ele disse que alguém tinha sabotado o Truelove.

— Tuppence, é o segundo ou terceiro incidente que acontece aqui nesta casa. Eu contei sobre o armário que quase caiu em cima de mim?

— Então alguém está querendo se livrar de *nós*? Isso significa que...

— Que deve haver *algo* — disse Tommy. — Algo *aqui*, nesta casa.

Tommy e Tuppence se entreolharam. Instantes de avaliação. Tuppence abriu a boca três vezes, mas se conteve, franzindo a testa, como quem faz conjeturas. Por fim, Tommy quebrou o silêncio.

— O que Isaac disse sobre o Truelove?

— Que era de se esperar, que estava em péssimo estado.

— Mas ele não disse que alguém mexeu no brinquedo?

— Sem dúvida — confirmou Tuppence. — Disse: "Ah, aquela meninada andou mexericando. Gostam de tirar as rodas". Não que eu tenha visto alguém por perto. Cuidaram para não serem pegos no flagra, esperaram eu sair de casa. Perguntei se ele pensava que tinha sido apenas traquinagem.

— E o que ele respondeu? — indagou Tommy.

— Ficou sem saber o que dizer.

— Não será mesmo molecagem? — ponderou Tommy.

— Quer me convencer de que alguém queria que eu fizesse papel de boba e brincasse com a charretinha até as rodas se soltarem e eu me esborrachar toda? Isso é tolice, Tommy.

— Muita coisa parece tolice — disse Tommy —, mas não é. Depende de onde e como acontece. E por que motivo.

— Não vejo o que o "motivo" tem a ver com isso.

— A gente pode dar um palpite sobre o motivo mais provável.

— Como assim, o motivo mais provável? — indagou Tuppence.

— Talvez alguém queira nos ver longe daqui.

— Por quê? Se quisessem a casa, era só fazer uma proposta por ela.

— É verdade.

— Além do mais, ninguém queria esta casa, até onde sabemos. Quero dizer, não havia nenhum outro interessado quando viemos olhá-la. Ao que parece, estava com valor abaixo de mercado sem nenhuma razão especial além do fato de ser meio antiquada e carecer de muitas reformas.

— Mas não acredito que queiram nos matar só porque você é bisbilhoteira, faz muitas perguntas e copia palavras dos livros.

— Está insinuando que eu remexi em coisas proibidas?

— Mais ou menos — falou Tommy. — Se de repente colocássemos a casa à venda e fôssemos embora, eles ficariam satisfeitos.

— Eles? Quem diabos são "eles"?

— Sei lá — falou Tommy. — Vamos deixar *eles* para mais tarde. *Nós* somos nós, *eles* são eles. Melhor separar as duas coisas. Mas e Isaac?

— Como assim?

— Só me pergunto se ele não está envolvido nisso. Ele é bem velho, mora aqui há uma eternidade e sabe bastante. Se alguém lhe oferecesse uma nota de cinco libras, ele não sabotaria as rodas do Truelove?

— Ele não tem cabeça para isso — afirmou Tuppence.

— Para isso não precisa muita cabeça — retrucou Tommy.

— Só precisaria de cabeça para aceitar a nota de cinco libras e afrouxar uns parafusos ou trincar um pedaço de madeira aqui e acolá, o suficiente para você se arrepender de descer a colina na próxima vez.

— Para mim você está imaginando tolices — insistiu Tuppence.

— Não sou o primeiro a imaginar tolices por aqui.

— Mas minhas tolices se encaixam — justificou Tuppence. — Elas se encaixam com as novas informações.

— Pelo resultado das minhas pesquisas ou investigações, como queira, os dados anteriores não eram exatos.

— Pois é... Essa nova informação deixa tudo de pernas para o ar. Agora sabemos que Mary Jordan não era inimiga e sim agente britânica. Ela veio aqui com um objetivo. Talvez tenha alcançado esse objetivo.

— Nesse caso — falou Tommy —, vamos esclarecer tudo acrescentando a nova informação. Ela veio aqui com um intuito específico.

— Desvendar a verdade sobre o comandante x — falou Tuppence. — Precisamos descobrir o nome dele. É enfadonho ficar repetindo "comandante x" a toda hora.

— Como se fosse simples.

— E ela relatou a descoberta. E abriram a carta — imaginou Tuppence.

— Que carta? — perguntou Tommy.

— A carta que escreveu para o "contato" dela.

— Sim.

— Pensa que era o pai ou avô dela?

— O sistema não funciona assim — explanou Tommy. Ela pode ter escolhido Jordan como um bom nome porque não era associado a nenhum dos lados, o que não aconteceria se ela tivesse origem alemã e tivesse feito outra missão a nosso serviço e não a serviço deles.

— Uma missão no exterior — concordou Tuppence. — Então por que ela veio aqui? Ah, vamos ter que começar tudo de novo... Entretanto ela veio aqui e descobriu algo. Pode ter passado ou não a informação adiante. Talvez não tenha escrito uma carta. Foi a Londres e relatou pessoalmente. Encontrou-se com alguém no Regent's Park, por exemplo.

— O reverso da medalha, não é? — perguntou Tommy. — Conluios no Regent's Park com funcionários de embaixadas...

— Escondendo objetos nos ocos das árvores? Não tem lógica. Quem deposita cartas em árvores ocas são amantes proibidos.

— Uma carta de amor pode conter mensagens cifradas.

— Brilhante ideia — elogiou Tuppence. — Mas... ai meu Deus, faz tanto tempo! Como é difícil evoluir. Quanto mais sabemos, mais confusos ficamos. Mas não vamos desistir, não é mesmo, Tommy?

— Por enquanto não — suspirou Tommy.

— Acha que seria melhor desistirmos? — perguntou Tuppence.

— Talvez fosse...

— Ora — atalhou Tuppence —, não é de seu feitio abandonar uma pista. E eu mesma nunca abandono. Fico obcecada. Perco até a fome.

— Mas agora — falou Tommy — sabemos o começo disso tudo, não concorda? Espionagem inimiga com objetivos determinados, talvez não alcançados plenamente. Porém não sabemos quem estava envolvido. Do lado inimigo. Quero dizer, havia pessoas aqui talvez infiltradas em nossas forças de segurança: por fora, funcionários leais do Estado, mas, no fundo, traidores.

— Gostei dessa hipótese — consentiu Tuppence.

— E a missão de Mary Jordan era entrar em contato com eles.

— Com o comandante X?

— Ou com os amigos dele. Mas pelo visto foi necessário ela vir pessoalmente.

— Então os Parkinson... (vamos nos concentrar neles outra vez até surgir um fato novo) estavam envolvidos? Faziam parte do esquema?

— Não me parece lógico — afirmou Tommy.

— Então não sei o que pode significar.

— Pode significar algo escondido nesta casa — sugeriu Tommy.

— Nesta casa? Mas outras pessoas vieram morar aqui depois, não é?

— Sim, vieram, mas duvido que fosse gente... como você, Tuppence.

— Como assim, gente como eu?

— Gente que gosta de examinar livros velhos e descobrir coisas. Gente que mais parece mangusto. Não, elas só vieram morar aqui. Os empregados dormiam no sótão e ninguém mais entrava lá. Talvez houvesse alguma coisa escondida por Mary Jordan num lugar à mão, pronta a ser entregue quando alguém viesse, ou que ela mesma daria um jeito de levar a Londres ou outro lugar com uma desculpa. Ir ao dentista. Rever um velho amigo. Fácil de fazer. Colocou as mãos no material e escondeu nesta casa.

— E continua escondido nesta casa?

— Nunca se sabe — disse Tommy. — Alguém está com medo. Querem nos ver longe da casa e querem se apossar do que pensam que encontramos e nunca conseguiram encontrar. Talvez tenham procurado no passado e concluído que estava escondido em outro local.

— Tommy, isso está cada vez mais emocionante!

— São meras *suposições* — frisou Tommy.

— Não seja estraga-prazeres — reclamou Tuppence. — Vou procurar lá fora e aqui dentro...

— Vai sair cavoucando a horta?

— Não. Vou vasculhar os armários, o porão... Ah, Tommy!

— Ah, Tuppence, digo eu! — exclamou Tommy. — Justo agora que nos encaminhávamos para uma velhice prazerosa e pacífica.

— Sem paz para os aposentados — brincou Tuppence com alegria. — Essa é outra ideia.

— Qual?

— Ir ao Clube dos Aposentados e ter uma palavrinha com alguns deles. Até agora não tinha pensado nessa alternativa.

— Minha nossa, veja se toma cuidado — pediu Tommy. — Gostaria de ficar em casa de olho em você, mas amanhã tenho que fazer umas investigações adicionais em Londres.

— Eu vou investigar por aqui mesmo — disse Tuppence.

2
INVESTIGAÇÕES DE TUPPENCE

— Espero não estar atrapalhando, aparecendo assim sem avisar — falou Tuppence. — Pensei em ligar antes para saber se a senhora tinha saído, sabe, ou se estava ocupada... Mas não é nada em especial, então posso deixar para outro dia se a senhora preferir. Eu não vou ficar magoada.

— Estou encantada em vê-la, sra. Beresford — assegurou a sra. Griffin.

Ela se acomodou melhor na cadeira e mirou o rosto um tanto ansioso de Tuppence com inegável satisfação.

— É um prazer imenso, sabe, quando alguém novo vem morar neste lugarejo. Estamos tão acostumados com os vizinhos que um rosto novo, ou, se me permite a ousadia, um casal de rostos novos, é um deleite. Um absoluto *deleite*! Qualquer dia vou fazer um jantarzinho e convidar vocês dois. Não sei a que horas o seu marido volta. Ele vai a Londres quase todos os dias, não é?

— Sim — disse Tuppence. — É muita gentileza sua. Espero receber sua visita lá em casa quando ela estiver mais ou menos pronta. Sempre penso que ela vai ficar pronta, mas sempre aparece mais coisa.

— Casas são assim mesmo — comentou a sra. Griffin.

A sra. Griffin, como Tuppence sabia com base em múltiplas fontes de informação — ou seja, diaristas, o velho Isaac, Gwenda dos correios, entre outras — tinha 94 anos. A posição ereta em que gostava de se acomodar para aliviar as dores do reumatismo, associada ao porte altivo, dava-lhe aparência bem mais nova. O cabelo branco rebelde da sra. Griffin, envolto por um lenço de renda, ativou em Tuppence vagas lembranças de suas tias-avós. A sra. Griffin usava óculos bifocais e, às vezes (raramente até onde Tuppence notara), um aparelho auditivo. Tinha o pleno domínio das faculdades mentais e parecia perfeitamente capaz de chegar aos cem anos de idade ou até mesmo aos 110.

— O que tem feito ultimamente? — perguntou a sra. Griffin.

— Fiquei sabendo que os eletricistas terminaram o serviço. Pelo menos foi o que Dorothy me contou. A sra. Rogers, lembra dela? Foi minha empregada uma época e agora vem fazer limpeza duas vezes por semana.

— Sim, graças a Deus — falou Tuppence. — Eu toda hora caía naqueles buracos que eles faziam. Mas eu vim aqui — iniciou Tuppence — por um motivo meio bobo. Fiquei curiosa por saber uma coisa... A senhora vai achar uma bobagem. Andei mexendo numa porção de livros que forrava uma estante. Compramos um lote de livros com a casa, a maior parte infantis bem antigos, mas tinha uns dos meus prediletos na coleção.

— Sei como é — falou a sra. Griffin. — Deve ter adorado a oportunidade de ler os livros queridos novamente. *O prisioneiro de Zenda*, talvez? Minha avó comentava sobre esse livro. Também já li. Que leitura agradável e romântica! O primeiro romance que os adultos deixam as crianças lerem. A leitura de ficção não era estimulada. Minha mãe e minha avó não aprovavam a leitura matinal de romances. Chamavam os romances de "livros de contos". De manhã só era permitido ler História e disciplinas sérias. Romances eram *lazer* e só podiam ser lidos à tarde.

— Sei — falou Tuppence. — Bem, encontrei muitos livros que gostaria de reler. Os da sra. Molesworth, por exemplo.

— *O quarto da tapeçaria*? — indagou na mesma hora a sra. Griffin.

— Sim. Esse livro era um de meus favoritos.

— Prefiro *Sítio dos Quatro Ventos* — contou a sra. Griffin.

— Esse também tem lá. E vários outros autores diferentes. De qualquer modo, quando eu estava lidando com a prateleira de baixo, tive a impressão de que estava danificada, como se alguém tivesse machucado bastante a madeira. Ao mudarem a estante de lugar, imagino. Tinha uma espécie de buraco. Deslizei a mão dentro e tirei dali uma porção de coisa antiga. No meio de vários livros rasgados, achei isto.

Mostrou um pequeno embrulho de papel pardo.

— É um livro de aniversário — explicou. — Do tipo que hoje não existe mais. E tem o seu nome nele. O seu nome de solteira, lembro que a senhora me disse era Winifred Morrison, não era?

— Isso mesmo, querida.

— Pois é, seu nome está escrito no livro de aniversário. E então pensei: será que a sra. Griffin não ia gostar de vê-lo? Quem sabe o livro não mencione outros amigos e proporcione boas lembranças a ela?

— É muita bondade sua, querida. Vou adorar dar uma olhada. Na velhice é divertido ler essas coisas do passado. Foi uma ideia muito gentil.

— Está bem apagado, rasgado e amassado — desculpou-se Tuppence, desembrulhando o pacote e mostrando o livro.

— Ora, quem diria! — admirou-se a sra. Griffin. — Sabe, quando eu era menina, todo mundo tinha o seu livro de aniversário. Depois esse costume meio que se perdeu. Esse deve ser o último dos moicanos. Todas as meninas da escola faziam livros de aniversário. A gente escrevia no livro das amigas, elas escreviam no nosso, e assim por diante.

Pegou o livro das mãos de Tuppence, abriu-o e começou a correr os olhos pelas páginas.

— Puxa vida! — exclamou ela. — Parece que entrei num túnel do tempo. Sim, sem dúvida. Helen Gilbert... Sim, claro que sim. E Daisy Sherfield. Sherfield, sim. Lembro dela. Ela precisou colocar um daqueles negócios na boca. Acho que chamam de extraoral. E ela sempre o tirava. Dizia que não suportava aquilo. E Edie Crone, Margaret Dickson. Ah, sim. Como as crianças tinham letra bonita! Nem se compara com a mocidade de hoje. Não consigo ler as cartas do meu sobrinho. A caligrafia mais parece algum tipo de hieróglifo. A pessoa tem que adivinhar as palavras. Mollie Short, a gaguinha... É mesmo como entrar num túnel do tempo.

— Não creio que muitas estejam... — Tuppence calou-se, sentindo que estava prestes a dizer uma indelicadeza.

— Tem toda razão, querida, a maioria morreu. Mas não todas. Tenho colegas de infância que ainda vivem. Não aqui, porque a maioria das moças se casava e ia morar em outra cidade. Ou se casavam com militar ou diplomata e iam morar no estrangeiro, ou senão em outra cidade. Duas amigas minhas moram em Northumberland. Que coisa mais interessante.

— Não sobrou nenhum Parkinson na cidade? — perguntou Tuppence. — Esse nome não aparece no livro.

— Ah, não. Este livro é de uma época posterior à dos Parkinson. A senhora tem curiosidade sobre os Parkinson, não tem?

— Tenho — falou Tuppence. — Pura curiosidade. Conversa vai, conversa vem, fiquei interessada no menino Alexander Parkinson. Quando passeava no cemitério da igreja um dia desses, notei que ele morreu bem novinho. Lá estava o túmulo dele, e isso me fez pensar nele ainda mais.

— Morreu jovem — falou a sra. Griffin. — Todo mundo lastimou essa morte tão precoce. Menino brilhante, de futuro auspicioso... Não foi uma doença, foi uma comida num piquenique. Pelo menos foi o que contou a sra. Henderson. Ela se lembra de bastante coisa dos Parkinson.

— Sra. Henderson? — indagou Tuppence, erguendo os olhos.

— Ah, não deve ter ouvido falar nela. Mora num desses abrigos de terceira idade. Meadowside. A uns vinte quilômetros daqui. Pode ir lá falar com ela. Vai contar muita coisa sobre a casa onde vocês moram. Era chamada de Ninho da Andorinha na época. Hoje tem outro nome, não é?

— Os Loureiros.

— A sra. Henderson é a caçula de uma família enorme, mas é mais velha do que eu. Trabalhou como governanta por um tempo. Depois acho que foi uma espécie de dama de companhia da sra. Beddingfield, a dona do Ninho da Andorinha, que depois se tornou Os Loureiros. Adora falar sobre os velhos tempos. Por que não vai até lá ter uma boa conversa com ela?

— Ela não vai gostar de...

— Ah, meu bem, tenho certeza de que ela *vai gostar*. Faça o que estou dizendo. Diga-lhe que foi ideia minha. Ela se lembra de mim e de minha irmã Rosemary. Volta e meia eu ia lá visitá-la, mas nos últimos anos não pude mais ir, porque estou com dificuldades de locomoção. E a senhora também pode falar com a sra. Hendley, que mora em... como é o nome atual? Acho que é Estalagem da Macieira. A maior parte dos inquilinos é de pessoas de idade. Uma turma bem heterogênea, sabe? Mas o lugar é bem administrado. E fofoca é o que não falta por lá! Todos vão ficar encantados com a sua visita. Vai ser ótimo para quebrar a monotonia.

3

TOMMY E TUPPENCE COMPARAM ANOTAÇÕES

I

— Parece cansada, Tuppence — falou Tommy quando, ao terminarem o jantar e se dirigirem à sala de estar, Tuppence desabou na poltrona e emitiu suspiros profundos seguidos de um bocejo.

— Cansada? Estou morta! — queixou-se Tuppence.

— O que andou fazendo? Não trabalhou no jardim, espero.

— Não faço trabalho físico em excesso — disse Tuppence friamente. — Sigo o seu exemplo. Investigação mental.

— Que também é muito exaustiva — concordou Tommy. — Onde, mais exatamente? Conseguiu extrair alguma coisa da sra. Griffin anteontem?

— Até que consegui bastante coisa, embora as primeiras recomendações não tenham dado resultado. Mas o balanço foi positivo.

Abriu a bolsa, puxou com certa dificuldade um caderno comprido e, por fim, conseguiu retirá-lo.

— Eu ia conversando com as pessoas e fazendo anotações. Levei comigo os cardápios de porcelana, só para ver o que eles iam dizer.

— Ah. E deu resultado?

— Nem é tanto os nomes que anotei, mas sim as coisas que eles me contaram. Ficaram empolgados com o cardápio de porcelana, porque parece que isso foi um jantar especial de que todos gostaram bastante e tiveram uma refeição inesquecível. Nunca antes participaram de algo parecido e nunca haviam comido salada de lagosta. Ouviam falar que era servida após a carne nas residências mais ricas e mais chiques, mas nunca tinham provado.

— Ah — comentou Tommy —, isso não ajuda muito.

— Claro que ajuda! Todos se lembravam daquela noite. Perguntei por que se lembravam tão bem, e me disseram que era por causa do censo.

— Censo?

— Sim. Sabe o que é um censo, não sabe, Tommy? Ano passado mesmo teve um, ou foi no ano retrasado? O cidadão responde a perguntas e fornece dados pessoais. Todos que dormiram na casa em determinada noite. Sabe como funciona. Na noite de 15 de novembro quem dormiu na sua casa? E você escreve ou eles tomam nota. Não sei bem. O fato é que tinha um censo naquele dia e todo mundo teve que dizer quem estava em casa. Depois, na festa, todo mundo falou sobre o assunto. Comentou-se que aquilo era injusto e estúpido, uma infelicidade dos tempos modernos, porque a pessoa é obrigada a declarar se é casada e tem filhos, ou se não é casada, mas tem filhos. Revelar detalhes constrangedores não é nada agradável. Não em tempos modernos. O pessoal ficou aborrecido ao falar do censo, mas na época ninguém se importou. Foi só algo que aconteceu.

— Pode ser útil descobrir a data exata do censo — comentou Tommy.

— E é possível descobrir isso?

— Claro. Quem conhece as pessoas certas descobre tudo com facilidade.

— E o pessoal se lembrou do falatório sobre Mary Jordan. Todo mundo disse que ela *parecia* uma boa moça, da qual todos gostavam, e que nunca teriam acreditado... Sabe como são as más línguas. Disseram: "Era de origem alemã. Bem que poderiam ter tido mais cuidado ao contratá-la."

II

Tuppence baixou a xícara de café vazia e recostou-se na poltrona.

— Algo promissor? — indagou Tommy.

— Na verdade não, mas talvez seja — respondeu Tuppence.

— O pessoal da velha guarda conversou bastante sobre o assunto. A maioria tinha ouvido histórias dos parentes mais velhos ou coisa do gênero. Histórias sobre esconderijos e objetos encontrados. Um testamento num vaso chinês. Alguém mencionou Oxford e Cambridge, mas eu não entendi a relação.

— Talvez alguém tivesse um sobrinho na faculdade — palpitou Tommy — que levou documentos para Oxford ou Cambridge.

— Talvez.

— Alguém falou em Mary Jordan?

— Só de ouvir falar. Não de saber que era espiã alemã. Só de ouvir falar de fontes inusitadas: avós, tias-avós, irmãs, primos de segundo grau, tio John ou o marinheiro amigo do tio John.

— Comentaram sobre a morte de Mary?

— Conectaram a morte ao episódio da erva-dedal e do espinafre. Todos se recuperaram menos ela.

— Nesse pormenor a história fecha — falou Tommy.

— Uma confusão de ideias — contou Tuppence. — Uma tal de Bessie disse: "Minha avó que falava nisso, e tudo aconteceu uma geração antes da geração dela. Sempre contava detalhes errados". Sabe, Tommy, com todo mundo falando ao mesmo tempo, fica tudo embaralhado e é difícil de aproveitar alguma coisa. Conversas sobre espiões e piqueniques envenenados e tudo o mais. Não consegui nenhuma data; é claro que ninguém vai saber a data exata de nada do que as avós contam para gente. A vovozinha diz: "Eu tinha dezesseis anos na época! Como me emocionei!" É impossível saber *hoje* qual era a idade verdadeira dela na época. Depois dos oitenta o pessoal gosta de se declarar ainda mais velho. Se tem setenta anos, diz que tem só cinquenta e dois.

— "Mary Jordan" — falou Tommy pensativo, citando a frase — "não morreu de morte natural." Fico pensando se *ele* contou a um policial.

— Alexander?

— Sim... morreu porque sabia demais.

— Muita coisa depende de Alexander, não é?

— Sabemos quando Alexander morreu porque vimos a sepultura. Mas Mary Jordan... ainda não sabemos nem quando nem por quê.

— No fim, vamos descobrir — falou Tommy. — Faça uma lista de nomes, datas e fatos. Vai ficar surpresa com o que se consegue conferir com base numa palavra estranha aqui, outra ali.

— Você tem uma porção de amigos úteis — falou Tuppence com inveja.

— E você também — disse Tommy.

— Não tenho, não — retrucou Tuppence.

— Tem sim. E mexe os pauzinhos. Como quem não quer nada, visita uma anciã com um livro de aniversário, e, num piscar de olhos, se vê no meio de um asilo, todos repassando histórias de espionagem contadas por tias-avós, bisavós, tios Johns, padrinhos e talvez um antigo lobo do mar. Se fixarmos datas, quem sabe vamos conseguir *algo*.

— Fico pensando quem eram os universitários que você mencionou... que supostamente esconderam algo em Oxford e Cambridge.

— Não é bem o estereótipo do espião — falou Tommy.

— É verdade — concordou Tuppence.

— E o que me diz de consultar médicos e velhos pastores? — sugeriu Tommy. — Mas não vejo aonde nos levaria. É tudo tão distante. Longe demais. Aconteceu mais alguma coisa anormal com você, Tuppence?

— Quer saber se eu sofri algum atentado nos últimos dois dias? Não. Ninguém me convidou a um piquenique, os freios do carro estão bons, e o frasco de herbicida no celeiro aparentemente ainda não foi aberto.

— Isaac o deixa lá, bem à mão, esperando você fazer um piquenique.

— Ah, coitado do Isaac — falou Tuppence. — Não diga essas maldades dele. Está se tornando um dos meus melhores amigos. Isso me fez lembrar...

— Lembrar do quê?

— Esqueci agora — falou Tuppence, pestanejando. — Lembrei de uma coisa quando você falou aquilo sobre Isaac.

— Ai, meu Deus — suspirou Tommy.

— Ah, sim. Uma velha senhora — começou Tuppence — sempre guardava os brincos nas luvas de estimação, daquelas sem divisões para os dedos. Achava que todo mundo estava tentando envenená-la. E outra pessoa guardava coisas num cofre de donativos. Um objeto de porcelana para coletar dinheiro aos pobres com um rótulo colado em cima. Mas não era para os pobres. Guardava notas de cinco libras ali dentro para fazer um pé-de-meia. Quando enchia, quebrava o cofre e comprava outro.

— E gastava as notas de cinco libras — concluiu Tommy.

— Imagino que *essa* era a moral da história. Achavam, como dizia a minha prima Emlyn, que "ninguém roubaria dos pobres nem dos missionários". Se alguém quebrasse o cofre desse jeito, as pessoas notariam, não é?

— Não encontrou nenhum livro lá em cima com sermões monótonos no meio das páginas, encontrou?

— Não. Por quê? — quis saber Tuppence.

— Só imaginei que seria um bom esconderijo, um livro entediante sobre teologia. Um livro velho e obscuro, com o miolo escavado.

— Não tem nada parecido com isso — falou Tuppence. — Se tivesse eu teria notado.

— Teria lido?

— Claro que não.

— Está vendo? — questionou Tommy. — Teria simplesmente descartado.

— *A coroa do sucesso*. Tem duas cópias desse livro lá em cima — comentou Tuppence. — Espero que nossos esforços sejam coroados com o sucesso.

— Não me parece nada provável. "Quem matou Mary Jordan?" Será que vamos escrever esse livro algum dia?

— Se conseguirmos descobrir... — falou Tuppence em tom sombrio.

4

POSSIBILIDADE DE CIRURGIA EM MATILDE

— O que vai fazer hoje à tarde, Tuppence? Ajudar com a lista de nomes, datas e fatos?

— Estou farta disso — afirmou Tuppence. — É cansativo anotar tudo. E de vez em quando eu cometo um deslize, não é?

— Não é de surpreender. Você tem cometido alguns erros.

— Por que você é assim tão meticuloso, Tommy? Às vezes isso é tão irritante.

— O que vai fazer então?

— Uma soneca seria uma boa pedida, mas não posso me dar o luxo de descansar — disse Tuppence. — Vou arrancar as entranhas de Matilde.

— Como é que é?

— Vou arrancar as entranhas de Matilde.

— Que bicho te mordeu? Violência gera violência.

— Matilde... ali na кк.

— Como assim?

— A casinha das quinquilharias. Matilde, a égua de balanço com o buraco na barriga.

— Hum... Vai examinar o estômago dela, é isso?

— A ideia é essa — falou Tuppence. — Não quer ajudar na cirurgia?

— Não, obrigado — disse Tommy.

— Não quer *ter a bondade* de me ajudar? — sugeriu Tuppence.

— Nesses termos — conformou-se Tommy num suspiro —, não há outro jeito senão aceitar. Não é pior do que fazer listas. Isaac não veio?

— Não. Hoje é a tarde de folga dele. Mas não o queremos por perto. Já consegui todas as informações que ele é capaz de fornecer.

— Esses dias — falou Tommy pensativo — ele me contou um monte de histórias antigas. Histórias das quais ele não poderia se lembrar por conta própria.

— Deve ter quase noventa anos de idade — observou Tuppence.

— Eu sei, mas ele contou coisas de épocas bem mais remotas.

— O pessoal sempre *ouve falar* muita coisa — disse Tuppence. — A gente nunca sabe se o que ouviram falar é ou não exato. Mas chega de conversa, vamos lá arrancar as entranhas de Matilde. Primeiro, é melhor trocar de roupa. Tem muita poeira e teia de aranha lá na KK, e vamos ter que abrir as tripas dela. Pensando bem, seria bom se Isaac aparecesse para virá-la de pernas para cima. Daí seria mais fácil mexer na barriga dela.

— Você foi cirurgiã na última encarnação?

— Quem sabe? Vamos extrair material estranho, cuja presença é perigosa para a preservação da vida de Matilde, ou pelo menos o que ainda resta dela. Podíamos mandar restaurar para os filhos de Débora cavalgarem nas férias.

— Ah, nossos netos já têm muitos brinquedos.

— Isso não importa — falou Tuppence. — As crianças preferem brinquedos simples. Brincam com pedaços velhos de mola, com bonecas esfarrapadas ou com um ursinho que na verdade não passa de um tapete de lareira transformado num fardo com dois grandes botões pretos no lugar dos olhos. As crianças têm ideias próprias quando o assunto é brinquedo.

— Bem, vamos lá — disse Tommy. — Marchando em direção à Matilde. Ao centro cirúrgico!

Virar Matilde até uma posição adequada para realizar a operação necessária não foi tarefa fácil. Ela era uma potranca pesada, bem guarnecida de pregos com pontas salientes para que permanecesse na posição certa. Tuppence cortou a mão, que começou a sangrar. Tommy, por sua vez, praguejou ao enroscar o blusão, que se rasgou de modo desastroso.

— Maldito cavalo de balanço! — esbravejou Tommy.

— Deveria ter virado lenha há muito tempo — concordou Tuppence.

Nesse instante, o alquebrado Isaac apareceu de repente.

— O diabo que me carregue! — exclamou, surpreso. — O que cargas d'água querem com esse velho pangaré? Querem tirá-lo daqui?

— Não é bem isso — explicou Tuppence. — Queremos virá-lo de cabeça para baixo para ver o que tem dentro do buraco na barriga.

— Na barriga? Quem colocou essa ideia na sua cabeça?

— É isso mesmo que vamos fazer — confirmou Tuppence.

— O que pretendem achar lá?

— Nada além de lixo, imagino — falou Tommy. — Mas seria bom — falou numa voz incerta — limpar um pouco as coisas, sabe? Queremos guardar outros objetos aqui. Talvez um kit para jogar croqué.

— Tinha um campo de croqué na propriedade na época da sra. Faulkner. Lá onde é o canteiro das rosas. Claro, não era de tamanho oficial...

— Que época foi isso? — perguntou Tommy.

— O campo de croqué? Bem antes do meu tempo. Sempre tem gente que conta causos antigos... Sobre coisas escondidas, quem escondeu e por que escondeu. Nem tudo é lorota sem pé nem cabeça.

— Você é mesmo muito esperto, Isaac — elogiou Tuppence. — Não tem assunto que não saiba. Até campos de croqué!

— Não sei se sobrou alguma coisa, mas aqui no canto ficava uma caixa de croqué.

Afastou-se e caminhou até um canto onde havia um estojo comprido de madeira. Com certa dificuldade soltou a tampa, emperrada em virtude da falta de uso. O resultado do esforço: uma bola vermelha e outra azul, desbotadas, um taco empenado e teias de aranha.

— A sra. Faulkner participava de torneios — informou Isaac.

— Em Wimbledon? — perguntou Tuppence, incrédula.

— Não exatamente em Wimbledon. Em torneios locais. Vi fotos lá no *teliê* do fotógrafo...

— Ateliê?

— No centro. Conhece o Durrance, não conhece?

— Durrance? — indagou Tuppence vagamente. — Ele vende filmes, não é?

— Isso. Mas quem cuida do lugar não é mais o velho Durrance, é o neto ou bisneto dele. Vende cartões-postais, cartões de Natal e de aniversário. Esse tipo de coisa. E tem um monte de fotos antigas bem guardadas. Esses dias eu estava por lá e apareceu uma senhora. Tinha rasgado ou queimado a foto da bisavó e queria saber se o negativo estava guardado. Não sei se encontrou. Mas tem um monte de álbuns antigos.

— Álbuns — repetiu Tuppence pensativa.

— Posso ajudar em mais alguma coisa? — ofereceu-se Isaac.

— Venha dar uma mãozinha aqui com a Jane — pediu Tommy.

— Não é Jane! Sempre se chamou Matilde, por alguma razão. Influência francesa, talvez.

— Francesa ou americana — disse Tommy, pensativo. — Matilde, Louise, coisas do gênero.

— Lugar bacana para esconder coisas, não acha? — falou Tuppence, enfiando o braço na cavidade estomacal de Matilde. Tirou uma bola de borracha outrora vermelha e amarela, cheia de rasgos na superfície. — Essa criançada! — exclamou. — Sempre inventando esconderijos.

— Enxergam esconderijo em tudo — falou Isaac. — Um rapazola guardava correspondência aí dentro. Como se fosse uma caixa postal.

— Cartas? Para quem?

— Para a namorada. Mas não é da minha época — repetiu o idoso.

— Tudo sempre aconteceu antes da época de Isaac — comentou Tuppence, assim que Isaac, tendo acomodado Matilde numa boa posição, deixou-os sob o pretexto de consertar os caramanchões.

Tommy tirou a jaqueta.

— É incrível — ofegou Tuppence, ao tirar o braço arranhado e sujo do ferimento aberto na barriga de Matilde — como tem coisa aqui dentro! Parece que nunca ninguém limpou antes.

— Por que alguém ia querer se dar o trabalho de limpar?

— É verdade — concordou Tuppence. — Mas nós queremos!

— Só porque não temos nada melhor para fazer. Não acredito que tenha alguma utilidade. Ei!

— O que houve? — quis saber Tuppence.

Retirou um pouco o braço, mudou a posição e mexeu lá dentro outra vez. A recompensa foi um cachecol de tricô. Era óbvio que fora o substrato para a sobrevivência de traças durante algum tempo e depois disso descera a um nível ainda mais baixo de vida social.

— Que nojo — Tommy fez uma careta.

Tuppence o empurrou para o lado, de leve, e introduziu o braço, inclinando-se sobre Matilde enquanto tateava lá dentro.

— Cuidado com os pregos — recomendou Tommy.

— O que será isto?

Trouxe o achado ao ar livre. Parecia a roda de um brinquedo infantil, um ônibus ou uma carroça.

— Acho — concluiu ela — que estamos perdendo tempo.

— Não acho — falou Tommy —, tenho certeza.

— Agora vamos até o fim — decidiu Tuppence. — Ai, meu Deus, tem três aranhas caminhando no meu braço. Só falta uma larva. Odeio larvas!

— Não acredito que existam larvas dentro de Matilde. Quero dizer, larvas gostam de ficar embaixo da terra. Não creio que adotariam Matilde como casa de pensão, e você?

— Em todo caso, o buraco já está quase vazio — disse Tuppence. — Opa, e essa agora? Minha nossa, parece um estojo de agulhas. Que coisa mais inusitada para se achar. E ainda tem agulha dentro, todas enferrujadas.

— Uma criança que não gostava de cerzir a roupa — concluiu Tommy.

— Boa ideia.

— Acabo de tocar num tipo de livro — falou Tommy.

— É mesmo? Parece útil. Em qual parte de Matilde?

— Perto do fígado — especificou Tommy com ar profissional. — No lado direito do corpo. Cirurgia em andamento! — exclamou.

— Tudo bem, cirurgião. É melhor extrair logo, seja lá o que for.

O suposto livro, que só com muita boa vontade podia ser chamado assim, pertencia a uma linhagem ancestral. Tinha as páginas soltas e manchadas; a encadernação se despedaçava.

— Parece um manual de francês — falou Tommy. — *Pour les enfants. Le Petit Précepteur*.

— Entendo — disse Tuppence. — Tive a mesma ideia que você. A criança não queria estudar francês; então veio aqui e "perdeu" o livro de propósito, enfiando-o em Matilde. A velha e boa Matilde.

— Na posição certa deve ser difícil inserir objetos na barriga de Matilde.

— Não para uma criança — ponderou Tuppence. — A criança tem a altura certa. É só se ajoelhar e rastejar por baixo. Ops, aqui tem uma coisa escorregadia. Parece a pele de um animal.

— Coisa desagradável — comentou Tommy. — Um coelho morto?

— Não tem pelos e não parece coisa boa. Ai, meu Deus, está pendurado num prego com um pedaço de barbante. Engraçado não ter apodrecido, não é?

Retirou o achado com cautela.

— Uma carteira — disse ela. — Feita de couro legítimo.

— Vamos ver o que há dentro, se é que há alguma coisa — instigou Tommy.

— Tem sim — informou Tuppence. — Quem sabe não é um maço de notas de cinco libras? — acrescentou esperançosa.

— Não creio que seriam utilizáveis. O papel apodreceria, não acha?

— Não sei — falou Tuppence. — Objetos esquisitos duram. Notas de cinco libras eram de papel excelente. Fininho, mas duradouro.

— Não é um maço de notas de vinte? Vai nos ajudar nas despesas.

— Se for dinheiro antigo, é incrível que Isaac não o tenha encontrado. Enfim, imagine! Podem ser notas de cem! Oxalá estivesse cheia de soberanos de ouro. Soberanos eram guardados nas niqueleiras. A minha tia-avó Maria tinha uma enorme niqueleira cheia de soberanos. Gostava de nos mostrar quando éramos crianças. Dizia que era seu pé-de-meia, caso os franceses nos invadissem. Acho que eram os franceses. De qualquer modo, era uma reserva para ocasiões extremas ou perigosas. Soberanos dourados, encantadores e pesados. Eu achava fabuloso e ficava pensando como seria fantástico ter uma niqueleira cheia de soberanos quando eu crescesse.

— Quem ia lhe dar uma niqueleira cheia de soberanos?

— Eu não pensava que alguém me daria — explicou Tuppence. — Imaginava que me pertenceria por direito, assim que eu crescesse. Uma dama de verdade vestindo capa, estola e boina, carregando a niqueleira gorda e apinhada de soberanos e sempre dando um soberano para o neto favorito antes de ele ir para a escola.

— Mas e as meninas? As netas?

— Não ganhavam soberanos — reconheceu Tuppence. — Mas às vezes minha vó me mandava pelo correio meia nota de cinco libras.

— *Meia* nota de cinco libras? Isso não teria lá muita serventia.

— Aí que você se engana. Ela rasgava a nota de cinco libras ao meio, me enviava uma das metades e daí, em outra carta, a metade que faltava. Usava a tática para não roubarem o dinheiro.

— Puxa vida, tem cada precaução que as pessoas inventam.

— É verdade — disse Tuppence. — Ei, o que vem a ser isto?

Naquele instante ela remexia o interior da carteira de couro.

— Vamos sair da KK — sugeriu Tommy — e pegar um pouco de ar.

Eles saíram da KK. A céu aberto, os dois viram melhor o troféu. Uma carteira grossa de ótima qualidade. Enrijecida com o tempo, mas em bom estado.

— Pelo jeito escapou da umidade dentro da Matilde — considerou Tuppence. — Ah, Tommy, sabe o que eu penso que é?

— Não. O quê?

— Não são notas — explicou Tuppence. — São cartas. Não sei se podem ser lidas. Estão velhas e apagadas.

Com todo o cuidado, Tommy desdobrou o papel amarelado e amarrotado de uma carta escrita com letra grande em tinta azul-marinho outrora bem forte.

— "Local de encontro mudou" — leu Tommy. — "Ken Gardens perto de Peter Pan. Quarta, dia 25, três e meia da tarde. Joanna."

— Enfim algo concreto! — comemorou Tuppence.

— Encontro marcado em Londres, nos Kensington Gardens? Entrega de documentos e planos, talvez. Quem será que colocou isso em Matilde?

— Não uma criança — disse Tuppence. — Alguém que morava na casa e conseguia se locomover na propriedade sem ser notado. Conseguiu coisas do espião da Marinha e as levou para Londres.

Tuppence tirou o cachecol do pescoço, embrulhou com ele a velha carteira de couro, e os dois voltaram para casa.

— Pode ter mais documentos dentro dela — disse Tuppence —, mas a maioria deve estar deteriorada. Vai praticamente se desmanchar quando tocarmos. Ué, o que será isto?

Na mesa do hall, encontraram um pacote volumoso. Albert veio da sala de jantar.

— Foi mandado entregar hoje de manhã — explicou. — Para a senhora.

— Ah, o que será? — perguntou Tuppence, curiosa, ao apanhar o pacote.

O casal entrou junto na sala de jantar. Tuppence desfez o nó do barbante e desembrulhou o papel pardo.

— Parece um álbum. Ah, tem um bilhete junto. É da sra. Griffin.

Querida sra. Beresford,
foi muita bondade sua me trazer o livro de aniversário aquele dia. Adorei folheá-lo e me recordar das várias pessoas dos tempos

antigos. É fácil esquecer as coisas. É comum nos lembrarmos apenas do primeiro nome de alguém e não do sobrenome, ou às vezes o contrário. Há pouco tempo me deparei com este velho álbum. Na verdade não é meu. Acho que pertenceu à minha avó. Mas ele tem fotos ótimas. Entre elas, algumas da família Parkinson, porque minha avó os conhecia. Pensei que talvez a senhora pudesse gostar de vê-las, já que demonstrou tanto interesse na história da sua casa e das pessoas que moraram nela no passado. Por favor, não se preocupe em me devolver; para mim não tem valor sentimental, eu lhe garanto. A gente tem tanta velharia em casa, trastes que pertenceram a tias e avós... Dia desses, eu estava vasculhando um velho baú no sótão e encontrei vários porta-agulhas velhíssimos. Acho que a minha tataravó tinha o costume natalino de presentear as empregadas com porta-agulhas. Ela deve ter comprado numa liquidação e iria dar de presente em outro ano. Claro que hoje não prestam mais. Às vezes a gente fica triste só de pensar em tanto desperdício.

— Um álbum de fotografias! — exclamou Tuppence. — Pode ser divertido. Venha comigo dar uma olhada, Tommy.

Sentaram-se no sofá. O estilo do álbum era antiquado. A maioria das fotos estava apagada, mas de vez em quando Tuppence conseguia distinguir ambientes que se encaixavam nos jardins da sua própria casa.

— Lá estão os pinheiros chilenos. Sim... e olhe ali o Truelove. Foto antiquíssima. Um garoto a bordo do Truelove. A trepadeira de flores roxas e a moita de capim-dos-pampas já existiam. Essa foi tirada num chá. Uma porção de gente sentada em volta da mesa no jardim. Veja, tem nomes escritos a lápis. Mabel. Mabel feiosa. E quem é aquele?

— Charles — falou Tommy. — Charles e Edmund. Jogadores de tênis. Raquetes bem esquisitas. E este é William, seja quem for, e o major Coates.

— E esta aqui é... Tommy! Esta é Mary!

— Sim. Mary Jordan. O nome escrito no pé da foto.

— Linda, ela! Lindíssima, eu diria. A foto está velha e apagada, mas... Puxa, Tommy, não é maravilhoso ver Mary Jordan?

— Fico me perguntando quem será que tirou essa foto.

— Talvez o fotógrafo da vila mencionado por Isaac. Talvez ele tenha outras fotos antigas. Um dia vou lá perguntar.

A essa altura, Tommy colocara o álbum de lado e abria uma das cartas do correio do meio-dia.

— Algo interessante? — indagou Tuppence. — A maioria é de contas a pagar, já percebi. Mas essa é diferente. Não vai me responder se é interessante? — insistiu Tuppence.

— Talvez — falou Tommy. — Vou ter que ir a Londres para descobrir.

— Os contatos de sempre?

— Não é bem isso — esclareceu Tommy. — Outra pessoa. Na região metropolitana de Londres. Perto da autoestrada de Harrow.

— Quem é? — quis saber Tuppence. — Até agora você só me enrolou.

— O coronel Pikeaway.

— Que nome! — exclamou Tuppence.

— Estranho, não é?

— Já ouvi falar nele?

— Talvez eu já tenha mencionado sobre o coronel. Mora numa perene atmosfera fumacenta. Por acaso tem pastilha para tosse, Tuppence?

— Pastilha para tosse! Não sei. Pensando bem, tenho sim. Sobraram umas na latinha que comprei no inverno passado. Mas você não está tossindo... Não que eu tenha notado, pelo menos.

— Mas é melhor levar para o encontro com Pikeaway. Até onde consigo me lembrar, você mal entra lá dentro e já começa a sufocar; olha angustiado para as janelas cerradas, mas Pikeaway não é o tipo de pessoa que tem desconfiômetro.

— Por que razão ele quer vê-lo?

— Não tenho ideia — falou Tommy. — Tocou no nome de Robinson.

— O sujeito sigiloso de rosto rechonchudo e amarelo?

— O próprio — confirmou Tommy.

— Talvez nossa investigação também seja sigilosa.

— Dificilmente, levando em conta que aconteceu (se é que aconteceu) há muitos e muitos anos, tanto que nem Isaac se lembra.

— "Novos pecados têm sombras velhas", como diz o ditado. Não o entendo muito bem. "Novos pecados têm sombras velhas". Ou seria "Velhos pecados têm sombras grandes"?

— Nenhum dos dois me parece certo — falou Tommy.

— Estou pensando em ir lá naquele fotógrafo hoje à tarde. Quer me acompanhar?

— Não — recusou Tommy. — Acho que vou tomar um banho de mar.

— Banho de mar? Está horrível de frio!

— Não importa. Será ótimo um banho frio e revigorante para remover toda essa teia de aranha. Estou cheio de teias subindo nas orelhas e no pescoço. Estou com teia de aranha até no meio dos dedos dos pés.

— Essa missão parece mesmo suja — falou Tuppence. — Bem, vou falar com o sr. Durrell ou Durrance. Faltou abrir uma carta, Tommy.

— Ah, não tinha visto. Hum... pode ser importante.

— De quem é?

— Da minha investigadora — anunciou Tommy, numa voz imponente. — Está vasculhando a Inglaterra, entrando e saindo de Somerset House à procura de mortes, casamentos e nascimentos, consultando arquivos de jornais e dados do censo. Ela é ótima.

— Ótima e bonita?

— Não de uma beleza que chame a atenção — falou Tommy.

— Tanto melhor. Sabe, Tommy, na sua idade, uma ajudante bonita poderia provocar ideias muito perigosas.

— Certas mulheres não sabem valorizar o marido fiel que têm — limitou-se a dizer Tommy.

— Todas as minhas amigas são unânimes: com maridos sempre é bom ficar com o pé atrás.

— Você precisa com urgência reavaliar suas amizades — retrucou Tommy.

5

COLÓQUIO COM O CORONEL PIKEAWAY

Ao volante de seu carro, Tommy tangenciou o Regent's Park e enveredou por estradinhas que há tempo não cruzava. Lembrou-se das caminhadas em Hampstead Heath, quando Tuppence e ele moravam num apartamento próximo a Belsize Park. Não pôde deixar de se lembrar também do cachorro que tinham na época, companhia constante nos passeios. Um cão de índole especialmente teimosa. Assim que colocava as patas na calçada, virava à esquerda em direção a Hampstead Heath. Em vão, Tuppence e Tommy se esforçavam para fazê-lo virar à direita rumo ao centrinho onde havia o comércio. James, um sealyham terrier de natureza obstinada, escarrapachava o corpo cilíndrico no chão e colocava a língua para fora, dando o aspecto de um cão exausto devido ao exercício errado forçado pelos donos. Os transeuntes não refreavam os comentários.

— Olhe ali! Que cãozinho adorável! Pelagem branquinha... Roliço como uma salsicha! De língua de fora, o pobrezinho. Os donos malvados estão obrigando o coitado a ir aonde não quer.

Tommy apanhava a guia de Tuppence e arrastava James com firmeza na direção oposta à que o cão desejava ir.

— Puxa — falava Tuppence —, não pode carregá-lo, Tommy?

— O quê?! Carregar James? Ele está um chumbo de tão pesado.

James, numa esperta manobra, virava o corpo roliço e comprido outra vez na direção desejada.

— Coitadinho. Acho que ele quer voltar para casa, não acha? James retesava a guia com firmeza.

— Tudo bem — consentia Tuppence —, a gente faz as compras depois. O jeito é deixar James escolher. É impossível comandar um cão tão pesado.

James olhava para cima e abanava o rabo, como quem diz: "Até que enfim caiu a ficha! Hampstead Heath à vista!" E a cena sempre se repetia.

Tommy imergiu em pensamentos. No último encontro com o coronel Pikeaway, em Bloomsbury, fora recebido numa sala minúscula e fumacenta. A nova residência do coronel era um sobradinho indefinido, com frente para um descampado não muito distante do local onde Keats* nascera. A arquitetura não tinha nada de artístico nem de relevante.

Tommy tocou a campainha. Uma idosa muito parecida com a ideia que Tommy tinha de uma bruxa, com nariz e queixo tão pontudos que quase se tocavam, abriu a porta com olhar hostil.

— Posso falar com o coronel Pikeaway?

— Vou ver — respondeu a bruxa. — Quem deseja?

— Meu nome é Beresford.

— O coronel comentou alguma coisa.

— Posso deixar o carro aqui na frente?

— Sim, se não for por muito tempo. Os guardas de trânsito não costumam xeretar muito nesta rua, afinal não há cordões

---

* John Keats (1795-1821), poeta inglês nascido na rua Moorgate, 85, em Londres. (N.T.)

pintados de amarelo. Mas é melhor chavear o carro. Nunca se sabe.

Tommy seguiu o conselho e acompanhou a bruxa casa adentro.

— Um lance de escadas — avisou ela —, não mais do que isso.

Já na escadaria, entrou-lhe pelas narinas o forte cheiro de tabaco. A bruxa bateu vivamente à porta, entreabriu-a e enfiou a cabeça na fresta:

— Este cavalheiro quer vê-lo. Disse que o senhor o esperava.

Ela deu passagem, e Tommy penetrou num ambiente semelhante ao que recordara. A fumaça quase de imediato o fez se sentir asfixiado e sufocado. Não fosse pela nuvem de fumaça e o cheiro de nicotina, não teria reconhecido o coronel. Um vulto envelhecido numa poltrona com buracos nos braços. Ergueu os olhos e mirou Tommy, pensativo.

— Feche a porta, sra. Copes — pediu. — Vai entrar o ar frio.

Tommy pensou que seria bom se entrasse, mas presumiu que obviamente ele não pensava assim. Ele não se importava em inalar toda aquela fumaça nem com o mal que isso fazia à saúde.

— Thomas Beresford — falou o coronel Pikeaway pensativo.
— Ora, ora, há quanto tempo não nos vemos?

Tommy não fizera um cálculo apropriado.

— Faz muito tempo — continuou o coronel Pikeaway. — Você apareceu com... como era o nome dele? Não vem ao caso. Um nome é tão bom quanto outro. Se a rosa tivesse outro nome, não deixaria de exalar perfume. Foi Julieta quem disse isso, não foi? As personagens de Shakespeare às vezes falam cada bobagem. Mas isso é inevitável, afinal ele era poeta. Nunca dei a mínima para *Romeu e Julieta*. Todos aqueles suicídios por amor. E o pior é que tem gente que imita. Sente-se, meu jovem, sente-se.

Um pouco perplexo por ser chamado de "meu jovem", Tommy aceitou o convite.

— Com sua licença — falou ele, tirando uma enorme pilha de livros de cima da única cadeira disponível.

— Isso, jogue aí no chão. Estava pesquisando uma coisa. É uma satisfação revê-lo. Parece mais velho, mas com boa saúde. O coração?

— Em plena forma — disse Tommy.

— Ótimo! Tanta gente sofre do coração, pressão alta... Muito estresse. Ficam zanzando para lá e para cá, fazendo questão de frisar como são ocupados, como o mundo pararia sem eles, como são importantes e tudo mais. Você não se sente assim?

— Hoje não me sinto importante — confessou Tommy. — Sinto é uma grande vontade de descansar.

— Admirável — avaliou o coronel Pikeaway. — O problema é que muita gente à nossa volta não nos deixa descansar. Por que se mudaram? Qual é mesmo o nome da casa atual? Esqueci. Pode refrescar minha memória?

Tommy forneceu o seu endereço.

— Ah, sim. Então coloquei o nome certo no envelope.

— Recebi a carta.

— Então esteve falando com Robinson. O gordão amarelo continua na ativa como sempre. E cada vez mais rico! Também, não é para menos, ele conhece tudo sobre mercado financeiro. Por que o procurou, meu jovem?

— Compramos uma casa nova. Um amigo me encaminhou a ele, dizendo que o sr. Robinson poderia esclarecer um mistério que minha mulher e eu descobrimos sobre algo que aconteceu na casa tempos atrás.

— Agora me lembro. Nunca tive o prazer de conhecê-la, mas dizem que sua mulher é inteligente, não é? Trabalho sensacional naquele caso... Como se chamava? Sei que eram duas letras. M ou N, não é?

— Sim — confirmou Tommy.

— De volta aos velhos tempos, não? Investigando fatos suspeitos.

— Não é nada disso — corrigiu Tommy. — Estávamos cansados do imóvel em que morávamos. O aluguel não parava de subir.

— Golpe baixo. Ganância infinita dos proprietários. São como as filhas da sanguessuga...* Mas então foram morar lá. *Il faut cultiver son jardin* — disse o coronel Pikeaway, numa repentina e inesperada incursão na língua francesa. — Treinando um pouquinho o meu francês — explicou. — É preciso se adaptar ao mercado comum, não é mesmo? Movimentos estranhos acontecem na economia, a propósito. Por baixo dos panos. Bem diferente do que se enxerga na superfície. Por que foram morar no Ninho da Andorinha, que mal lhe pergunte?

— Agora se chama Os Loureiros — repetiu Tommy.

— Nome ingênuo — afirmou o coronel Pikeaway —, mas muito popular em certas épocas. Isso lembra a minha infância, quando todos os vizinhos tinham grandiosas alamedas arborizadas subindo até a residência. Cargas de cascalho espalhadas no caminho e uma fileira de louros de cada lado. Às vezes, os loureiros

---

* Referência bíblica; Provérbios, 30:15: "A sanguessuga tem duas filhas, a saber: Dá e Dá". (N.T.)

eram da variedade lustrosa e às vezes da variedade rajada. Era a última moda. As pessoas que moravam lá colocaram o nome, e o nome ficou. Não é?

— Já foi chamada de Katmandu e outros nomes — contou Tommy.

— É, Ninho da Andorinha nos remete a um bom tempo atrás. Mas às vezes é preciso. É sobre isso que eu quero falar com você. Voltar ao passado.

— Conhece a casa da qual estamos falando?

— O Ninho da Andorinha, também conhecida como Os Loureiros? Nunca estive lá. Mas teve destaque numa época de grande angústia neste país.

— Pelo que entendi, o senhor tem informações sobre Mary Jordan ou uma pessoa conhecida por esse nome.

— Quer ver como ela era? Em cima da lareira. No lado esquerdo.

Tommy se levantou, rumou até a lareira e apanhou uma charmosa fotografia em preto e branco. Uma garota vestindo um chapéu estampado, levando um buquê de rosas em direção ao rosto.

— Hoje ninguém tiraria uma foto tão inocente, não é? — disse o coronel Pikeaway. — Moça bonita, isso não há como negar. Meio azarada. Morreu jovem. Uma tragédia e tanto.

— Não sei nada sobre ela — afirmou Tommy.

— Ninguém sabe hoje em dia — disse o coronel Pikeaway.

— O pessoal da localidade diz que ela era uma espiã germânica — comentou Tommy. — O sr. Robinson me informou que não era bem assim.

— Sim, trabalhava para nós. Eficientíssima. Mas ficaram sabendo.

— Na época em que os Parkinson moravam na casa — disse Tommy.

— Talvez. Não sei os detalhes. Hoje ninguém sabe. Não estive envolvido pessoalmente. Tudo isso foi abafado. Cada país tem suas tensões. Hoje, há tensão no mundo todo, e não é a primeira vez. Retroceda séculos e vai encontrar tensão. Volte até as Cruzadas e vai encontrar todo mundo abandonando o país rumo a Jerusalém, ou rebeliões espocando país afora. Wat Tyler* e coisas do tipo. Tensão por todo lugar.

— Quer dizer que hoje existe alguma tensão especial?

— Claro que existe. Estou dizendo, tensões sempre existem.

— Que tipo de tensão?

— Volta e meia — divagou o coronel Pikeaway — aparecem para ouvir a minha opinião, para saber se eu me lembro de alguém do passado. Às vezes temos que mergulhar no passado, saber o que aconteceu em outras épocas. Segredos, informações, trunfos, fingimento versus realidade. Você e sua esposa já fizeram bons trabalhos. Querem continuar?

— Não sei... — titubeou Tommy. — Será que podemos ajudar? Hoje não passo de um velho.

— Bobagem, a sua saúde é melhor que a da maioria das pessoas da sua idade ou até de pessoas mais jovens. E a sua esposa sempre foi especialista em farejar pistas, não é? Boa como um cão bem treinado.

Tommy não conseguiu conter o sorriso.

— Quer me explicar melhor? — quis saber Tommy. — É claro que estou disposto a ajudar... Mas ninguém *me contou* nada.

---

* Líder da revolta dos camponeses em 1381. (N.T.)

— E ninguém vai contar — disse o coronel Pikeaway. — Não é conveniente. Aposto que Robinson não contou muita coisa. É um túmulo aquele gorducho. Mas eu posso contar os fatos nus e crus. Sabe como o mundo funciona... Estelionato, materialismo, rebeldia, amor pela violência e sadismo. Sadismo como nos dias de Hitler. Podridão não falta neste país nem no mundo. A salvação é o mercado comum. As pessoas precisam compreender isso com clareza. A Europa precisa se unir. Precisa existir uma união de países civilizados com ideias civilizadas e com regras morais e crenças civilizadas. Quando há algo errado, a primeira coisa a fazer é identificar onde está o erro, e nisso o cachalote amarelo é imbatível.

— O sr. Robinson?

— Sim. Tentaram lhe conferir um título de nobreza, mas ele não aceitou. Sabe o que *ele* representa?

— Imagino — falou Tommy — que ele represente... *dinheiro*.

— Acertou em cheio. Não é materialista, mas *sabe* tudo sobre dinheiro. De onde vem, para onde vai, por que troca de mãos, quem está por trás dos negócios. Por trás dos bancos, por trás das grandes corporações industriais e por trás das fortunas imensas construídas pelo tráfico de drogas. Sabe quem são os traficantes, a rota das drogas mundo afora. Veneração ao dinheiro! Dinheiro não só para comprar um palacete e dois Rolls-Royces. Dinheiro para acumular mais dinheiro, corroer e erodir as velhas crenças, na honestidade e no comércio justo. Os poderosos não querem igualdade: querem fortes ajudando fracos, querem ricos financiando pobres, querem bons e honestos sendo admirados. Finanças! Tudo gira em torno das finanças. Qual é o lucro, qual é a conjuntura, qual é o destino das verbas. No passado, pessoas com poder e esperteza direcionavam esses atributos para conseguir dinheiro e recursos para atividades secretas. E tínhamos que descobrir quem recebia e repassava os segredos e quem estava no comando. O Ninho da Andorinha era uma espécie de quartel-general. Um QG do mal. E em Hollowquay aconteceram outras coisas. Por acaso o nome Jonathan Kane lhe diz algo?

— Não me lembra nada em especial — falou Tommy.

— Ele encarnava o que em certas épocas foi alvo de admiração, e que mais tarde passou a se chamar de fascista. Isso antes de conhecermos a verdadeira natureza de Hitler e toda a cambada. Tinha gente que pensava que o fascismo era uma ideia excelente para revolucionar o mundo. Esse tal Jonathan Kane tinha seguidores. Inúmeros seguidores, jovens e pessoas de meia-idade. Tinha um plano maquiavélico e recursos para colocá-lo em prática. Sabia os segredos de muita gente, e o conhecimento aumentava seu poder. Chantagem era a praia dele. Queremos saber o que ele sabia e o que ele fazia. É possível que tenha deixado não só planos como também seguidores. Jovens defensores de ideologias ultrapassadas. Segredos. Sempre existem segredos que valem dinheiro, sabe? Não conto nada certo, porque não sei de nada certo. Ninguém sabe de verdade. A gente pensa que sabe tudo por tudo que já enfrentamos: guerra, agitação, paz, novas formas de governo. Mas será que sabemos tudo mesmo? Sabemos algo sobre guerra biológica? Sobre gases e os meios de induzir poluição? Os químicos têm segredos, a Marinha, a Aeronáutica... E alguns segredos do passado estiveram prestes a serem levados a cabo, mas não foram. Não houve tempo. Foram transformados em documento e entregues para certas pessoas. Essas pessoas tiveram filhos, e seus filhos tiveram filhos, e talvez esses segredos tenham passado de geração em geração. Em testamentos, em documentos, com advogados, para serem entregues no momento certo. Algumas pessoas não têm ideia do que têm em mãos, outras simplesmente acharam que era lixo e destruíram. Mas temos que descobrir um pouco mais do que sabemos, porque as coisas acontecem num ritmo vertiginoso. Em países exóticos, em lugares diferentes, no Vietnã, nas guerras, nas guerrilhas, na Jordânia, em Israel, até mesmo em países ditos neutros. Na Suécia e na Suíça... em todos os lugares. Essas coisas existem e queremos pistas delas. E temos indícios de que algumas pistas podem ser encontradas no passado. Sei que vocês não podem retornar no tempo, não podem ir ao médico e dizer "Hipnotize-me e deixe-me assistir ao que houve em 1914". Ou em 1918 ou até mesmo antes. Em 1890 talvez. Algo estava sendo planejado e deixou de ser plenamente desenvolvido. Ideias. Basta olhar o passado. O homem já pensava em voar na Idade Média. Existiam teorias sobre o assunto. Os antigos egípcios alimentavam ideias nunca desenvolvidas. Mas à medida que as ideias vão passando às novas gerações, chega o tempo em que caem nas mãos de alguém com os meios e o cérebro capazes de desenvolvê-las. E aí tudo pode acontecer... Coisas boas ou ruins. Ultimamente temos a sensação de que novas invenções (guerra biológica, por exemplo) são difíceis de explicar, a não ser por meio de certas inovações secretas aparentemente insignificantes, mas que, na verdade, estão longe de serem isso. Mãos ocultas capazes de adaptações e resultados muito, mas muito assustadores. O dinheiro transforma a personalidade, transforma uma boa pessoa num demônio. Dinheiro e tudo o que o dinheiro compra e conquista. O poder que o dinheiro é capaz de desenvolver... O que me diz disso tudo, meu jovem Beresford?

— É uma perspectiva assustadora — falou Tommy.
— Mas pensa que é besteira? Ideias fantasiosas de um velho?
— Penso que o senhor — disse Tommy — é um homem que sabe das coisas.
— Hum... Por isso sempre querem a minha colaboração, não é? Vêm aqui, reclamam da fumaça, falam que ela os sufoca, mas... lembra-se daquele caso... a conexão Frankfurt? Demos um jeito de estancar aquilo. Demos um jeito de estancar, capturando a pessoa por trás daquilo. Tem uma pessoa, talvez não apenas uma... várias pessoas por trás disso. Precisamos descobrir quem são elas e a natureza das suas atividades.
— Começo a entender.
— Mesmo? Não acredita que tudo não passa de tolice? Fantasia?
— Nada é fantástico demais para ser verdade — disse Tommy. — Isso a experiência me ensinou. As situações mais espantosas e inacreditáveis são verdadeiras. Mas entenda, *eu* não sou qualificado. Não tenho conhecimento científico. Sou apenas um leigo interessado em assuntos de segurança.
— Mas — retorquiu o coronel Pikeaway — sempre teve capacidade de descobrir coisas. Você... e ela. Sua mulher. Estou dizendo, ela tem faro. Ela gosta de descobrir coisas e não aceita ficar de fora. Essas mulheres são assim. Conseguem desvendar segredos. Quem é jovem e bonito faz como Dalila. Quem é velho... Uma tia-avó minha, por exemplo. Não tinha segredo que não descobrisse. Sem falar no aspecto financeiro. É o *métier* de Robinson. Ele conhece as questões monetárias. Entende o fluxo do dinheiro, por que flui, para onde flui, *de onde* flui e com qual *finalidade*. E tudo mais. Entender de dinheiro é com ele

mesmo. É como um médico sentindo o seu pulso. Onde ficam os quartéis-generais do dinheiro. Quem o está manuseando e com que objetivo. Estou lhe colocando a par disso porque você está no lugar certo. Está no lugar certo por acaso, não está lá pelo motivo que alguém poderia supor. Lá estão vocês, um casal comum, idoso, aposentado, à procura de uma casa boa para desfrutar o resto da vida, escarafunchando os cantos da casa, conversando com as pessoas do local. Quando menos esperarem, uma frase vai lhes dizer algo. É só o que eu desejo que façam. Fiquem de olhos e ouvidos bem abertos. Descubram lendas e histórias contadas sobre os bons e velhos tempos, ou maus e velhos tempos.

— Ouvi comentários sobre um escândalo naval e projetos de submarino — contou Tommy. — Várias pessoas tocaram no assunto. Mas ninguém sabe nada concreto.

— Esse é um bom ponto de partida. Isso foi mais ou menos na época em que Jonathan Kane morava na região. Ele tinha um chalé à beira-mar, de onde promovia sua propaganda ideológica. Os discípulos o endeusavam. Jonathan Kane. K-A-N-E. Mas prefiro escrever de outro jeito. C-A-I-M. Isso o descreveria melhor. Obcecado por destruição e métodos de destruição. Abandonou a Inglaterra, passou um tempo na Itália e percorreu países longínquos, é o que dizem. Esteve na Rússia, na Islândia e nas Américas. O quanto é boato ou verdade não sei. Por onde andou, o que fez, quem foi com ele e quem o escutou, não sabemos. Um sujeito simples, popular com os vizinhos, almoçava na casa deles e vice-versa. Mas tenho que fazer um alerta. Todo cuidado é pouco! Investiguem, mas pelo amor de Deus, sejam cuidadosos! Cuide bem de... como é o nome dela? Prudence?

— Ninguém a chama de Prudence — explicou Tommy. — É Tuppence.

— Isso mesmo. Cuide bem de Tuppence e peça que ela cuide bem de você. Tomem cuidado com o que comem e o que bebem. Escolham os lugares aonde vão. Desconfiem de pessoas cordiais... Fiquem atentos para qualquer informação singular. Uma história significante do passado. Descendentes, parentes, vínculos com o passado.

— Farei o que puder — disse Tommy. — Nós dois faremos. Mas somos limitados. Estamos velhos demais e temos pouco conhecimento.

— Mas vocês têm boas ideias.

— É, para Tuppence, ideia é o que não falta. Ela encasquetou que tem algo escondido na casa.

— Quem duvida? Outros já tiveram essa mesma ideia. Ninguém nunca achou nada, mas também ninguém procurou com tanta pertinácia. A casa passou na mão de várias famílias. Foi vendida, e veio outro pessoal, e depois mais outro e assim por diante. A família Lestrange, depois os Mortimer e então os Parkinson. Sobre os Parkinson só sabemos que havia um menino.

— Alexander Parkinson?

— Então já ouviu falar nele. Como ficou sabendo?

— Ele deixou uma mensagem num dos livros de Robert Louis Stevenson. "Mary Jordan não morreu de morte natural." Encontramos a mensagem.

— "E a cada homem lhe penduramos ao pescoço o seu destino." Não é esse o ditado? Perseverem, vocês dois. Cruzem o Portal do Destino.

6

PORTAL DO DESTINO

A loja do sr. Durrance ficava a caminho do vilarejo. As fotos na vitrine mostravam dois casamentos, um bebê pelado num tapetinho chutando o ar, rapazes barbados com as namoradas, grupos de banhistas. Nenhuma foto era muito boa; algumas pareciam antigas. No interior da loja, cartões-postais, cartões de aniversário dispostos nos expositores conforme o parentesco ("Para meu marido", "Para minha esposa"), carteiras de qualidade suspeita, material de escritório e envelopes estampados, sem falar nos bloquinhos de anotações decorados com flores.

Tuppence perambulou, olhou os variados artigos e esperou terminar uma conversa sobre como usar a câmera — perguntas triviais de uma anciã grisalha de olhos opacos. Então um loiro bem alto, com barba por fazer, saiu detrás do balcão e aproximou-se de Tuppence com olhar indagador.

— Posso ajudar?

— Quero dar uma olhada nos álbuns de fotografias — disse Tuppence.

— Aqueles com cantoneiras para as fotos? Desses a gente não recebe mais. Hoje em dia o pessoal prefere guardar em plásticos transparentes.

— Mas eu coleciono álbuns antigos, sabe? Como este aqui.

Tuppence mostrou o álbum, como quem tira um coelho da cartola.

— Bem antigo — diagnosticou o sr. Durrance. — Deve ter mais de cinquenta anos. Comum naquela época, não é? Todo mundo tinha um igual.

— E livros de aniversário também — completou Tuppence.

— Livros de aniversário... Sim, lembro de alguma coisa sobre eles. Minha avó tinha um livro de aniversário, as pessoas assinavam nele. Temos cartões de aniversário, mas o pessoal não compra muito. Os que mais saem são os cartões do Dia dos Namorados e os natalinos, é claro.

— O senhor não consegue outros álbuns antigos? Sou colecionadora.

— Hoje em dia todo mundo tem mania de colecionar tudo que é coisa — comentou Durrance. — A senhora mal acreditaria no que as pessoas colecionam. Não tenho álbuns antigos, mas tenho fotos. — Passou para trás do balcão e abriu uma gaveta. — Fotos avulsas. Pensei em expor, mas não teria mercado. Casamentos, nascimentos e coisas do tipo só têm importância na época em que acontecem. Depois, ninguém mais quer saber deles.

— Ninguém aparece e diz: "Minha avó casou aqui na cidade. O senhor não tem alguma foto do casamento dela?"

— Nunca ninguém me perguntou isso. Mas às vezes surgem pedidos excêntricos. Aparecem querendo saber se guardamos os negativos das fotos de um bebê. Sabe como são as mães. Querem fotos dos filhos quando eram pequenos, quase sempre horrorosas. De vez em quando até a polícia vem aqui. Identificar alguém que morou na cidade quando menino. E a polícia quer ver como ele é...

ou melhor, como ele era, e se por acaso não é a pessoa procurada. Isso alegra o ambiente. — Durrance sorriu.

— Pelo que vejo o senhor se interessa por crimes — comentou Tuppence.

— A gente lê todo dia nos jornais. Como aquele suspeito de ter matado a esposa há meio ano. Uns diziam que ela estava viva, outros que ele enterrou o corpo numa cova rasa. E uma foto do suspeito pode ser útil.

— Sim — concordou Tuppence.

Embora o papo estivesse fluindo com o sr. Durrance, ela sentiu que não estava rendendo como queria.

— O senhor não tem fotos de uma pessoa chamada... Se não me engano o nome dela é Mary Jordan. Mas já faz muito tempo. Mais ou menos sessenta anos. Acho que ela morreu aqui.

— Bem antes do meu tempo — falou o sr. Durrance. — Meu pai guardava tudo... Não jogava nada fora. Lembrava de todo mundo, em especial se existia uma história por trás. Mary Jordan. Hum... Ligada à Marinha, não é? Um submarino? O pessoal dizia que era espiã, não é isso? Meio estrangeira. A mãe russa ou alemã... ou até mesmo japonesa.

— Só queria saber se o senhor não tinha alguma foto dela.

— Acho que não. Vou dar uma olhada quando eu tiver um tempinho. Aviso se aparecer algo. A senhora é escritora, não é? — perguntou esperançoso.

— Não em tempo integral — falou Tuppence —, mas estou pensando em lançar um livro fininho. Rememorando os últimos cem anos. Fatos curiosos, crimes e aventuras. E, é claro, fotografias antigas dariam belas ilustrações.

— Farei tudo que estiver ao meu alcance, pode ter certeza. O seu trabalho deve ser muito cativante.

— A família Parkinson — disse Tuppence — morou em nossa casa.

— A casa da colina, não é? Os Loureiros ou Katmandu... Já foi chamada de Ninho da Andorinha. Não tenho ideia por quê.

— Talvez porque havia um ninho de andorinhas no telhado — sugeriu Tuppence. — Por sinal ainda há.

— Quem sabe. Nome engraçado para uma casa.

Tuppence fizera amizade; sem esperança de conseguir informações, comprou cartões-postais e bloquinhos floridos. Despediu-se do sr. Durrance, ganhou a estrada, chegou ao portão e contornou a trilha lateral para dar uma olhada na KK. Ao ver a estufa, parou bruscamente. Um fardo de roupas junto à porta? Panos tirados de Matilde, imaginou.

Apertou o passo até quase correr. Chegou perto da porta e estacou de repente. Não era só um monte de roupas velhas. Um corpo as vestia. Tuppence inclinou-se e levantou-se, amparando-se na porta.

— Isaac! — exclamou ela. — Pobre Isaac!

Deu passos vacilantes rumo à casa. Acudindo aos seus chamados, alguém veio em sua direção pela trilha.

— Ai, Albert. Algo horrível aconteceu com o velho Isaac. Está ali deitado. Acho... que alguém o matou.

7

O INQUÉRITO

O médico-legista apresentou as provas forenses. Dois transeuntes prestaram depoimento. A família atestou a boa saúde do falecido; toda e qualquer pessoa que pudesse ter alguma inimizade com ele (como adolescentes repreendidos) foi convidada a colaborar com a polícia e declarou-se inocente. Empregadores também tiveram que prestar depoimento, incluindo a última patroa, a sra. Prudence Beresford, e o marido dela, o sr. Thomas Beresford. Tudo seguiu os trâmites e resultou no veredito: assassinato por uma ou mais pessoas desconhecidas.

Tuppence saiu do inquérito e Tommy a abraçou enquanto os dois passavam pelo grupinho de pessoas que esperava lá fora.

— Falou bem, Tuppence — elogiou Tommy, ao atravessarem o portão do jardim. — Bem mesmo. Melhor do que os outros depoentes. Com clareza e dicção. O juiz ficou satisfeito com você.

— Não queria que ninguém ficasse satisfeito — falou Tuppence. — Não me agrada a ideia de Isaac morto com uma pancada na cabeça.

— Pelo jeito alguém não gostava muito dele — disse Tommy.

— Mas por quê? — indagou Tuppence.

— Não sei — respondeu Tommy.

— E eu muito menos — disse Tuppence. — Mas me pergunto se não tem nada a ver conosco.
— Afinal, o que você quer dizer, Tuppence?
— Sabe muito bem o que eu quero dizer — falou Tuppence. — É este lugar. Nossa casa. Nossa nova e encantadora casa. Com jardim e tudo o mais. Não é o lugar certo para nós? Assim pensávamos — disse Tuppence.
— Continuo pensando — rebateu Tommy.
— Você é mais otimista do que eu — disse Tuppence. — Tenho a sensação inquietante de que há algo *errado* aqui. Algo mal resolvido.
— Não diga outra vez — pediu Tommy.
— Não diga outra vez o quê?
— Aquelas duas palavrinhas.
Tuppence baixou a voz e cochichou no ouvido de Tommy.
— Mary Jordan?
— Sim. Isso *passou* por minha cabeça.
— E pela minha também. Mas que relação algo tão antigo pode ter com o presente? Que importância tem o passado? — questionou Tuppence. — Não deveria influenciar... os acontecimentos atuais.
— O passado não tem nada a ver com o presente... É isso que você quer dizer? Mas tem — falou Tommy —, de maneiras inimagináveis. Maneiras que ninguém jamais pensaria.
— O que acontece hoje é consequência do passado?
— É como um terço comprido, intercalando espaços e contas.
— Como na aventura com Jane Finn. Quando éramos jovens e ansiávamos por emoção.

— E nós a tivemos — falou Tommy. — Às vezes olho para trás e fico imaginando como conseguimos sair vivos daquelas situações.

— E aquela vez que criamos aquela agência e fingimos que éramos detetives?

— Aquilo foi divertido — recordou Tommy. — Lembra...

— Não quero me lembrar. Não é hora de nostalgia, a não ser como ponto de partida, como se diz. Em todo caso, nos deu bastante traquejo, não é mesmo? Para enfrentar nosso caso mais difícil.

— Ah — falou Tommy. — Sra. Blenkensop, não é?

Tuppence caiu na risada.

— Sim. A sra. Blenkensop. Nunca vou me esquecer do choque que tive — continuou Tommy. — Entrei naquela sala e lá estava você sentada fazendo tricô. Como teve presença de espírito, Tuppence, para fazer o que fez, fingir que saiu só para escutar minha conversa com o sr. Fulano. E então...

— E então a sra. Blenkensop — completou Tuppence, rindo de novo. — M ou N, ou "Gansinho, tolinho".

— Mas acredita mesmo... — Tommy vacilou — que todos esses casos foram pontos de partida para o que está acontecendo hoje?

— De certo modo, sim — falou Tuppence. — O sr. Robinson não teria dito o que disse se não tivesse uma porção daquelas coisas na cabeça. Inclusive eu.

— Você inclusive!

— Mas agora — disse Tuppence — tudo mudou. Com Isaac morto, atingido na cabeça em pleno jardim da nossa casa.

— Pensa que *isso* tem conexão com...

— Não deixo de pensar nisso — falou Tuppence. — Não estamos mais investigando um inocente mistério do passado e coisas do gênero. Agora se tornou bem pessoal. Com o velho Isaac *assassinado*.

— Ele era muito velho e pode ter levado um tombo sozinho.

— Não ouviu o depoimento do médico-legista hoje de manhã? Alguém quis matá-lo. Por que motivo?

— Por que não quiseram nos matar se o problema era conosco? — indagou Tommy.

— Talvez ainda tentem. Talvez Isaac fosse nos contar algo. Talvez tenha ameaçado alguém que iria contar algo sobre a moça, os Parkinson ou aquele negócio de espionagem na guerra de 1914. Os segredos vendidos. Percebe? Então ele teve que ser silenciado. Mas se não tivéssemos vindo aqui investigar e fazer perguntas, nada disso teria acontecido.

— Não fique tão agitada.

— Estou agitada. Agora não estou mais nisso por diversão. Isso não é divertido. Agora é diferente, Tommy. Estamos no encalço de um assassino. Mas quem? Não sabemos ainda, mas podemos descobrir. Não é o passado, é o presente. Aconteceu há apenas seis dias. É o presente. Conectado conosco e com esta casa. E temos de descobrir e vamos descobrir. Não sei como, mas temos que ir atrás de todas as pistas e seguir cada desdobramento. Sou um sabujo com o focinho no chão, seguindo um rastro. Tenho que segui-lo, e você tem que ser o perdigueiro. Fazer diligências em diferentes locais. Como está fazendo agora. Descobrindo coisas. Providenciando para que... como você chama? A pesquisa seja realizada. Tem gente que sabe de coisas, não por experiência própria, mas de ouvir falar por outras pessoas. Histórias que escutaram. Boatos. Fofocas.

— Mas, Tuppence, não pensa mesmo que...

— Penso sim — falou Tuppence. — Não sei como, mas basta uma ideia real e convincente sobre algo sombrio, tenebroso e maléfico... E acertar Isaac na cabeça foi sombrio e maléfico... — Fez uma pausa.

— Por que não mudamos o nome da casa? — falou Tommy.

— Voltar a chamá-la de Ninho da Andorinha, em vez de Os Loureiros?

Uma revoada de passarinhos passou sobre eles. Tuppence virou a cabeça e olhou para trás, rumo ao portão do jardim.

— Antigamente chamava-se Ninho da Andorinha. Como termina aquela citação? Aquela da sua pesquisadora. Portal da morte, não era?

— Portal do destino.

— Parece alusão ao que aconteceu com Isaac. Portal do destino... O portão de *nosso* jardim...

— Não se preocupe tanto, Tuppence.

— Não sei por quê... É só uma ideia que tive.

Tommy a mirou com um olhar perplexo e balançou a cabeça.

— Ninho da Andorinha é um nome bonito, sem dúvida — continuou Tuppence. — Ou poderia ser. Quem sabe um dia será.

— Você tem as ideias mais extraordinárias, Tuppence.

— "No silêncio dos pássaros mortos ecoou um pio." É assim que terminava. Talvez tudo termine assim.

Pouco antes de alcançarem a casa, Tommy e Tuppence avistaram uma mulher no degrau da porta.

— Quem será? — indagou Tommy.

— Não me é estranha — falou Tuppence. — Mas não consigo me lembrar agora. Alguém da família de Isaac. Viviam juntos numa casinha. Três meninos, essa mulher e outra moça. Posso estar enganada, é claro.

A mulher na entrada virou-se e veio na direção deles.

— Sra. Beresford, não é? — disse ela, mirando Tuppence.

— Sim — respondeu Tuppence.

— A senhora não me conhece. Sou a nora de Isaac. Fui casada com o filho dele, Stephen. Meu marido morreu num acidente. Era caminhoneiro. Um daqueles caminhões grandes que puxam carretas. Foi numa dessas rodovias, na M1, se não me engano. M1 ou M5. Acho que foi na M4. Uma dessas. Já faz cinco ou seis anos. Eu só queria... falar um minutinho com a senhora. Com a senhora e o seu marido... — Olhou em direção a Tommy. — Vocês enviaram flores para o funeral, não é mesmo? Isaac trabalhou aqui no jardim, não trabalhou?

— Trabalhou. Foi horrível o que aconteceu — lamentou Tuppence.

— Eu vim aqui para agradecer. Flores encantadoras. Bonitas. Clássicas. Que buquê bonito!

— Não podia ser diferente — falou Tuppence. — Isaac era um funcionário exemplar. Ajudou-nos bastante a organizar a casa. Contou muita coisa que não sabíamos, por exemplo, onde tudo era guardado. E também me ensinou muito sobre jardinagem e horticultura.

— Ele era bom no que fazia. Só não trabalhava mais porque já era velho e sentia dores nas costas. Sofria de lumbago.

— Sempre amável e prestativo — completou Tuppence com firmeza. — Sabia bastante coisa sobre o povo daqui.

— Sabia mesmo. A família trabalhava no ramo havia algumas gerações. Moravam aqui perto e ficaram sabendo de muitas histórias antigas. Não de coisa acontecida com eles. Apenas de ouvir falar, como se diz. Não vou tomar mais o seu tempo. Só apareci para prosear um pouco e agradecer.

— Muito gentil da sua parte — afirmou Tuppence. — Muito obrigada.

— A senhora vai precisar de alguém para o serviço de jardinagem.

— Imagino que sim. Não somos bons nisso. Quem sabe a senhora... — Tuppence hesitou, com a sensação de que ia dizer a coisa errada na hora errada — saiba de alguém que gostaria de vir e trabalhar para nós.

— Assim, de improviso, não me lembro, mas vou ver o que consigo. Vou mandar Henry passar aqui... Meu filho do meio. E mando avisar se souber de alguém. Um bom dia.

— Qual era o nome de Isaac? Não consigo me lembrar — indagou Tommy, quando os dois entravam em casa. — Quero dizer, o sobrenome.

— Bodlicott.

— Então aquela é a sra. Bodlicott, não é?

— Sim. Moram todos juntos naquela casinha em Marshton Road. Será que ela sabe quem o matou? — perguntou Tuppence.

— Não me deu essa impressão — falou Tommy.

— E que impressão daria? — quis saber Tuppence. — É bem difícil dizer, não é?

— Ela veio apenas para agradecer as flores. Não me deu a impressão de alguém... com sede de vingança. Nesse caso, teria tocado no assunto.

— Teria. Ou não teria. — Tuppence entrou em casa absorta em pensamentos.

8

RECORDAÇÕES DE UM TIO

I

Na manhã seguinte, Tuppence foi interrompida enquanto fazia observações a um eletricista que viera dar garantia de um serviço considerado insatisfatório.

— Há um menino na porta — avisou Albert. — Quer falar com a senhora.

— Qual é o nome dele?

— Não perguntei. Está esperando lá fora.

Tuppence pegou o chapéu-panamá, ajeitou na cabeça e desceu as escadas.

Do lado de fora, um menino de cerca de doze anos esperava. Muito nervoso, os pés inquietos.

— A senhora me desculpe se eu atrapalho — disse ele.

— Você é Henry Bodlicott, não é? — perguntou Tuppence.

— Isso mesmo. O velho Isaac era meu... era como se fosse um tio. Fui interrogado ontem. Nunca tinha participado de um interrogatório antes.

Tuppence quase perguntou "Gostou?", mas se conteve. Henry tinha o ar de alguém prestes a descrever uma coisa divertida.

— Uma tragédia e tanto, não? — perguntou Tuppence. — Muito triste.

— Ele já era bem velho — falou Henry. — Não ia durar muito mesmo. No outono tossia como um condenado. Ninguém conseguia dormir em casa. Passei para saber se a senhora não precisa de alguém para ajudar no serviço. Pelo que entendi (a mãe me disse), a senhora precisa de alguém para ralear as alfaces. Se a senhora quiser, posso fazer. Sei onde elas ficam, porque eu vinha aqui às vezes conversar com o velho Izzy quando ele estava trabalhando. Posso fazer agora se desejar.

— Ah, quanta bondade sua — disse Tuppence. — Venha me mostrar.

Seguiram juntos à horta e se encaminharam ao local mencionado.

— O plantio foi bem adensado e agora é preciso ralear um pouco e transferi-las para lá, sabe. Mas antes é preciso fazer o sulco direitinho.

— Não sei grande coisa sobre alfaces — admitiu Tuppence. — Sei um bocadinho sobre flores. Com ervilhas, couves-de-bruxelas, alfaces e outras verduras sou uma negação. Não quer um emprego para cuidar da horta?

— Não dá, estou na escola. E recolho papel e colho frutas no verão.

— Se souber de alguém me avise — pediu Tuppence.

— Pode deixar. Até logo, madame.

— Vou ficar aqui observando o trabalho com as alfaces. Quero aprender.

Ficou por perto assistindo ao trabalho manual de Henry Bodlicott.

— Agora sim. Bem grandinhas, né? Webb's Wonderful, né? Essa variedade dura bastante.

— As Tom Thumbs já terminaram — falou Tuppence.

— Aquelas precoces e pequeninhas, né? Crespas e tenras.

— Muito obrigada — agradeceu Tuppence quando ele terminou.

Ela se virou e caminhou rumo à casa. Notou que perdera o cachecol e deu meia-volta. Henry Bodlicott, recém começando a ir embora, parou.

— Meu cachecol — explicou Tuppence. — Ficou ali naquele arbusto.

Ele pegou o cachecol, entregou a ela e então ficou parado a encarando, mexendo os pés. Parecia tão preocupado e sem jeito que Tuppence ficou curiosa para saber qual era o problema.

— Tem algo para me falar? — disse ela.

Henry arrastou os pés, olhou para ela, arrastou os pés de novo, enfiou o dedo no nariz, coçou a orelha esquerda e mexeu os pés numa espécie de sapateado.

— Só uma coisa... fiquei pensando se a senhora... não se importaria...

— Então? — falou Tuppence, lançando ao menino um olhar indagador.

Henry ficou vermelho e continuou a pisar inquieto.

— Não queria perguntar, mas só fiquei pensando... quero dizer, o pessoal fala coisas... escutei o pessoal dizendo...

— Sim? — disse Tuppence, imaginando o que incomodava Henry; o que será que ele escutara sobre a trajetória do sr. e da sra. Beresford, os novos inquilinos dos Loureiros? — Sim, o que você escutou?

— Que a senhora foi a dama que prendeu espiões ou inimigos na última guerra. A senhora e o cavalheiro também. Os dois trabalhavam como agentes e descobriram um espião alemão que fingia ser outra coisa. Descobriram, tiveram um monte de aventuras e, no fim, tudo foi resolvido. Digo, os dois eram (não sei como chamar), acho que do serviço secreto, e cumpriram a missão. O pessoal diz que os dois foram perfeitos. Claro, já faz tempo, mas estiveram envolvidos com cantigas de ninar também.

— Tem razão — falou Tuppence. — "Gansinho, tolinho", para ser mais exata.

— Gansinho, tolinho! Dessa eu me lembro. Puxa, faz muito tempo. "Perdeu-se no caminho"?

— Isso mesmo — disse Tuppence. — "Sobe e desce a escada toda hora, e no quarto de minha senhora? Lá se escondia um velho que rezar não sabia. O ganso agarrou a perna esquerda do velho e o jogou pela escadaria." Se não me engano, essa é a versão certa, mas eu posso ter misturado com outra canção de ninar.

— Puxa, jamais pensei! — exclamou Henry. — Quero dizer, é fantástico... Vocês morando aqui, como pessoas comuns! Mas eu não entendo o motivo dos versinhos.

— Era uma espécie de código, uma mensagem cifrada — explicou Tuppence.

— Que precisava ser decifrada e tudo o mais? — quis saber Henry.

— Algo parecido — disse Tuppence. — No fim, tudo foi desvendado.

— Quem diria! Não é fantástico? — falou Henry. — Não se importa se eu contar para um amigo, né? Meu amigo do peito. O nome dele é Clarence. Nome besta, eu sei. A gente sempre caçoa dele por causa disso. Mas ele é legal e vai ficar empolgado ao saber que vocês estão morando aqui no vilarejo.

Mirou Tuppence com a admiração de um cocker spaniel afetuoso.

— Fantástico! — repetiu ele.

— Isso foi há muito tempo — contou Tuppence. — Na década de 1940.

— Divertido ou assustador?

— Um pouco das duas coisas — confessou Tuppence. — Assustador na maior parte do tempo.

— Também, não podia ser diferente, né. Mas é estranho como os dois vêm para cá e se envolvem no mesmo tipo de coisa. Foi um cara da Marinha. Ele dizia ser um comandante naval inglês, mas na verdade era alemão. Pelo menos foi o que o Clarence me disse.

— Mais ou menos — falou Tuppence.

— Então foi por isso que vocês dois vieram para cá. Porque, sabe, aconteceu algo aqui antigamente... Faz muito tempo mesmo... mas bem dizer foi a mesma coisa. Ele era oficial de um submarino. Vendeu projetos de submarinos. Histórias que a gente escuta o pessoal contar.

— Entendo — falou Tuppence. — Mas esse não foi o motivo que nos trouxe aqui. Só viemos porque encontramos uma casa boa para morar. Já escutei esses boatos por aí, só que não sei bem do que se trata.

— Uma hora eu tento explicar para a senhora. Claro, nem sempre a gente sabe se é verdade e nem sempre a gente fica sabendo tudo certinho.

— Como o seu amigo Clarence ficou sabendo de tudo isso?

— O Mick que contou. Ele morou um tempo onde era a casa do ferreiro. Faz tempo que foi embora, mas ele falava com todo mundo. E o tio Isaac sabia do assunto. Às vezes ele contava coisas pra gente.

— Então ele sabia bastante coisa sobre tudo isso? — indagou Tuppence.

— Ah, sim. É por isso que eu desconfiei. O homem que sabia demais... E contou tudo para a senhora e o seu marido. Então liquidaram ele. Hoje em dia isso é normal. Eliminam as pessoas que sabem demais sobre coisas que envolvem alguém da pesada.

— Pensa que seu tio Isaac... sabia demais?

— Ficou sabendo de muita coisa. Escutava muito aqui e ali. Não gostava de tocar no assunto, mas às vezes tocava. Entre uma baforada de cachimbo e outra, nas tardes de sábado, quando Clarence, eu e nosso outro amigo, Tom Gillingham, puxávamos conversa. Claro, a gente não sabia se ele estava inventando ou não. Mas acho que ele encontrou umas coisas e sabia onde estavam escondidas. Coisas que interessavam a certas pessoas.

— É mesmo? — perguntou Tuppence. — Isso é muito significativo. Deve se esforçar e se lembrar do que ele disse. Pode resultar numa pista sobre quem o matou e por que ele foi morto. Não foi um acidente, foi?

— Primeiro a gente achou que era um acidente. Sabe, o tio tinha problemas cardíacos ou coisa parecida e sempre andava caindo, ficando tonto ou sentindo vertigem. Mas parece que... no inquérito, sabe... disseram que foi um crime.

— Sim — concordou Tuppence —, foi um crime.

— E agora a senhora quer descobrir por quê? — indagou o menino.

Tuppence mirou Henry. Naquele instante teve a impressão de que ela e Henry eram dois cães farejadores seguindo o mesmo rastro.

— Foi um crime cruel e perverso, e tanto eu quanto você (já que ele era seu tio) queremos saber quem o cometeu. Mas talvez você já saiba ou tenha alguma ideia, Henry.

— Não tenho uma ideia bem certa, não — falou Henry. — A gente só escuta coisas. Sei de pessoas que o tio Izzy comenta (comentava) de vez em quando, pessoas que não gostavam dele por alguma razão. Ele dizia que era porque ele sabia demais sobre elas, sobre o que elas sabiam e sobre algo que tinha acontecido. Mas no fim sempre é alguém que já morreu faz tempo. Ninguém mais se lembra dos detalhes.

— Vai ter que nos ajudar, Henry — intimou Tuppence.

— Então vai me deixar participar? Ficar de prontidão e fazer investigações?

— Se ficar de bico calado, sim — falou Tuppence. — Claro, pode contar para mim, mas não saia falando a respeito do assunto para os amigos, porque assim todo mundo acabaria descobrindo.

— E pode cair no ouvido dos assassinos e eles virem atrás da senhora e do sr. Beresford, né?

— É — confirmou Tuppence —, e eu prefiro que não o façam.

— Até aí eu entendo — disse Henry. — Olha só, se eu topar com alguma coisa ou escutar algo, apareço aqui me oferecendo para fazer um servicinho. Que tal? Então posso contar o que descobri sem ninguém nos ouvir... Agora não sei de nada certo, mas tenho amigos. — De repente, ele empertigou-se e claramente assumiu a aparência de algum personagem de televisão. — Fico sabendo de muita coisa. As pessoas nem sonham como, mas eu fico sabendo... Se o cara fica na dele escuta muita coisa. E pelo jeito é tudo muito importante, né?

— É, Henry — concordou Tuppence. — Mas temos que ser cuidadosos.

— Vou ser cuidadoso, pode deixar. Supercuidadoso. Ele sabia muito sobre este lugar, sabe — continuou Henry. — O tio Isaac.

— Sobre a casa e o jardim?

— Isso mesmo. Histórias sobre a propriedade. As pessoas que a frequentavam, o que elas faziam, onde aconteciam reuniões, quais eram os esconderijos. Ele falava de vez em quando. Claro que a mãe não dava bola. Ela achava tudo bobagem. Johnny (meu irmão mais velho) achava que era tudo besteira e não prestava atenção. Mas eu escutava, e Clarence se interessa por essas coisas. Sabe, ele gosta de filmes de espionagem e tudo o mais. Ele me disse: "Chuck, isso parece um filme". A gente gosta de conversar sobre o assunto.

— Já ouviu falar numa pessoa chamada Mary Jordan?

— Claro. A moça alemã que fazia espionagem, né? Conseguiu segredos navais de oficiais da Marinha.

— Alguma coisa assim — falou Tuppence, sentindo que era mais seguro manter essa versão. Mas em pensamento desculpou-se ao fantasma de Mary Jordan.

— Linda, né?

— Não sei — falou Tuppence. — Ela morreu quando eu tinha uns três anos de idade.

— Não podia ser diferente. O pessoal fala nela de vez em quando.

II

— Parece alvoroçada e sem fôlego, Tuppence — disse Tommy quando a esposa, em roupas de jardinagem, entrou ofegante pela porta lateral.

— É — disse Tuppence —, um pouquinho.

— Trabalhando demais na horta?

— Para falar a verdade, não estava fazendo nada. Só estava no canteiro das alfaces jogando conversa fora ou conversando à toa, como queira...

— Com quem estava conversando?

— Com um menino — disse Tuppence.

— Ele se ofereceu para ajudar no jardim?

— Não exatamente — disse Tuppence. — Isso seria muito bom, é claro. Mas não. Na verdade, ele só estava expressando admiração.

— Pelo jardim?

— Não — disse Tuppence. — Por mim.

— Por você?

— Surpreso? — indagou Tuppence. — Eu também não esperava.

— E qual a fonte de tanta admiração... a beleza do seu rosto ou a beleza do jardim?

— A beleza do meu passado — falou Tuppence.

— O seu passado!

— Estava animado por falar com a dama, nas palavras dele, que desmascarou um espião alemão na última guerra. Um falso capitão aposentado.

— Meu bom Deus! — exclamou Tommy. — M ou N outra vez! Puxa vida, será que nunca vamos conseguir esquecer?

— E quem disse que eu quero esquecer? — rebateu Tuppence. — Velhos artistas de cinema gostam de recordar a fama da juventude.

— Captei a mensagem — limitou-se a dizer Tommy.

— Nossa experiência será útil nesta nova empreitada.

— Esse menino, que idade ele tem?

— Doze, mas parece dez. Tem um amigo chamado Clarence.

— E o que isso tem a ver com a história?

— Por enquanto, nada — reconheceu Tuppence —, mas ele e Clarence são bons amigos e, pelo que notei, querem colaborar conosco nesta missão. Levantar lebres e descobrir pistas.

— Como crianças vão saber mais do que nós? — indagou Tommy.

— Falava frases curtas — disse Tuppence —, repletas de "quero dizer", "entende", "sabe". Mas acho que "né" foi a expressão mais usada.

— Novidades?

— Tentativas de explicar coisas que ele tinha ouvido falar.

— Ouvido quem falar?

— Nada direto da fonte, como se diz, nem de segunda mão. Mais certo seria dizer de terceira, quarta, quinta ou sexta mão. Jimmy disse para Algernon que disse para Clarence...

— Pare — implorou Tommy —, é o suficiente. E o que eles ouviram?

— Menções a locais e histórias — ponderou Tuppence. — Disseram que estão ansiosos para colaborar com a nossa emocionante missão.

— Que seria...?

— Descobrir algo importante. Escondido aqui.

— Escondido como, onde e quando? — indagou Tommy.

— Cada uma dessas perguntas gera uma história envolvente — falou Tuppence. — Não concorda?

Pensativo, Tommy limitou-se a dizer "Talvez".

— Tem a ver com o velho Isaac — falou Tuppence. — Pelo jeito ele sabia uma porção de coisas que poderia ter nos contado.

— Qual é o nome do menino?

— Vou me lembrar num minuto — disse Tuppence. — Ele falou de tanta gente de quem ouviu histórias que me deixou confusa. Nomes pomposos como Algernon e simples como Jimmy, Johnny e Mike.

De repente Tuppence disse:

— Chuck.

— Chuck o quê? — perguntou Tommy.

— O nome dele é Henry, mas o apelido é Chuck.

— Estranho. Como na cantiga de roda "Chuck goes the weasel".

— O certo é "Pop goes the weasel".

— Tanto faz.

— Ah, Tommy, o essencial é continuar, ainda mais agora. Não acha?

— Sim — concordou Tommy.

— Eu sabia! Por mais que você dissimule, temos que continuar por causa de Isaac. Foi assassinado porque sabia de algo que comprometia alguém. Temos que descobrir quem.

— Será que não foi — falou Tommy — um ataque dos *hooligans* ou outra dessas gangues violentas? Bandidos que saem por aí matando sem escolher a vítima, até idosos incapazes de oferecer resistência.

— Pode ter sido — falou Tuppence —, mas não creio. *Existe* um material escondido aqui. Não sei bem se "material" é a palavra certa, mas algo que esclarece fatos antigos. Alguém deixou aqui ou deu a alguém para guardar aqui, depois morreu ou se mudou. E alguém não quer que seja descoberto. Isaac sabia, e ficaram com medo de que nos contasse, porque sem dúvida correm boatos sobre a nossa presença. Sabe como é... que somos famosos agentes antiespionagem ou coisa que o valha. Criamos uma reputação nesse ramo. E tudo se conecta com Mary Jordan e todo o resto.

— Mary Jordan — falou Tommy — não morreu de morte natural.

— E o velho Isaac também não — disse Tuppence. — Temos que descobrir quem o matou e por quê.

— Você precisa tomar cuidado, Tuppence — avisou Tommy. — Se Isaac foi morto porque ia contar segredos do passado, corremos o risco de sofrer uma emboscada num canto escuro uma noite dessas e ter o mesmo destino. Essa corja não ia pensar duas vezes, pensando que ninguém se importaria e que o pessoal diria "Ah, foi só mais um ataque de gangues".

— Em que idosos são atingidos na cabeça e mortos — completou Tuppence. — Esse é o resultado infeliz de se ter cabelo grisalho e de puxar um pouco a perna por causa da artrite. Sou presa fácil para qualquer um. Preciso tomar cuidado. Acha que devo portar uma pistola calibre 22?

— Nem pensar — falou Tommy.

— Por quê? Não sou capaz de manejar uma arma?

— Já pensou se você tropeça na raiz de uma árvore? Leva um tombo, a arma dispara sem querer e o feitiço vira contra o feiticeiro.

— Acha que sou capaz de fazer algo tão estúpido?

— Tenho certeza — afirmou Tommy.

— Já sei! Vou levar comigo uma faca de lâmina retrátil.

— Se eu fosse você não levaria arma — sugeriu Tommy. — Daria uma de inocente, proseando sobre jardinagem, insinuando que não gostamos da casa e pensamos em ir embora.

— Insinuar isso para quem?

— Ah, para todo mundo — disse Tommy. — O boato vai correr.

— Os boatos sempre correm — falou Tuppence. — Este é um lugarzinho perfeito para correr boatos. Vai dizer o mesmo, Tommy?

— Vou dizer que a casa não é tão boa quanto imaginávamos.

— Mas quer continuar a investigar, não quer? — quis saber Tuppence.

— Sim — reconheceu Tommy. — Estou envolvido até o pescoço nisso.

— Já pensou por onde vai começar?

— Continuar o que estou fazendo. E você, Tuppence? Planos?

— Ainda não — falou Tuppence. — Ideias apenas. Extrair mais informações de... que nome eu disse mesmo?

— Primeiro Henry... depois Clarence.

9

PELOTÃO JÚNIOR

I

Depois de acompanhar a partida de Tommy a Londres, Tuppence ficou perambulando sem rumo pela casa. Tentava selecionar uma atividade específica capaz de produzir resultados satisfatórios. Naquela manhã, entretanto, as ideias brilhantes pareciam passar ao largo do seu cérebro.

Com a leve sensação de que estava andando em círculos, subiu ao sótão dos livros e vagueou na frente da estante, lendo o título de vários volumes. Inúmeros livros infantis e infantojuvenis. Mas o que mais poderia haver neles? Ninguém teria sido tão minucioso quanto ela. A esta altura era quase certo que ela folheara um por um de todos aqueles livros; Alexander Parkinson não revelara nenhum outro segredo.

Estava em pé, correndo os dedos pelos cabelos, franzindo a testa e reclamando das obras de teologia da prateleira inferior cujas capas estavam despencando, quando Albert apareceu.

— Tem gente querendo falar com a senhora lá embaixo.

— O que quer dizer com "gente"? — perguntou Tuppence. — Conheço?

— Acho que não. Um monte de meninos e duas meninas. Vendendo rifa ou coisa parecida.

— Ah. Não deram nomes nem disseram mais nada?

— Um deles disse que se chamava Clarence e que a senhora sabia quem ele era.

— Ah — disse Tuppence. — Clarence.

Meditou por um instante. Estaria colhendo os frutos da conversa de ontem? Em todo caso, não faria mal nenhum verificar.

— O outro menino veio junto? Com quem falei ontem no jardim?

— Não sei. São todos meio sujos e malvestidos.

— Bem — falou Tuppence. — Vou descer.

Quando alcançou o térreo, virou-se para Albert com olhar indagador. Albert disse:

— Ah, eu não ia deixá-los entrar na casa. Não seria seguro. Hoje em dia nunca se sabe. Estão lá fora no jardim. Eles pediram para dizer que estariam perto da mina de ouro.

— Perto do quê? — indagou Tuppence.

— Da mina de ouro.

— Ah — disse Tuppence.

— E onde fica isso, que não é da minha conta? — perguntou Albert.

Tuppence apontou.

— Acho que eu sei. Passando o canteiro das rosas, você pega à direita pela trilha das dálias. Lá tem uma espécie de laguinho que antigamente era cheio de peixes dourados. Cadê minhas botas de borracha? E é melhor também eu levar a capa de chuva, no caso de alguém me empurrar na água.

— Boa ideia vestir a capa. Vai chover a qualquer minuto.

— Puxa vida! Chuva, sempre chuva! — exclamou Tuppence.

Saiu e em pouco tempo encontrou uma delegação considerável à sua espera. Calculou dez meninos de idades variadas, ladeados por duas meninas de cabelo comprido, todos muito empolgados. Enquanto Tuppence se aproximava, uma voz esganiçada falou:

— Aí vem ela! E agora, quem é que vai falar? Vamos, George, é melhor você falar. É você quem fala sempre.

— Mas hoje deixa comigo — avisou Clarence.

— Cale a boca, Clarrie. Sua voz é fraca. E você não para de tossir.

— Escute aqui. Este show é meu. Eu...

— Bom dia a todos — saudou Tuppence, interrompendo a discussão. — Vieram falar comigo, não é? De que se trata?

— Temos informações — tomou a palavra Clarence. — É isso que a senhora procura, não é?

— Depende — respondeu Tuppence. — Que espécie de informações?

— Informações sobre acontecimentos bem antigos.

— Informações históricas — emendou uma das meninas, espécie de mentora intelectual do grupo. — Interessantes para quem quer investigar o passado.

— Entendo — falou Tuppence, apesar de não entender. — Que lugar é este aqui?

— A mina de ouro.

— Ah — disse Tuppence. — E tem ouro nela?

Correu o olhar em volta.

— Na verdade, é uma piscina de peixes dourados — explicou um dos meninos. — Tinha peixes dourados uma época, sabe?

Daqueles especiais, com caudas triplas, do Japão ou outro país oriental. Ah, era muito bonito. Isso foi na época da sra. Forrester. Faz mais ou menos uns dez anos.

— Vinte e quatro anos — sentenciou uma das garotas.

— Sessenta anos — retrucou um fio de voz —, e nem um ano a menos. Cardumes e cardumes de peixes dourados. O laguinho borbulhava de peixes. O pessoal dizia que eram valiosos. De vez em quando um morria. De vez em quando um comia o outro, e às vezes só apareciam boiando na superfície.

— Muito bem — incentivou Tuppence —, o que vocês querem me contar sobre eles? Agora não existem mais peixes dourados aqui.

— Mas existem informações — disse a menina intelectual.

Várias vozes irromperam ao mesmo tempo. Tuppence abanou a mão.

— Um de cada vez! — pediu ela. — De que se trata?

— Algo que talvez a senhora já saiba. O lugar onde escondiam coisas antigamente. Coisas muito importantes.

— E como vocês ficaram sabendo? — indagou Tuppence.

Isso provocou um alarido de respostas simultâneas.

— Foi Janie.

— Foi o tio dela, o tio Ben — disse uma das vozes.

— Não, não foi. Foi Harry, foi... Sim, foi Harry. O primo dele, o Tom... História antiga. Um tal de Josh que contou para a avó de Tom. Sim. Não sei quem diabos era esse Josh. Acho que Josh era o marido dela... Não. Ele não era o marido, era o tio dela.

— Ai, meu Deus! — disse Tuppence.

Correu o olhar pelo gesticulante grupo e fez uma escolha.

— Clarence, não é? — apontou ela. — Seu amigo falou sobre você. Conte o que sabe.
— Se a senhora quiser descobrir vai ter que ir até o CAP.
— Ir aonde? — estranhou Tuppence.
— Ao CAP.
— O que é o CAP?
— A senhora não sabe? Ninguém lhe contou? CAP é o Clube dos Aposentados e Pensionistas.
— Minha nossa! — exclamou Tuppence. — Parece grandioso.
— Não tem nada de grandioso — falou um menino de uns nove anos. — Nem um pouquinho. É só um lugar onde aposentados se reúnem para se divertir. E contar coisas que ficaram sabendo. Tem gente que diz que é tudo mentira. Coisas da guerra e de depois dela.
— Onde fica o CAP? — perguntou Tuppence.
— Ah, um pouco retirado da cidade. No caminho de quem vai para Morton Cross. Se a senhora é aposentada, é só ir lá jogar bingo. Vai encontrar tudo que é coisa. Bem divertido para sua idade. Tem gente bem velhinha no meio. Gente surda, cega e inválida. Mas todos gostam de se reunir, sabe?
— Talvez eu faça uma visitinha — considerou Tuppence. — Qual é a melhor hora para ir lá?
— A hora que a senhora quiser. Mas à tarde é melhor, sabe? Sim, eles avisam que um amigo vai aparecer... E quando tem visita eles providenciam quitutes extras para o chá, sabe? Biscoitos com cobertura de açúcar. E salgadinhos. Coisas assim. O que foi, Fred?

Fred deu um passo e fez uma reverência pomposa para Tuppence.

— Será um prazer acompanhá-la — ofereceu-se ele. — Hoje às três e meia da tarde estaria bom para a senhora?

— Ah, seja você mesmo — pediu Clarence. — Não fale desse jeito.

— O prazer será meu — disse Tuppence, mirando a água. — É mesmo uma pena não ter mais peixes dourados.

— A senhora precisava ver aqueles com cinco caudas. Magníficos. Uma vez um cachorro caiu ali. O da sra. Faggett.

Alguém lhe contradisse:

— Não foi não. Era da sra. Follyo. Ou seria Fagot?

— Foliatt, soletrado com dois "tês".

— Não seja tolo. Era uma francesa. O nome dela tinha dois "efes".

— O cachorrinho se afogou? — perguntou Tuppence.

— Não se afogou, não. Era um filhotinho, e a cadela ficou nervosa, correu até a dona e a puxou pelo vestido. A srta. Isabel estava colhendo maçãs no pomar. A cadela a puxou pelo vestido até que ela enxergou o filhote se afogando. Na mesma hora pulou no poço e resgatou o filhote. Ficou toda ensopada, e o vestido que ela usava nunca mais prestou.

— Puxa vida! — exclamou Tuppence. — Quanta coisa já aconteceu por aqui. Tudo bem. Espero vocês à tarde para irmos ao CAP. Quem vai junto?

De imediato ouviu-se um barulho ensurdecedor.

— Eu vou...

— Eu não posso...

— A Betty vai...

— Não, a Betty não pode ir de novo! A Betty já foi naquela festa no cinema. Não é justo ela ir de novo.

— Resolvam — falou Tuppence — e apareçam às três e meia.

— A senhora vai achar interessante — comentou Clarence.

— É de interesse histórico — disse a menina intelectual com firmeza.

— Ah, cale a boca, Janet! — gritou Clarence virando-se para Tuppence. — Janet é sempre assim — explicou ele. — Ela estuda em escola particular, é por isso. Fica se exibindo, sabe? A escola pública não foi suficiente para ela. Os pais fizeram um escarcéu e agora ela estuda numa escola particular. Por isso que ela fica se exibindo desse jeito o tempo todo.

II

Tuppence ficou se perguntando, enquanto terminava de almoçar, se a conversa matinal daria algum resultado. Será que as crianças viriam acompanhá-la naquela tarde até o CAP? Existia mesmo o tal CAP ou era só invenção da garotada? Em todo caso, prometia ser divertido.

A delegação teve pontualidade britânica. Às três e meia soou a campainha. Tuppence ergueu-se da poltrona perto da lareira, enfiou um chapéu de borracha na cabeça — pois ameaçava chover —, e Albert apareceu para escoltá-la até a porta da frente.

— Não vou deixá-la sair assim com qualquer um — cochichou ele no ouvido dela.

— Albert — sussurrou Tuppence —, já ouviu falar na sigla CAP?

— Cartão de Apresentação Pessoal — falou Albert com ares de sabichão.

— Parece que é um clube.
— Ah, o Clube dos Aposentados. Construído há uns três anos, se não me engano. É só passar a paróquia, dobrar à direita e dar de cara com ele. É uma construção horrorosa, mas boa para o pessoal da velha guarda e quem mais desejar aparecer por lá. O clube promove bailinhos e tem várias ajudantes... Mais ou menos como o Instituto Feminino, só que especial para a terceira idade. São todos muito velhos, e a maioria é surda.
— Sim — disse Tuppence. — Foi essa impressão que eu tive.
A porta da frente se abriu. Janet, devido à supremacia intelectual, foi a primeira a aparecer. Atrás dela, Clarence, e atrás dele, um menino alto e estrábico que se chamava Bert.
— Boa tarde, sra. Beresford — saudou Janet. — O pessoal lá do clube adorou saber da sua visita. É melhor levar um guarda-chuva. O tempo está bem instável hoje.
— Estou saindo agora naquela direção — falou Albert —, então vou junto até uma altura.
"Com certeza", pensou Tuppence, "Albert é sempre muito protetor." Tanto melhor, mas não acreditava que Janet, Bert ou Clarence pudessem representar perigo. A caminhada levou vinte minutos. Quando chegaram ao prédio vermelho, atravessaram o portão e subiram pelo caminho. Uma mulher robusta de seus setenta anos abriu a porta.
— Ah, então temos visita. Fico tão contente! Que bom que a senhora veio! — Deu um tapinha no ombro de Tuppence. — Janet, muito obrigada. Por aqui. Se não quiserem esperar, não precisa.
— Os meninos vão ficar decepcionados se não ficarem para escutar um pouco das histórias — falou Janet.

— Hoje não tem muita gente aqui. Espero que a sra. Beresford não se importe. Janet, não quer ir até a cozinha e avisar Mollie que já pode providenciar o chá?

Tuppence não viera para tomar chá, mas dificilmente poderia externar isso. Sem demora o chá foi servido. Era fraco demais, acompanhado de biscoitinhos e sanduíches recheados com um tipo de patê asqueroso com sabor para lá de suspeito. Então o pessoal formou uma roda, inicialmente com certo embaraço.

Um velho de barba mirou Tuppence com o olhar de quem já viveu um século. Em seguida, aproximou-se decidido e sentou-se ao lado dela.

— É melhor conversar comigo primeiro, *my lady* — disse ele, alçando Tuppence à nobreza. — Sou o mais velho por aqui e sei mais histórias antigas do que qualquer outro. Esta terra tem história, sabe? Muita coisa aconteceu por aqui! Não que a gente possa contar tudo de uma vez, não é? Mas todo mundo aqui tem algo para contar.

— Pelo que entendi — falou Tuppence, apressando-se a falar antes de ser introduzida a algum assunto fora de seu foco — muitos fatos curiosos aconteceram por aqui, sabe, não apenas na última guerra, mas na guerra anterior ou até mesmo antes. Não que o senhor vá se lembrar de épocas tão antigas, mas quem sabe não ouviu algo dos parentes mais velhos.

— É verdade! — exclamou o idoso. — O tio Len me contou muita coisa mesmo. O tio Len. Que sujeito! Sabia de tudo o que acontecia. Inclusive naquela casa perto do cais antes da última guerra. Espetáculo deprimente. Aquilo que o pessoal chama de farsistas...

— Fascistas — corrigiu uma senhora grisalha empertigada, que usava no pescoço um lenço que não lhe caía bem.
— Fascista, se preferir, que importância tem? Ele era um deles. Como aquele cidadão lá na Itália. Mussolini ou outro nome suspeito. Mexilhões ou berbigões. Ele causou muito dano por aqui. Fazia encontros, sabe. Esse tipo de coisa. Quem começou tudo foi um sujeito chamado Mosley.
— Mas na Primeira Guerra tinha uma moça chamada Mary Jordan, não? — indagou Tuppence, em dúvida se era oportuno tocar no assunto.
— Ah, sim. O pessoal dizia que ela era bonitona, sabe? Sim. Ficava sabendo dos segredos dos marinheiros e soldados.

Uma velhinha cantarolou numa voz fina:

Ele não é da Marinha
Nem da Infantaria
Mas é o homem ideal
Nem Marinha nem Infantaria
Ele é da Real
Ar-ti-lha-ria!

O velho esperou ela terminar para entoar sua própria canção:

É longa a estrada até Tipperary
Uma longa estrada a percorrer
É longa a estrada até Tipperary
E o resto eu continuo sem saber.

— Agora chega, Benny, chega — disse uma senhora de olhar decidido que tanto poderia ser sua mulher quanto sua filha.

Outra velhinha cantou em voz trêmula:

Toda moça linda adora lobo do mar,
Toda moça linda ama uniforme sujo,
Toda moça linda adora lobo do mar
E quem não sabe como é um marujo?

— Ah, cale a boca, Maudie, estamos cansados de ouvir essa. Agora deixe a senhora escutar — pediu o tio Ben. — Ela veio para escutar. Ela quer saber onde aquela coisa que causou todo aquele estardalhaço foi escondida, não quer? E tudo o mais que aconteceu.

— Isso parece muito intrigante — falou Tuppence, animando-se. — Algo *foi* escondido?

— Ah, sim, bem antes da minha época, mas eu ouvi falar de tudo. Sim. Antes de 1914. A história passou de boca em boca. Ninguém sabia bem o porquê de toda aquela agitação.

— Algo a ver com a regata — afirmou uma velhinha. — Oxford e Cambridge. Uma vez me levaram para assistir à regata sob as pontes de Londres e tudo o mais. Ah, que dia inesquecível. Oxford venceu com folga.

— Quanta bobagem — sentenciou uma senhora grisalha de olhar severo. — Não sabem nada de nada. Sei mais do que a maioria de vocês, embora tenha acontecido bem antes de eu nascer. Foi minha tia-avó Matilda quem *me* contou, e foi a tia dela, a tia Lu, quem contou para ela. E tudo aconteceu mais de quarenta anos antes delas. Uma fuzarca! Uma multidão de gente procurando a mina de ouro! Lingotes de ouro dos confins da Austrália ou outro país longínquo.

— Que gente burra — falou com desprezo um velho que fumava cachimbo. — De dourado, aqui, só os peixes do laguinho.

— Um valioso tesouro escondido — falou outro. — Veio gente do governo, e a polícia também. Vasculharam tudo, e nada.

— Pois é, mas não tinham as pistas certas. Pistas existem, sabe? É só saber onde procurar — asseverou outra anciã, meneando a cabeça afirmativamente, com ar de sabedoria. — Pistas sempre existem.

— Que interessante — disse Tuppence. — Onde? Onde estão essas pistas? Na vila, no campo ou...

A infeliz observação provocou pelo menos seis respostas diferentes, todas pronunciadas ao mesmo tempo.

— No pântano, perto de Tower West — jurou um.

— Que nada, era passando Little Kenny.

— Nada disso, era na caverna à beira-mar. Perto de Baldy's Head, naquelas rochas avermelhadas. Lá tem um velho túnel dos contrabandistas. Deve ser fabuloso.

— Me contaram que uma caravela espanhola do século XVI naufragou com os porões abarrotados de dobrões de ouro.

10

ATAQUE CONTRA TUPPENCE

I

— Minha nossa! — exclamou Tommy, ao retornar aquela noite. — Parece muito cansada, Tuppence. O que andou fazendo? Parece exausta.

— Exausta é apelido — concordou Tuppence. — Não sei se vou conseguir me recuperar um dia. Puxa vida.

— O *que* andou aprontando? No sótão de novo?

— Não, não — disse Tuppence. — Chega de livros.

— Bem, o que é então? O que andou fazendo?

— Sabe o que é um CAP?

— Não — disse Tommy —, bem, sim. É... — Ele fez uma pausa.

— Vou contar num minutinho — disse Tuppence. — Mas é melhor você tomar algo primeiro. Um aperitivo ou um uísque. Eu acompanho.

Ela colocou Tommy a par dos acontecimentos vespertinos. Tommy disse "Minha nossa!" de novo e acrescentou:

— Você se mete em cada fria, Tuppence. Algo interessante?

— Não sei — disse Tuppence. — Quando seis pessoas falam ao mesmo tempo, e a maioria não consegue articular direito, e todas falam coisas diferentes... A gente fica meio sem saber o que estão dizendo. Mas pude aproveitar algumas ideias.

— Como assim?

— Muitas lendas, acho, vêm passando de geração em geração sobre algo escondido aqui, um segredo conectado com a Primeira Guerra Mundial, ou até mesmo antes dela.

— Até aí nenhuma novidade, não é mesmo? — ironizou Tommy. — Disso a gente já sabia.

— Sim. Circulam histórias antigas na aldeia. Todo mundo levanta hipóteses com base no que a tia Maria e o tio Bento contaram, repassando o que o tio Stephens, a tiazinha Rute e a vovó Fulana contaram. A coisa passa de boca em boca por anos e anos. E uma pode ser verdadeira.

— Perdida no meio de todas as outras?

— Como uma agulha num palheiro — falou Tuppence. — Vou escolher linhas de investigação promissoras. Pessoas que podem contar algo que *realmente* ouviram. Pretendo isolar esses informantes dos outros por um curto período e conseguir que eles me contem com exatidão o que a tia Agatha ou a tia Betty ou o velho tio James lhes contou. Não vou desistir até desencavar pistas adicionais. Deve haver algo em algum lugar.

— Há mesmo alguma coisa — disse Tommy —, mas não sabemos o que é.

— Bem, é isso que estamos tentando fazer, não é?

— Sim, mas é preciso ter *alguma* ideia do que é essa tal coisa antes de sair procurando por ela.

— Uma coisa é certa: não é um tesouro de uma caravela espanhola — falou Tuppence — muito menos muamba na caverna dos contrabandistas.

— Bem que poderia ser conhaque francês — comentou Tommy esperançoso.

— Quem sabe — falou Tuppence —, mas não é bem isso que estamos procurando, ou é?

— Em todo caso — disse Tommy — é o tipo de coisa que eu apreciaria encontrar. Claro que pode ser uma carta ou algo parecido. Uma carta erótica, alvo de chantagem seis décadas atrás. Mas hoje em dia isso pouca diferença faz, não é verdade?

— É. Mas vai aparecer uma ideia mais cedo ou mais tarde. Acha que *vamos* descobrir algo concreto, Tommy?

— Não sei — respondeu ele. — *Eu* ganhei um empurrãozinho hoje.

— É mesmo? Como assim?

— O negócio do censo.

— Do quê?

— Do censo. Parece que aconteceu um censo em determinado ano (eu anotei o ano). Naquela data, um grande número de pessoas reuniu-se nesta casa com os Parkinson.

— Como descobriu isso tudo?

— Estratégias de pesquisa da srta. Collodon.

— Começo a ficar com ciúmes dessa tal srta. Collodon.

— Não deveria. Ela é braba e não perde a oportunidade de me dar um puxão de orelha. Além do mais, não é nenhuma miss.

— Melhor assim — afirmou Tuppence. — Mas o que o censo tem a ver com a história?

— Quando Alexander disse "Foi um de nós", ele pode ter se referido a alguém que estava na casa na época e, portanto, com o nome registrado no censo. Todos que passaram a noite sob seu teto. É provável que existissem dados dessas coisas nos arquivos do censo, e, se você conhece as pessoas certas (não digo que as conheça, mas posso vir a conhecer por intermédio de pessoas que conheço), pode conseguir uma lista de nomes.

— Eu admito: você tem imaginação fértil! — exclamou Tuppence. — Pelo amor de Deus, vamos comer! Estou tonta de escutar dezesseis vozes matraqueando ao mesmo tempo.

II

Albert serviu uma refeição saborosa. Ele não era lá muito confiável como mestre-cuca. Tinha lampejos de inspiração, materializados naquela noite no que ele chamou de pudim de queijo, mas que Tuppence e Tommy chamaram de suflê. Albert não deixou de censurá-los discretamente por utilizarem a terminologia equivocada.

— Suflê de queijo é outra coisa — sentenciou ele. — Vai bem mais clara batida do que no pudim.

— Não importa se é pudim ou suflê — retorquiu Tuppence —, o que importa é que está ótimo!

Tommy e Tuppence entretiveram-se no consumo da refeição e não compararam mais os resultados das investigações paralelas. Ao terminarem a segunda xícara de café, Tuppence acomodou-se confortavelmente na poltrona, suspirou fundo e disse:

— Agora estou pronta para outra. Não tomou banho antes da janta, não é, Tommy?

— Eu não estava a fim de tomar banho — respondeu Tommy. — Além do mais, você é uma incógnita, logo, poderia inventar de me mandar lá em cima no sótão empoeirado, subir na escada e bisbilhotar nas prateleiras.

— Eu não seria tão indelicada — defendeu-se Tuppence.
— Agora espere um minuto. Vamos ver onde estamos.
— Onde estamos ou onde você está?
— Bem, onde eu estou, na verdade — falou Tuppence. — Afinal de contas, é a única coisa que sei mesmo, não é? Você sabe onde você está e eu sei onde eu estou. Talvez.
— O caso envolve um pouco de "talvez" — disse Tommy.
— Onde deixei minha bolsa? Será que ficou na sala de jantar?
— Desta vez não. Está no pé da sua poltrona. Não... do outro lado.

Tuppence pegou a bolsa.

— Presente bonito — comentou. — Couro de crocodilo legítimo. Às vezes é um pouco difícil de enfiar as coisas nela.
— E aparentemente de tirá-las — falou Tommy.

Tuppence lutava consigo.

— É complicado tirar as coisas de bolsas caras — disse ela sem fôlego. — As mais confortáveis são as cestas de vime. Cabe tudo dentro, e a gente mexe no conteúdo como nos ingredientes de um pudim. Ah! Finalmente!
— O que é? Parece uma lista de lavanderia.
— Ah, é um bloquinho. Eu usava para anotar as roupas da lavanderia, sabe? Reclamações, fronhas amassadas, coisas assim. Mas reciclei, porque só tinha usado três ou quatro páginas. Anotei nele as coisas que nos disseram. A maioria não parece ter inter-relação. Anotei sobre o censo, a propósito, quando falamos nisso a primeira vez. Não sabia o que significava na época. Mas está aqui anotado.

— Perfeito — falou Tommy.

— E tomei nota sobre sra. Henderson e alguém chamado Dodo.

— Sra. Henderson?

— Você não vai lembrar e agora não é preciso. Basta dizer que os dois nomes foram indicados pela sra. Griffin. E então uma referência a Oxford e Cambridge. E me deparei com uma charada em um livro antigo.

— Como assim, Oxford e Cambridge? Algum estudante universitário?

— Não tenho certeza. Uma aposta sobre uma regata.

— Não parece lá muito promissor — disse Tommy.

— Nunca se sabe. Como ia dizendo, temos a sra. Henderson, um inquilino da Estalagem da Macieira e uma charada que encontrei num pedaço de papel amarelado no meio de um livro lá em cima. Não sei se em *Catriona* ou em um livro chamado *À sombra do trono*.

— Sobre a Revolução Francesa. Li quando menino — lembrou Tommy.

— Bem, não sei o significado. Em todo caso, anotei.

— O que é?

— Três palavras escritas a lápis. GRIN (g-r-i-n), HEN (h-e-n) e LO. L-o, com "ele" maiúsculo.

— Deixe-me adivinhar — falou Tommy. — Grin é o gato risonho de *Alice no País das Maravilhas*. Hen pode ser a Henny--Penny* do conto de fadas, não é? E Lo...

---

* Henny-Penny: personagem do conto de fadas "O galo e a galinha que foram a Dovrefell" dos noruegueses Peter Christen Asbjornsen e Jorgen Moe. (N.T.)

— Ah — interrompeu Tuppence —, "Lo" é intrigante, não é?

— "Lo" expressa surpresa — ponderou Tommy. — Mas não faz sentido.

— Sra. Henderson, Estalagem da Macieira — disse Tuppence rapidamente. Não estive lá, fica em Meadowside. Pois muito bem. Sra. Griffin, Oxford e Cambridge, aposta numa regata, censo, Gato Risonho, Henny-Penny da história da galinha que ia a Dovrefell, escrita por Hans Andersen ou algum outro contista nórdico, e Lo. Creio que exclamaram "Lo!" quando chegaram em Dovrefell. — Tuppence fez uma breve pausa. — Acho que é só. E tem a regata entre Oxford e Cambridge.

— Pelo que vejo, é alta a probabilidade de estarmos perdendo nosso tempo. Talvez, se perdermos tempo suficiente, possamos garimpar uma pedra preciosa. Como o livro sublinhado na estante lá em cima.

— Oxford e Cambridge — repetiu Tuppence pensativa. — Isso põe meu cérebro para funcionar e me faz lembrar de algo. Mas o que pode ser?

— Matilde?

— Não, não era Matilde, e sim...

— Truelove — sugeriu Tommy, sorrindo de orelha a orelha. — Truelove. Por onde anda o meu Truelove?

— Pare com isso, seu macaco risonho — disse Tuppence. — Parece obcecado com o enigma Grin-hen-lo. Estou com um pressentimento... Ah!

— Quer me explicar o porquê desse "Ah!"?

— Ah, Tommy! Tive uma ideia. Claro!

— Claro o quê?

— "Lo!" lembra uma surpresa agradável — disse Tuppence.
— Quando pensamos em surpresas agradáveis abrimos um sorriso. Você sorri como o Gato Risonho. Grin. Hen. Lo. Claro.
— De que diabos você está falando?
— Da regata entre Oxford e Cambridge.
— O que grin-hen-Lo tem a ver com a regata entre Oxford e Cambridge?
— Vou lhe dar três tentativas — falou Tuppence.
— Jogo a toalha. Não tem como isso fazer sentido.
— Mas faz.
— O quê? A regata?
— Não tem nada a ver com a regata. A cor. Ou melhor, as cores.
— Quer falar coisa com coisa, Tuppence?
— Grin-hen-Lo. Até agora lemos do jeito errado. É para ser lido ao contrário.
— Como assim? O-l, n-e-h, n-i-r-g... Não faz sentido. Essas palavras não existem.
— Nada disso. Pegue as três palavras mais ou menos como Alexander fez no livro. Leia as três palavras na ordem invertida. Lo-hen-grin.

Tommy exasperou-se.

— Nenhuma luz ainda? — indagou Tuppence. — Lohengrin, é claro. O cavaleiro do cisne. A ópera. *Lohengrin*, de Richard Wagner.
— Um cisne que nada, mas não nos leva a nada.
— Claro que leva. Aqueles dois cisnes de porcelana que encontramos. Que serviam de banquinhos para o jardim. Não lembra? Um azul-escuro e o outro azul-celeste. O velho Isaac

nos contou, pelo menos acho que foi ele que disse "Aquele ali é Oxford, sabe, e o outro é Cambridge".
— Pois é. E quebramos Oxford, não foi?
— Sim, mas Cambridge ainda está lá. O azul-celeste. Não percebe? Lohengrin. Algo foi escondido em um daqueles dois cisnes. Tommy, a próxima coisa a fazer é procurar naquele cisne Cambridge. O azul-celeste, que ainda está na KK. Vamos lá agora?
— O quê?!... São onze horas da noite! Não.
— Vamos amanhã. Não precisa ir a Londres, não é?
— Não.
— Então está combinado: vamos verificar o cisne amanhã bem cedo.

III

— A senhora precisa urgentemente contratar um jardineiro — aconselhou Albert. — Já trabalhei de jardineiro, mas por pouco tempo; não aprendi muito sobre hortaliças. A propósito, um menino quer falar com a senhora.
— Ah, um menino — disse Tuppence. — O ruivinho?
— Não. O loiro de cabelos compridos. Com um nome meio bobo. Nome de hotel. Hotel Clarence Imperial. É esse o nome dele. Clarence.
— Clarence, mas não imperial.
— De imperial ele não tem nada — disse Albert. — Está esperando na porta da frente. Garantiu que pode ajudar a senhora.
— Sei. Parece que ele ajudava o velho Isaac de vez em quando.

Ela encontrou Clarence sentado numa velha cadeira de vime na varanda (ou no avarandado, à escolha do leitor). Sem cerimônias, fazia um café da manhã atrasado com um saco de batatinhas fritas no colo e uma barra de chocolate na mão esquerda.

— Bom dia — saudou Clarence. — Dei uma passadinha para ver se a senhora não está precisando de uma mãozinha no jardim.

— É claro que precisamos de ajuda no jardim — falou Tuppence. — Você ajudava o velho Isaac de vez em quando, não é?

— De vez em quando. Não que eu saiba muita coisa. Se bem que nem o velho Isaac sabia. A gente conversava um monte. Ele contava sobre os bons tempos, quando ele era o competente jardineiro-chefe na casa do sr. Bolingo. Naquele casarão na beira do rio. Hoje virou colégio. Ele falava que foi jardineiro-chefe por lá, mas minha avó diz que é lorota.

— Bem, tanto faz — falou Tuppence. — Na verdade, eu queria retirar mais umas coisas daquela casa de vegetação.

— A senhora quer dizer a estufa de vidro? A KK, não é?

— Isso mesmo — respondeu Tuppence. — Como é que você sabe o nome?

— Todo mundo sempre chamou assim. Dizem que vem de uma palavra japonesa. Não sei se é verdade.

— Vamos lá — disse Tuppence. — Siga-nos.

Uma comitiva formada por Tommy, Tuppence, Hannibal e Clarence, além de Albert — que parou de lavar a louça do café da manhã para fazer algo mais atraente — na retaguarda. Hannibal demonstrou um prazer imenso em farejar os refrescantes olores das redondezas. Reencontrou-os à porta de KK e cheirou o ar com interesse.

— Oi, Níbal — disse Tuppence. — Veio nos ajudar?

— De que raça ele é? — indagou Clarence. — Já me disseram que é de uma raça que caça ratos. É verdade?

— Sim — confirmou Tommy. — É um Manchester terrier, o velho terrier preto e castanho da Inglaterra.

Hannibal, percebendo que falavam nele, virou a cabeça, sacolejou o corpo e abanou a cauda com animação. Depois se sentou com ar altivo.

— Ele morde, não é? — perguntou Clarence. — É o que todo mundo diz.

— É um ótimo cão de guarda — elogiou Tuppence. — Cuida de mim.

— Pura verdade. Quando viajo, ele cuida de você — afirmou Tommy.

— O carteiro contou que quase foi mordido esses dias.

— Os cães têm uma birra com os carteiros — falou Tuppence. — Sabe onde fica a chave da kk?

— Pendurada no celeiro com potes de flores — Clarence afastou-se e logo estava de volta com uma chave meio enferrujada, mas lubrificada. — Isaac passou óleo.

— Sim, antes não abria muito fácil — disse Tuppence.

A porta se abriu.

Cambridge, o banco de porcelana com o cisne ao redor, brilhava de tão bonito. Isaac o limpara com esmero para colocá-lo na varanda na primavera.

— Tinha outro azul-escuro — falou Clarence. — Isaac os chamava de Oxford e Cambridge.

— É mesmo?

— Oxford era o azul-escuro e Cambridge, o azul-claro. Ah, vocês quebraram Oxford, não foi?

— Sim.

— Ué, aconteceu alguma coisa com o cavalo de balanço, não é? Como as coisas estão bagunçadas por aqui. Nome engraçado da tal Matilda, não é?

— Matilde — corrigiu Tuppence. — Ela sofreu uma cirurgia.

Clarence achou aquilo muito divertido. Riu com entusiasmo.

— Minha tia-avó Edith teve que fazer uma operação — informou ele. — Tiraram uma parte de dentro do corpo dela, mas ela sarou. — Ele pareceu um tanto decepcionado.

— Acho que não dá para ver dentro dessas coisas — falou Tuppence.

— Pode quebrá-lo como fez com o azul-escuro.

— Será que não tem outro jeito? — perguntou Tuppence.

— Meio estranha essa fenda em formato de "S" em volta do topo. Dá para inserir coisas ali, como numa caixa postal.

— Ideia engenhosa — elogiou Tommy, gentil.

Satisfeito, Clarence avisou:

— Se quiser dá para desparafusar.

— Quem lhe contou isso? — indagou Tuppence.

— Isaac. É só virar de cabeça para baixo e girar. Às vezes emperra um pouco. É só botar um oleozinho na abertura e é para já que cede.

— Ah.

— É mais fácil se virar de cabeça para baixo.

— Por aqui parece que tudo tem que ser virado de cabeça para baixo — comentou Tuppence. — Fizemos o mesmo para operar Matilde.

Por um instante, Cambridge rangeu estrepitoso, quando de repente a porcelana começou a girar. Pouco depois, conseguiram desaparafusá-la por completo e separar o banco em duas partes.

— Deve ter muito traste aí dentro — comentou Clarence.

Hannibal aproximou-se para assistir. Era um cão solícito, sempre pronto a ajudar. Parecia até que nada estava completo a menos que encostasse a pata ou o focinho curioso. Abaixou o focinho, rosnou suavemente, recuou e sentou-se.

— Não gostou, Hannibal? — perguntou Tuppence, baixando o olhar para o conteúdo meio desagradável.

— Ai! — gritou Clarence.

— O que foi?

— Eu me arranhei. Tem uma coisa pendurada num prego no lado de dentro. Não sei se é um prego, mas é algo parecido. Ai!

— Au, au, au! — latiu Hannibal, participando da conversa.

— Tem algo pendurado num prego. Está escorregando... Agora peguei.

Clarence retirou um invólucro escuro de lona impermeável.

Hannibal aproximou-se, sentou-se aos pés de Tuppence e rosnou.

— Qual o problema, Hannibal? — quis saber Tuppence.

Hannibal rosnou outra vez. Tuppence inclinou-se e acariciou a parte de cima da cabeça e as orelhas do cãozinho.

— Qual o problema, Hannibal? — voltou a indagar Tuppence. — Estava torcendo para Oxford e descobriu que

Cambridge ganhou? Lembra — falou Tuppence dirigindo-se a Tommy — daquela vez que ele assistiu a regata na TV?

— Sim — respondeu Tommy. — Ficou muito zangado. Começou a latir tanto que não conseguimos escutar mais nada.

— Pelo menos conseguimos assistir, o que já é alguma coisa. Mas lembra que ele não gostou da vitória de Cambridge?

— Lógico — disse Tommy. — Ele estudou na Universidade Canina de Oxford.

Hannibal abanou o rabo de modo aprovador.

— Ele gostou de ouvir isso — comentou Tuppence. — Deve ser verdade. Acho que ele se graduou na Universidade Canina de Ensino a Distância.

— Qual era a ênfase dos estudos dele? — quis saber Tommy, rindo.

— Enterramento de ossos.

— É a cara dele.

— Justamente. Uma vez o Albert cometeu a imprudência de dar a Hannibal um osso inteiro de pernil de cordeiro. Primeiro eu o flagrei em plena sala, escondendo o osso embaixo de uma almofada, daí eu o empurrei porta do jardim afora e fiquei olhando pela janela. Levou o osso até o canteiro das palmas-de-Santa-Rita e enterrou com todo o cuidado. Ele é muito metódico quando o assunto é osso. Nunca tenta roê-los. Sempre guarda para um dia de chuva.

— E desenterra os ossos depois? — perguntou Clarence, colaborando no debate sobre erudição canina.

— Só quando são muito, muito velhos — falou Tuppence.
— Quando seria melhor que ficassem enterrados.

— Nosso cachorro não gosta de biscoitos caninos — comentou Clarence.

— Ele esnoba os biscoitos e prefere comer carne? — perguntou Tuppence.

— Não, ele gosta é de pão de ló — disse Clarence.

Hannibal farejou o troféu recém-retirado das entranhas de Cambridge. De repente deu meia-volta e latiu.

— Dê uma olhada se tem alguém lá fora — pediu Tuppence. — A sra. Herring ficou de mandar um jardineiro ótimo.

Tommy abriu a porta e saiu. Hannibal foi atrás.

— Aqui não tem ninguém — constatou Tommy.

Hannibal rosnou, latiu baixinho e, depois, passou a latir cada vez mais alto.

— Implicou com aquela grande moita de capim-dos-pampas — disse Tommy. — Talvez alguém esteja desenterrando um dos ossos dele. Talvez seja um coelho. Hannibal não é lá muito esperto quando o assunto é coelho. Só com muito incentivo ele persegue esses bichinhos. Dá a impressão de que tem carinho por eles. Ele caça pombos, mas, felizmente, nunca consegue pegá-los.

Hannibal farejou a moita de capim-dos-pampas, rosnou e começou a latir bem alto. De vez em quando virava a cabeça na direção de Tommy.

— Deve ser um gato — comentou Tommy. — Ele fica furioso quando há algum gato por perto. Tem um preto grande, que aparece de vez em quando, e outro pequenininho, que a gente chama de Bichano.

— Que sempre entra na casa — completou Tuppence. — Consegue se esgueirar pelas frestas mais estreitas. Pare com isso, Hannibal! Volte aqui!

Hannibal ouviu o chamado e virou a cabeça, numa ferocidade incomum. Mirou Tuppence, recuou um pouco e então voltou a acuar a moita de capim-dos-pampas, latindo furiosamente.

— Tem alguma coisa preocupando ele — comentou Tommy. — Vamos, Hannibal.

Hannibal saracoteou o corpo, balançou a cabeça, relanceou o olhar aos donos e arremeteu contra a moita, em meio a bravos latidos.

De repente soaram dois estrondos.

— Meu Deus! Alguém caçando coelhos! — exclamou Tuppence.

Houve novo estampido. Algo zuniu perto do ouvido de Tommy.

— Volte para dentro da KK, Tuppence! — gritou ele.

Hannibal, de orelha em pé, contornou veloz a moita de capim-dos-pampas. Tommy correu atrás dele.

— Ele está perseguindo alguém colina abaixo — disse Tommy. — Corre como um louco. Tudo bem, Tuppence?

— Acho que não... Algo me atingiu no ombro. O que foi aquilo?

— Alguém atirou contra nós. Camuflado no meio da moita.

— Alguém estava nos vigiando — disse Tuppence.

— São aqueles irlandeses do IRA — opinou Clarence. — Já tentaram explodir este lugar.

— Mas este lugar não tem importância política — retrucou Tuppence.

— Rápido — falou Tommy. — Vamos entrar em casa. Você também, Clarence.

— O cachorro não vai me morder? — perguntou Clarence hesitante.

— Não — disse Tommy. — Está ocupado por enquanto.

Tão logo contornaram o portão do jardim, Hannibal reapareceu de repente. Chegou subindo a colina de língua de fora. Falou com Tommy na linguagem dos cães. Aproximou-se do dono, sacudiu o corpo, colocou uma pata na perna de Tommy e tentou puxá-lo na direção da qual viera.

— Ele quer que eu vá atrás do homem — falou Tommy.

— Nem pensar — disse Tuppence. — Tem alguém lá com uma espingarda, uma pistola ou outra arma de fogo, não quero ver você baleado. Não na sua idade. Quem ia cuidar de mim se algo acontecesse com você? Venha, vamos entrar.

Entraram rapidamente na casa. Tommy dirigiu-se ao hall e tirou o fone do gancho.

— O que vai fazer? — perguntou Tuppence.

— Ligar para a polícia — respondeu Tommy. — Se nos apressarmos, eles ainda podem conseguir pegar o atirador.

— Preciso de uma compressa no ombro — pediu Tuppence. — O sangue está estragando meu melhor blusão.

— Esqueça o blusão — disse Tommy.

Albert apareceu com uma caixinha de primeiros socorros.

— Aonde vamos parar? — disse Albert. — Então um bandido atirou na senhora? Que mais falta acontecer neste país?

— Não é melhor ir ao hospital?

— Não foi nada grave — assegurou Tuppence. — Nada que um bálsamo e um Band-Aid não resolvam.

— Tenho iodo.

— Não quero iodo. Arde. E nos hospitais dizem que iodo está ultrapassado.

— Bálsamo é para inalar — afirmou Albert com propriedade.

— Essa é uma das aplicações — falou Tuppence. — Mas também é ótimo para arranhões e esfolões, quando as crianças se cortam ou coisas assim. Está com o negócio aí?

— Que negócio, Tuppence? Do que você está falando?

— O negócio que acabamos de tirar do cisne Cambridge. É disso que estou falando. Eles nos viram e tentaram nos matar por causa disso. Deve ser importante!

11

HANNIBAL EM AÇÃO

I

Tommy sentou-se num gabinete da delegacia de polícia. O inspetor Norris meneou a cabeça suavemente.

— Com sorte vamos obter resultados, sr. Beresford — afirmou ele. — Você disse que o dr. Crossfield está atendendo a sua esposa...

— Não é nada sério — informou Tommy. — A bala pegou de raspão. Sangrou um bocado, mas ela não corre perigo, segundo o dr. Crossfield.

— Ela não é mais tão moça, imagino — comentou o inspetor Norris.

— Já passou dos setenta — disse Tommy. — Eu também já não sou mais nenhum garoto.

— Depois que vocês se mudaram para cá, o pessoal comenta bastante sobre ela — falou o inspetor. — E sobre as missões de que vocês participaram.

— Não imaginava — limitou-se a dizer Tommy.

— A fama nos precede, boa ou má — afirmou o inspetor Norris num tom bondoso. — Criminosa ou heroica, nossa ficha corrida é implacável. Mas uma coisa eu lhe garanto: faremos tudo que estiver a nosso alcance para esclarecer esse atentado. Consegue descrever o autor dos disparos?

— Não — falou Tommy. — Quando o avistei, ele fugia com o nosso cão nos calcanhares. Não parecia velho. Pelo menos sua corrida era ágil.

— Um adolescente?

— Acho que não.

— Ninguém ligou ou escreveu pedindo dinheiro? — sugeriu o inspetor. — Chantageando para vocês deixarem a casa?

— Nada parecido — falou Tommy.

— E... há quanto tempo estão aqui?

Tommy contou ao inspetor.

— Hum... É pouco tempo. O senhor vai a Londres todos os dias úteis?

— Quase todos — confirmou Tommy. — Se quiser detalhes...

— Não precisa — garantiu o inspetor Norris. — Apenas aconselho a não se ausentar tanto, ficar em casa e cuidar pessoalmente da sra. Beresford.

— Já pensei nisso. É uma boa desculpa para não comparecer aos compromissos londrinos.

— Vamos ficar de olho para apanhar essa pessoa, seja quem for...

— O senhor... — Tommy titubeou — suspeita de alguém?

— Sabemos bastante sobre os indivíduos da região. Mais do que eles pensam. Não deixar transparecer é a melhor maneira de os capturarmos. Nesse meio-tempo, descobrimos quem os financia e se agem por conta própria ou a mando de alguém. Tudo indica que não é gente daqui.

— Por que pensa isso? — indagou Tommy.

— Às vezes as informações chegam de onde a gente menos espera.

Tommy e o inspetor se entreolharam. Houve um longo minuto de silêncio.

— Entendo — disse Tommy por fim.

— Se me permite dizer uma coisa... — começou o inspetor Norris.

— Pois não? — respondeu Tommy, com olhar duvidoso.

— O jardim de vocês. Precisa de cuidados profissionais, imagino.

— Nosso jardineiro foi assassinado, como o senhor deve saber.

— Sim, sei de tudo. O velho Isaac Bodlicott, não é? Sujeito bonachão. Vivia contando histórias fantásticas sobre as coisas maravilhosas de antigamente. Uma pessoa conhecida na comunidade. E confiável, também.

— Não tenho ideia de por que ele foi assassinado nem quem o matou — falou Tommy. — E ninguém descobriu nada.

— Quer dizer que *nós* não descobrimos. Mas essas coisas levam tempo, sabe? Não surgem logo no inquérito, nem depois de o juiz afirmar que houve "assassinato de autoria desconhecida". Esse é só o começo. Como eu dizia, talvez alguém se ofereça para trabalhar no jardim de vocês. Dois ou três dias por semana, talvez mais. Como referência, vai informar que trabalhou para o sr. Solomon. É importante não se esquecer desse nome.

— Sr. Solomon — repetiu Tommy.

Por um instante, percebeu um brilho nos olhos do inspetor Norris.

— O sr. Solomon está morto, é claro. Mas *todo mundo sabe* que ele morou aqui e empregou vários jardineiros eventuais. Não tenho certeza sobre que nome o candidato vai lhe dar. Vamos dizer que não lembro direito. Talvez Crispin. Entre trinta e cinquenta anos, e trabalhou para o sr. Solomon. Se alguém aparecer para trabalhar como jardineiro e *não* mencionar o sr. Solomon, não recomendo contratar. Só um pequeno aviso.

— Entendo — disse Tommy. — Pelo menos, acho que entendo.

— No seu ramo, para um bom entendedor, meia palavra basta, não é, sr. Beresford? Algo mais em que eu possa ajudar?

— Não — falou Tommy. — Já perguntei tudo que tinha para perguntar.

— Vamos empreender investigações não apenas locais, sabe? Quem sabe em Londres ou em outros lugares. Todos ajudam a investigar. Deve saber disso melhor do que eu.

— Quero evitar que Tuppence se envolva demais nisso... mas é difícil.

— Mulheres sempre são difíceis — sentenciou o inspetor Norris.

Mais tarde, ao sentar-se na cama ao lado de Tuppence, Tommy repetiu essa observação, enquanto ela degustava um cacho de uvas.

— Você e a sua preguiça de tirar as sementes.

— Dá um trabalhão — falou Tuppence. — E elas não fazem mal.

— Pelo jeito não, afinal, você faz isso desde criança!

— O que disse a polícia?

— O esperado.

— Algum suspeito?

— Dizem que não é ninguém daqui.

— Com quem falou? Com o inspetor Watson, não é mesmo?

— Inspetor Norris.

— Esse eu não conheço. O que mais ele disse?

— Que as mulheres são seres difíceis de dominar.

— Mesmo?! Desconfiou que você ia me contar?

— Talvez não. — Tommy se levantou. — Preciso fazer algumas ligações para Londres. Não vou ir à capital por uns dias.

— Não vejo por que não ir a Londres. Estou muito segura por aqui. Alfred e todos os outros cuidam de mim. O dr. Crossfield é incrivelmente amável. Mais parece uma galinha chocando o ovo.

— Vou comprar umas coisas para o Albert. Você quer alguma coisa?

— Melão! — exclamou Tuppence. — Estou com desejo de comer frutas. Frutas e mais frutas.

— Certo — falou Tommy.

II

Tommy fez uma ligação para Londres.

— Coronel Pikeaway?

— Sim. Olá. Ah, é o senhor, Thomas Beresford, não é?

— Ah, reconheceu a minha voz. Eu queria avisar...

— Sobre Tuppence? Estou sabendo — contou o coronel. — Fique por aí na próxima semana. Não venha a Londres. Relate tudo que acontecer.

— E se tivermos algo importante para levarmos ao senhor?

— Mantenha em seu poder por enquanto. Diga a Tuppence para inventar um lugar e esconder até nova ordem.

— É boa nisso. Como o nosso cachorro, que esconde ossos no jardim.

— Ouvi falar que ele correu atrás do homem que atirou em vocês...

— Então o senhor já sabe de tudo.

— Sempre sabemos — afirmou o coronel Pikeaway.

— Hannibal deu uma mordida nele e trouxe um pedaço das calças do homem na boca.

12

OXFORD, CAMBRIDGE E LOHENGRIN

— Muito bem, soldado — disse o coronel Pikeaway, soltando uma baforada de fumaça. — Sinto chamá-lo com urgência, mas era melhor falarmos pessoalmente.

— Como deve saber — falou Tommy —, ultimamente têm acontecido coisas um pouco inesperadas conosco.

— Ah! Por que pensa que eu sei?

— Porque o senhor sempre sabe de tudo por aqui.

O coronel Pikeaway caiu na risada.

— Ah, ah! Citando minhas palavras, não é mesmo? Sempre digo isso. Sabemos de tudo. É a nossa função. A sua esposa escapou por um triz?

— Por um triz. Mas o senhor sabe os detalhes.

— De alguns detalhes não fiquei sabendo — falou o coronel Pikeaway. — A parte sobre Lohengrin. Grin-hen-lo. Tiro o chapéu para a sua esposa. Parecia sem nexo, mas ela matou a charada.

— Trouxe o resultado das nossas buscas — falou Tommy. — Escondemos no pote de farinha. Seria perigoso enviar pelo correio.

— Fez muito bem...

— Uma caixinha de metal, bem acondicionada dentro de Lohengrin azul-celeste. Cambridge, um banco de jardim de porcelana vitoriana.

— Lembro dos velhos tempos. Minha tia do interior tinha dois.

— Material bem preservado e costurado em lona. Um maço de cartas apagadas, mas com tratamento especial...

— Podemos lidar com esse tipo de coisa sem problemas.

— Aqui estão elas — falou Tommy. — E tenho uma lista das coisas que Tuppence e eu anotamos. Coisas que descobrimos e nos disseram.

— Nomes?

— Três ou quatro. A pista sobre Oxford e Cambridge e a menção de estudantes hospedados em Oxford e Cambridge... Mas na verdade isso se referia apenas aos banquinhos dos cisnes de porcelana, suponho.

— Lista deveras curiosa.

— Depois do atentado — falou Tommy —, avisei logo à polícia.

— Fez muito bem.

— Então me convidaram a comparecer na delegacia no dia seguinte. Lá falei com o inspetor Norris. Não tinha feito contato prévio com ele. Parece um oficial bem novo.

— Destacado especialmente para essa missão — disse o coronel Pikeaway. Soltou nova baforada de fumaça.

Tommy tossiu.

— Imagino que o senhor saiba quem ele é.

— Sabemos de tudo — falou o coronel Pikeaway. — É competente e está encarregado do inquérito. Talvez os aldeões consigam identificar quem seguiu os passos de vocês ou procurou descobrir coisas. Não acha, Beresford, que é melhor trazer sua mulher para Londres?

— Duvido muito que eu consiga isso.
— Quer dizer que ela não viria? — indagou o coronel Pikeaway.
— Acertou. É duro convencer Tuppence. Ela não está ferida com gravidade e enfiou na cabeça que estamos participando de algo importante. Mas não sabemos o que é nem o que vamos fazer.
— Bisbilhotar. É tudo que se pode fazer num caso desses.
— O coronel tamborilou a caixa de metal com os dedos. — Essa caixinha vai nos revelar algo que sempre quisemos saber. Quem moveu a engrenagem há muitos e muitos anos e jogou sujo nos bastidores.
— Mas com certeza...
— Sei o que vai dizer. Seja lá quem for essa pessoa já morreu. É verdade. Mas vamos descobrir o que aconteceu, de que modo funcionou o esquema, quem ajudou, inspirou e deu continuidade ao negócio desde então. Pessoas que não aparentam ter lá muita importância, mas que importam bem mais do que se imagina. Pessoas que estiveram em contato com a célula, como podemos chamar (hoje em dia tudo faz parte de um núcleo). Hoje a célula pode ter novos componentes, mas ideias semelhantes. Amor pela violência e pelo mal e organização para se comunicar com outros países e outros grupos. Células isoladas não constituem perigo, mas tornam-se perniciosas quando pertencem a uma rede. É uma técnica, sabe? Aprendemos com ela há séculos. É espantoso o que um grupo coeso e compacto consegue realizar e inspirar outras pessoas a realizar.
— Posso fazer uma pergunta?

— Perguntar não ofende — falou o coronel Pikeaway. — Mas nem sempre contamos o que sabemos.

— O nome Solomon significa algo para o senhor?

— Sr. Solomon. Em que contexto apareceu esse nome?

— Foi mencionado pelo inspetor Norris.

— Está no caminho certo se levar em conta o que Norris disse, posso assegurar. Mas não vai encontrar Solomon pessoalmente: ele está morto.

— Ah — fez Tommy.

— Usamos o nome dele às vezes — explanou o coronel Pikeaway. — É útil lançar mão do nome de um morto respeitado nas redondezas. Foi por acaso do destino que vocês foram morar nos Loureiros. Temos que capitalizar essa sorte. Mas não quero que aconteça alguma desgraça com vocês. Suspeite de tudo e de todos. É o melhor caminho.

— Fora Tuppence, eu só confio em mais duas pessoas lá — garantiu Tommy. — Albert, que trabalha conosco há décadas...

— O bom menino Albert.

— Não é mais um menino...

— E quem é o outro?

— Meu cãozinho Hannibal.

— Hum... Cães são confiáveis. Quem foi mesmo que escreveu... acho que foi o Dr. Watts, uma canção que começava assim: "Cães adoram latir e morder/ Foi Deus quem os fez assim". Qual a raça, pastor alemão?

— Manchester terrier.

— Ah, o velho terrier inglês preto e castanho! Menor que o dobermann. O tipo de cão que conhece o seu *métier*.

13

UMA VISITINHA DA SRTA. MULLINS

Tuppence, caminhando nas trilhas do jardim, observou Albert descendo a passos rápidos.

— Tem uma senhorita lá em cima — anunciou ele.

— Senhorita? Quem é ela?

— Srta. Mullins, foi o nome que ela deu. Uma das senhoras da vila disse para ela vir até aqui.

— Ah, claro — disse Tuppence. — Sobre o jardim, não é?

— Ela comentou algo sobre o jardim.

— É melhor trazê-la aqui.

— Sim, senhora — falou Albert, assumindo o papel de mordomo experiente.

Retornou à casa e pouco depois surgiu ao lado de uma mulher alta, de aparência masculina, vestindo calças de tweed e um pulôver Fair Isle.

— Ventinho gelado esta manhã — falou ela numa voz grave e um pouco rouca. — Meu nome é Iris Mullins. A sra. Griffin disse que a senhora precisava de ajuda no jardim. É isso mesmo?

— Encantada — saudou Tuppence, apertando a mão da visitante. — Sim, queremos ajuda no jardim.

— Não faz muito que se mudaram, não é?

— Tenho a impressão de que faz anos — falou Tuppence.
— A reforma acaba de ser concluída.

— Pois é — falou a srta. Mullins, dando uma risadinha rouca e cavernosa. — Sei bem o que é uma reforma na casa. A senhora fez muito bem em acompanhar pessoalmente e não deixar por conta deles. Nada fica pronto até o dono vir morar e assumir a responsabilidade de levar até o fim. Mesmo assim, é preciso chamá-los outra vez, sempre deixam algo para trás. Que jardim bonito o seu! Mas anda um pouco abandonado, não é mesmo?

— Os últimos moradores não davam muita bola para o jardim.

— Uma família chamada Jones ou coisa assim, não é? Acho que não cheguei a conhecê-los de verdade. Na maior parte do meu tempo fico na outra ponta da cidade, nas bandas do pântano. Tem duas casas lá onde eu vou com frequência. Numa delas vou duas vezes por semana e na outra, um dia. Mas um dia é pouco para deixar tudo nos trinques. O velho Isaac trabalhou com a senhora, não foi? Velhinho simpático. Coisa triste! Vítima da guerrilha que é a violência urbana hoje em dia. Alguém sempre acaba atacado. Os depoimentos foram realizados na semana passada, não foram? Ouvi dizer que ainda não descobriram os autores do crime. Circulam em gangues e atacam as pessoas. Bando odioso. Às vezes, quanto mais jovens, mais odiosos. Que magnólia linda a senhora tem ali. *Soulangeana*, não é mesmo? É a melhor de todas. O pessoal sempre quer espécies exóticas, mas, quando o assunto é magnólia, na minha modesta opinião, é melhor ficar com o tradicional.

— Para ser sincera, nossa maior preocupação é com a horta.

— Quer plantar uma bonita horta, não é? Os donos antigos não se preocupavam com isso. É fácil perder a disposição e pensar que o melhor é comprar verduras e os legumes, em vez de tentar cultivá-los.

— Eu sempre quis aprender a plantar batatinhas e ervilhas — disse Tuppence. — E vagens também. Para colhê-las bem tenras.

— É verdade. E acrescente na lista feijões-da-Espanha. É gratificante quando as vagens dos feijões-da-Espanha alcançam quarenta centímetros de comprimento. É um feijão excelente. Tem até um concurso na exposição local. A senhora tem toda a razão, sabe. É saboroso comer verduras e legumes tenros.

Albert apareceu de repente.

— A sra. Redcliffe no telefone, madame — avisou ele. — Quer saber se a senhora gostaria de almoçar na casa dela amanhã.

— Diga a ela que sinto muito — falou Tuppence. — Amanhã temos que ir a Londres. Espere um minuto, Albert.

Tirou um bloquinho da bolsa, rabiscou algo e entregou a Albert.

— Entregue ao sr. Beresford. Diga que a srta. Mullins está aqui no jardim comigo. Eu tinha me esquecido de fazer o que ele me pediu, passar o nome completo e o endereço de uma pessoa a quem ele quer escrever. Anotei aqui...

— Pois não, senhora — respondeu Albert, sumindo de vista.

Tuppence voltou à conversação hortícola:

— A senhora já deve estar com a agenda cheia.

— Sim, e, como eu disse, moro num chalezinho do outro lado da cidade.

Naquele instante, Tommy chegou vindo da casa. Hannibal estava com ele, correndo em grandes círculos. Hannibal foi o primeiro a alcançar Tuppence. Estacou por um momento e então se lançou na direção de srta. Mullins latindo ferozmente. Ela deu uns passos para trás com certo medo.

— Este nosso cão é terrível — falou Tuppence. — Mas não morde de verdade. Pelo menos não com frequência. Em geral, só morde carteiros.

— Todos os cachorros mordem os carteiros, ou tentam — falou a srta. Mullins.

— É um tremendo cão de guarda — elogiou Tuppence. — Manchester terrier. Protege a casa com dedicação. Não deixa ninguém se aproximar nem entrar. É carinhoso comigo e me considera a razão de seu viver.

— Hoje em dia isso é importante.

— Acontecem tantos arrombamentos e roubos — falou Tuppence. — Muitos amigos nossos, sabe, tiveram as casas roubadas. Alguns em plena luz do dia, das maneiras mais incríveis. Na maior cara de pau, trazem escadas fingindo serem limpadores de janelas... Ah, golpe é o que não falta. Então é bom o pessoal saber que tem um cão feroz na casa.

— A senhora tem toda razão.

— Meu marido — apresentou Tuppence. — Esta é a srta. Mullins, Tommy. A sra. Griffin fez a gentileza de dizer a ela que precisamos de alguém para cuidar do jardim.

— Não acha um serviço muito pesado, srta. Mullins?

— Claro que não — ela respondeu em sua voz profunda. — Não perco para ninguém quando o assunto é sujar as mãos de terra. Mas é preciso revolver o solo do jeito certo. Não é só ervilha-de-cheiro que precisa de sulcos. Todas as plantas gostam de terra fofa e de adubação orgânica. O solo precisa ser afofado. Isso faz toda a diferença.

Hannibal não parava de latir.

— Tommy — sugeriu Tuppence —, é melhor levar Hannibal de volta para casa. Está meio superprotetor esta manhã.

— Certo — disse Tommy.

— Não quer entrar um pouco — dirigiu-se Tuppence à srta. Mullins — e molhar a garganta? E quem sabe podemos discutir planos juntos.

Tommy trancou Hannibal na cozinha, e a srta. Mullins aceitou uma taça de xerez. A srta. Mullins trocou ideias com Tuppence, depois consultou o relógio e disse que precisava ir.

— Tenho um compromisso — explicou ela. — Não posso me atrasar.

Despediu-se meio apressada e partiu.

— À *primeira vista,* ela não tem nada suspeito — avaliou Tuppence.

— Mas eu — retrucou Tommy — é que não coloco a mão no fogo...

— Quem sabe se fizermos umas perguntinhas por aí? — indagou Tuppence com certa dúvida.

— Você deve estar cansada de perambular no jardim. Vamos deixar nossa expedição de hoje à tarde para outro dia... O médico deu ordens expressas para você ficar em repouso.

14

EXPLORANDO O JARDIM

I

— Entendeu, Albert? — perguntou Tommy.

Na copa, Albert lavava a bandeja de chá trazida do quarto de Tuppence.

— Sim, senhor — garantiu Albert. — Entendi.

— Fique tranquilo, tem alguém para lhe avisar do perigo... Hannibal.

— Ele não é um cachorro tão mau assim — falou Albert. — Só não vai com a cara de todo o mundo, é claro.

— Essa — começou Tommy — não é a missão da vida dele. Não é o tipo de cachorro que dá as boas-vindas aos ladrões e balança o rabo para pessoas erradas. Hannibal não nasceu ontem. Fui bem claro, não fui?

— Sim. Mas não sei o que vou fazer se a dona Tuppence... Não sei se a obedeço ou conto a ela o que o senhor disse...

— Use uma boa dose de diplomacia — aconselhou Tommy.

— Ela precisa descansar. Vou confiá-la a seus cuidados.

Albert abriu a porta da frente para um senhor em traje de tweed. Lançou um olhar de suspeita a Tommy. O visitante entrou e deu um passo à frente, com um sorriso amigável no rosto.

— Sr. Beresford? Ouvi falar que precisa de ajuda no jardim... Faz pouco tempo que se mudaram, não é? Notei quando subi o caminho que a grama está um pouco alta. Fiz alguns trabalhos na vizinhança há uns dois anos. Para o sr. Solomon. Talvez tenha ouvido falar nele.

— Sr. Solomon, sim, já ouvi falar nele.

— Meu nome é Crispin. Angus Crispin. Estou curioso para conhecer o jardim.

II

— Está na hora de alguém tomar as rédeas desse jardim — falou o sr. Crispin, enquanto Tommy o conduzia num passeio de reconhecimento por entre os canteiros de flores e as fileiras da horta.

— Ali que plantavam espinafre, ali naquele canteiro da horta. Atrás dele havia alguns caramanchões. O pessoal também cultivava melões.

— Pelo visto o senhor está bem informado.

— A gente ouve muita coisa sobre o que acontecia por aí antigamente. As velhinhas contam sobre os canteiros de flores, e Alexander Parkinson contou para muitos amigos sobre as folhas de erva-dedal.

— Ele deve ter sido um menino extraordinário.

— Era criativo e interessado em crimes. Fez uma mensagem em código em uma obra de Stevenson: *A flecha negra*.

— Por sinal, que livro, não? Só li há uns cinco anos. Antes disso nunca tinha ido além de *Raptado*. Quando trabalhei para...

— O sr. Crispin hesitou.

— O sr. Solomon? — sugeriu Tommy.

— Sim, é esse o nome. Ouvi coisas do velho Isaac. Até onde eu sei, a menos que eu tenha escutado os boatos errados, Isaac se encaminhava para completar um século de vida e andou trabalhando aqui com vocês.

— Sim — falou Tommy. — Para a idade dele tinha ótima saúde, é verdade. Sabia muitas histórias e gostava de nos contar, também. Coisas que ele não tinha como se lembrar.

— Não, mas ele apreciava as fofocas dos tempos antigos. Ele tem amigos que ouviram as histórias dele e averiguaram sua veracidade. Imagino que vocês mesmos tenham escutado várias coisas.

— Até agora — falou Tommy — tudo acaba numa lista de nomes. Nomes do passado que naturalmente não significam nada para mim.

— Só disse me disse?

— A maior parte. Minha mulher escutou muita coisa e fez uma lista. Não sei se significa algo. Eu mesmo consegui uma lista. Chegou às minhas mãos ontem, inclusive.

— Ah. Lista de quê?

— Do censo — explicou Tommy. — Sabe, teve um censo (tomei nota da data e depois lhe passo) com as pessoas que estiveram aqui naquele dia. Aconteceu uma grande festa. Um jantar.

— Então o senhor sabe quem estava aqui em certa data... talvez numa data bem significativa?

— Sim — confirmou Tommy.

— Pode ser valioso. Faz pouco que se mudaram, não é?

— E já estamos pensando em ir embora — disse Tommy.

— Não gostaram? É uma casa bonita. E o jardim pode ficar lindo também. Tem arbustos magníficos... É preciso podar e retirar árvores e arbustos supérfluos, que deveriam florir, mas não estão florindo e nem vão florir mais pelo aspecto deles. Não entendo por que querem ir embora.

— As ligações com o passado não são lá muito agradáveis por essas bandas — falou Tommy.

— O passado... — disse o sr. Crispin. — Como o passado se conecta ao presente?

— Tem gente que pensa que o passado não tem mais importância, que é água que já passou embaixo da ponte. Mas sempre sobram resquícios e desdobramentos. Está mesmo disposto a...

— Cuidar do jardim? Estou. A jardinagem é mais do que um hobby para mim, é uma paixão.

— Ontem apareceu aqui a srta. Mullins.

— Mullins? Ela é jardineira?

— Algo nessa linha. Foi a sra. Griffin, se não me engano, que falou dela para minha esposa e a enviou aqui para falar conosco.

— Vocês a contrataram ou não?

— Não em definitivo — falou Tommy. — Para ser sincero, temos um cão de guarda bem espevitado por aqui. Um Manchester terrier.

— É, quando o assunto é proteger a casa, eles são muito espevitados. Aposto que ele pensa que deve proteger sua esposa e nunca a deixa sair sozinha. Está sempre por perto.

— Isso mesmo — falou Tommy —, sempre pronto para arrancar braços e pernas de quem ousar tocar num fio de cabelo dela.

— Boa raça de cães. Afetuosos e leais. Teimosia afiada e dentes afiados também. É melhor eu tomar cuidado com ele.

— Agora ele não vai fazer nada. Está dentro de casa.

— Srta. Mullins — falou o sr. Crispin, pensativo. — Interessante.

— Por que interessante?

—Acho que a conheço por outro nome. Cinquenta e poucos anos?

— Sim, e veste traje, de tweed. Parece adaptada ao meio rural.

— E tem conexões no interior, também. Isaac pode ter contado ao senhor algo sobre ela, imagino. Ouvi falar que ela recentemente voltou a morar aqui. As coisas estão se encaixando.

— O senhor sabe coisas que eu não sei sobre este lugar — falou Tommy.

— Não diria isso. É mais provável que Isaac soubesse de algo e tenha contado a vocês. Ele sim sabia das coisas. Histórias antigas, como se diz, mas a memória dele era boa. E o pessoal gosta de falar. Nesses clubes para idosos, o pessoal gosta de falar. Histórias mirabolantes ou verídicas... mas todas curiosas. E talvez Isaac soubesse demais.

— É uma pena o que aconteceu com Isaac — falou Tommy. — Gostaria de acertar as contas com quem o matou. Era um velhinho legal, muito bom para nós, e fazia tudo que podia para nos ajudar por aqui. Venha, vamos continuar a explorar o jardim.

15

HANNIBAL E O
SR. CRISPIN NO FRONT

I

Albert bateu à porta do quarto e, em resposta ao "Pode entrar" de Tuppence, enfiou a cabeça pela porta.

— A mesma senhorita que veio no outro dia — falou ele. — A srta. Mullins. Ela está aqui. Quer falar com a senhora uns minutinhos. Sugestões para o jardim, pelo que entendi. Eu disse que a senhora estava deitada e que não tinha certeza se poderia recebê-la.

— Você tem cada palavreado, Albert — falou Tuppence. — Está certo. Vou recebê-la.

— Bem na hora que eu ia trazer o seu café.

— Pode trazer outra xícara junto. Tem o suficiente para duas pessoas, não tem?

— Claro que sim.

— Muito bem, então. Pode trazer, coloque na mesa aqui do quarto e faça a srta. Mullins subir.

— E o que eu faço com Hannibal? — lembrou Albert. — Levo para baixo e tranco na cozinha?

— Ele não gosta de ser trancado na cozinha. Empurre-o para dentro do banheiro e feche a porta.

Hannibal, magoado com a falta de respeito em relação aos seus desejos, permitiu de má vontade que Albert cumprisse a determinação, o empurrasse para dentro do banheiro e fechasse a porta em sua cara. Mas não deixou de protestar com latidos ferozes.

— Quieto! — gritou Tuppence. — Quietinho aí!

Hannibal até concordou em parar de latir, mas deitou-se, enfiou o focinho na fresta embaixo da porta e ficou uivando de modo nada cooperativo.

— Ah, sra. Beresford! — exclamou a srta. Mullins. — Desculpe o incômodo, mas achei que a senhora gostaria de dar uma olhada neste livro sobre paisagismo. Dicas para plantio conforme a estação. Espécies arbustivas raríssimas e impressionantes, bem-adaptadas ao nosso tipo de solo, embora certas pessoas afirmem o contrário... Puxa vida... É muita bondade sua. Sim, aceito uma xícara de café. Por favor, deixe que eu sirvo para a senhora, é tão difícil quando estamos acamados. Imagino, talvez...

A srta. Mullins mirou Albert, que em atitude serviçal puxou uma cadeira.

— Mais alguma coisa, senhorita? — perguntou ele.

— Não, obrigada. Minha nossa, é a campainha tocando de novo?

— Deve ser o leiteiro — falou Albert. — Ou quem sabe alguém da mercearia. É a manhã em que eles passam. Com licença.

Ele saiu do quarto, encostando a porta atrás de si. Hannibal deu outro uivo.

— É o meu cachorro — explicou Tuppence. — Está zangado por não participar da reunião, por isso fica fazendo todo esse barulho.

— Com açúcar, sra. Beresford?

— Um cubo — pediu Tuppence.

A srta. Mullins serviu uma xícara de café com leite.

— Não muito forte — disse Tuppence.

A visitante colocou a xícara na mesa de cabeceira ao lado da dona da casa e serviu outra xícara para si.

De repente ela tropeçou, apoiou-se numa mesinha e desabou de joelhos numa exclamação de desalento.

— Machucou-se? — indagou Tuppence.

— Não foi nada. Mas quebrei o vaso. Enrosquei o pé no tapete... como sou desajeitada... e seu belo vaso quebrou. Querida sra. Beresford, o que vai pensar de mim? Foi sem querer.

— Claro — disse Tuppence bondosamente. — Deixe-me dar uma olhada. Podia ter sido pior. Quebrou em dois pedaços. Vai dar para colar. Nem vai se notar a emenda.

— Mesmo assim estou envergonhada — declarou a srta. Mullins. — A senhora deve estar doente e eu não deveria ter vindo hoje, mas eu queria tanto contar para a senhora...

Hannibal começou a latir outra vez.

— Pobre cachorrinho! — exclamou a srta. Mullins. — Posso soltá-lo?

— Não aconselharia. Às vezes ele não é confiável.

— Puxa vida, é de novo a campainha lá embaixo?

— É o telefone — explicou Tuppence. — Albert vai atender.

Porém, foi Tommy quem atendeu.

— Alô — disse ele. — Pois não? Ah, entendo. Quem? Entendo... Ah. Um inimigo? Tudo bem. Já tomamos as contramedidas. Obrigado.

Pôs o fone no gancho e fitou o sr. Crispin.
— Palavras de advertência? — perguntou o visitante.
— Sim — falou Tommy.
Continuou a fitar o sr. Crispin, que comentou:
— Difícil de saber, não é? Quem é inimigo ou amigo.
— Às vezes, quando se descobre já é tarde. "Portal do Destino, Caverna do Desastre" — recitou Tommy.
O sr. Crispin o mirou com certa surpresa.
— Desculpe-me — falou Tommy. — Por uma razão ou outra pegamos o hábito de recitar poesia nesta casa.
— Flecker, não é mesmo? *Portões de Bagdá*. Ou seria *Portões de Damasco*?
— Não quer subir? — convidou Tommy. — Tuppence está só repousando, não está doente nem nada. Nem um simples resfriado.
— Servi o café no quarto — falou Albert, reaparecendo de súbito —, com uma xícara extra para a srta. Mullins. Estão lá em cima com um livro de jardinagem.
— Sei — falou Tommy. — Tudo está funcionando direitinho. Cadê o Hannibal?
— Trancado no banheiro.
— Fechou bem a porta? Porque senão ele escapa.
— Fiz exatamente como o senhor disse.
Tommy subiu as escadas. O sr. Crispin foi logo atrás. Tommy deu uma batidinha na porta do quarto e entrou. Da porta do banheiro, Hannibal deu mais um veemente latido de protesto, então saltou contra a porta, a tranca cedeu, e num piscar de olhos estava no meio do quarto. Lançou um rápido olhar ao sr. Crispin e avançou com toda a energia contra a srta. Mullins, rosnando furiosamente.

— Ai, meu Deus — falou Tuppence —, ai, meu Deus.

— Bom menino, Hannibal — falou Tommy. — Não acha, sr. Crispin?

Virou a cabeça ao sr. Crispin.

— Conhece os inimigos dele... e os inimigos dos donos.

— Ai, meu Deus — falou Tuppence. — Hannibal mordeu a senhora?

— Sim. Cachorro traiçoeiro — disse a srta. Mullins, erguendo-se e olhando carrancuda para Hannibal.

— A segunda vez, não? — indagou Tommy. — Ele a perseguiu aquele dia em que estava escondida na moita de capim-dos-pampas, não foi?

— Ele sabe distinguir o joio do trigo — disse o sr. Crispin. — Há quanto tempo, não é mesmo, minha querida Dodo?

A srta. Mullins se levantou, mirou Tuppence, depois Tommy e o sr. Crispin.

— Mullins — falou o sr. Crispin. — Desculpe-me se não estou atualizado. É o nome de casada ou é seu codinome?

— Meu nome é e sempre foi Iris Mullins.

— Todo mundo lhe chamava de Dodo. Inclusive eu... É um prazer encontrá-la aqui, mas acho melhor sairmos logo. Termine seu café. Imagino que não tenha nada de errado com ele. Sra. Beresford? É um prazer conhecê-la. Se me permite um conselho, eu não beberia o *seu* café.

— Meu Deus! Ainda bem que não tomei nenhum gole.

A srta. Mullins deu um passo à frente. Num átimo Crispin interpôs-se entre ela e Tuppence.

— Nem pense nisso, querida Dodo — avisou. — Pode deixar comigo. A xícara é da casa, sabe. E seria bom mandar fazer uma análise do conteúdo. Trouxe uma pequena dose, não é? É fácil administrar uma pequena dose na xícara na hora de servir um doente ou suposto doente.

— Garanto que não fiz uma coisa dessas. Tirem esse cachorro daqui.

Hannibal mostrava toda a vontade do mundo de persegui-la escadaria abaixo.

— Não vai sossegar enquanto não vê-la fora dos limites da propriedade — disse Tommy. — Ele é bem meticuloso quanto a esse detalhe. Só para de morder as pessoas depois que saem pelo portão. Até que enfim, Albert. Viu o que aconteceu, por acaso?

Albert apareceu na porta e correu o olhar pelo recinto.

— Vi muito bem. Fiquei espiando pela fresta da porta. A srta. Mullins pôs um pó na xícara da patroa. Discretamente.

— Não sei do que você está falando — defendeu-se a srta. Mullins. — Eu... ai, minha nossa, preciso ir. Tenho um compromisso importante.

Ela disparou para fora do quarto e correu escada abaixo. Hannibal lançou um olhar rápido e chispou atrás dela. O sr. Crispin não demonstrou sinal de animosidade; limitou-se a sair rápido no encalço de srta. Mullins.

— Espero que ela seja uma boa corredora — comentou Tuppence. — Caso contrário, Hannibal vai alcançá-la. Escreve o que estou dizendo! É um ótimo cão de guarda, não é?

— Tuppence, aquele era o sr. Crispin, recomendado pelo sr. Solomon. Chegou na hora certa! Creio que ele estava observando o que ia acontecer e esperando o momento de agir. Não quebre essa xícara nem jogue fora esse café até o colocarmos num frasco. Vamos mandar analisar para descobrir o que ele contém. Vista seu melhor chambre, Tuppence, e desça até a sala de estar para tomarmos um drinque antes do almoço.

II

— E agora — disse Tuppence — nunca vamos descobrir o porquê disso tudo.

Abanou a cabeça em profundo desânimo. Ergueu-se da poltrona e aproximou-se da lareira.

— Quer colocar uma acha de lenha no fogo? — indagou Tommy. — Deixe comigo. Está proibida de fazer esforço.

— Meus braços estão perfeitos — retorquiu Tuppence. — Até parece que eu quebrei um osso! Foi só um arranhãozinho de nada.

— Foi um ferimento à bala — afirmou Tommy. — Pode se orgulhar. É um ferimento de guerra.

— É verdade! — concordou Tuppence. — Pareceu uma guerra.

— Mas conseguimos — disse Tommy — pegar a srta. Mullins com a boca na botija.

— Hannibal teve uma atuação excelente! — elogiou Tuppence.

— Sim — reconheceu Tommy. — Foi ele quem nos contou, de modo enfático. Praticamente saltou em cima da moita. O olfato o alertou. Tem um olfato incrível.

— O meu olfato falhou — comentou Tuppence. — A srta. Mullins parecia a resposta para as minhas preces. Esqueci completamente que só devíamos contratar alguém indicado pelo sr.

Solomon. O sr. Crispin contou mais coisas a você? O nome verdadeiro dele não deve ser Crispin.

— Possivelmente não — disse Tommy.

— Ele veio aqui investigar? É muita gente fazendo a mesma coisa.

— Não exatamente investigar — disse Tommy. — Creio que ele foi enviado para cuidar da segurança. Para ficar de olho em você.

— Ficar de olho em mim — disse Tuppence — e em você também, eu diria. Onde ele está agora?

— Prendendo a srta. Mullins, calculo.

— É incrível como essas aventuras estimulam o apetite. Estou com uma fome danada. Com uma vontade incontrolável de comer siri quentinho com molho feito de creme e uma pitada de pó de curry.

— Pelo visto está boa de novo — afirmou Tommy. — É ótimo vê-la falando de comida desse jeito.

— Nunca estive doente — falou Tuppence. — Estive na alça da mira. É diferente.

— Sim. Hannibal disparou — falou Tommy — e nos alertou sobre um inimigo escondido na moita. Foi a srta. Mullins, vestida de homem, que se escondeu lá e atirou em você...

— Desconfiamos dela — falou Tuppence — e pensamos que ela tentaria outra vez. Fiquei presa à cama com meu ferimento, e fizemos nossos preparativos. Não é mesmo, Tommy?

— Sem dúvida — concordou Tommy. — Imaginei que ela ia ficar sabendo que um dos tiros tinha acertado de raspão e que você estava de cama.

— Então apareceu cheia de solicitude feminina — disse Tuppence.

— Nosso plano foi perfeito — disse Tommy. — Albert ficou em guarda permanente, observando cada passo que ela dava e tudo que ela fazia...

— E trazendo — completou Tuppence — uma bandeja com o café, sem esquecer a xícara adicional para a visitante.

— Viu a srta. Mullins (ou Dodo, como Crispin a chamava) colocar veneno em sua xícara?

— Não vi mesmo — admitiu Tuppence. — Ela fingiu que tropeçou no tapete, trombou naquela mesinha com o nosso belo vaso e se desmanchou em desculpas. Fiquei com a atenção voltada ao vaso quebrado, vendo se tinha jeito de colar. Por isso não percebi.

— Albert viu — disse Tommy. — Ficou espiando pela fresta da porta.

— E a ideia de prender Hannibal no banheiro foi genial, deixando a porta semitrancada. Hannibal é campeão em abrir portas maltrancadas. Ele pula como uma mola e aparece como um tigre no meio do quarto.

— Excelente descrição — falou Tommy.

— Agora suponho que o sr. Crispin, ou seja qual for o nome dele, termine as investigações. Mas tenho lá as minhas dúvidas. Como vai conseguir conectar a srta. Mullins com Mary Jordan? Ou com uma pessoa como Jonathan Kane, que existe apenas no passado?

— Só no passado, vírgula. Pode existir uma nova edição ou um renascimento. Não faltam novos amantes da violência a qualquer preço (a "sociedade da bandidagem feliz" ou coisa que o valha) nem fascistas nostálgicos dos dias maravilhosos de Hitler e sua trupe.

— Falando nisso, andei relendo *Conde Hannibal* — falou Tuppence. — Stanley Weyman. Um dos melhores livros dele. Estava lá no sótão, no meio dos livros de Alexander.

— O que tem isso?

— Fiquei pensando que hoje em dia as coisas ainda são daquele jeito. E sempre têm sido. Todas aquelas criancinhas indefesas que partiram para a Cruzada dos Inocentes, tão repletas de alegria, prazer e orgulho, pobrezinhas. Consideravam-se escolhidas pelo Senhor para libertar Jerusalém e achavam que os mares se abririam para elas como a Moisés. E hoje moças e rapazes bonitos vão a julgamento toda hora porque mataram a pauladas um velhinho que recém recebera a aposentadoria no banco. Sem falar no massacre de São Bartolomeu. Todas essas coisas *se repetem*. Há poucos dias comentou-se que os novos fascistas tinham tentáculos dentro de uma universidade dita respeitável. Sabe de uma coisa? Acho que no fim das contas ninguém vai nos contar nada. E pensa mesmo que o sr. Crispin vai descobrir um esconderijo que nunca ninguém descobriu? Cisternas. Muitas vezes os assaltantes de bancos escondem o produto do roubo em cisternas. Lugar meio úmido, para o meu gosto, para se esconder algo. Pensa que quando o sr. Crispin concluir as investigações (ou seja lá o que for que ele está fazendo) ele vai voltar aqui e continuar a cuidar da minha segurança... e da sua, Tommy?

— Não preciso dele para cuidar da minha segurança — disse Tommy.

— Não seja arrogante — retrucou Tuppence.

— Talvez ele apareça para se despedir — ponderou Tommy.

— Ah, sim. Afinal, ele é muito bem-educado, não é?

— Vai querer ter certeza de que está tudo bem com você.

— Foi só um ferimento de raspão, e já tenho médico, obrigada.

— O curioso é que ele entende mesmo de jardinagem — comentou Tommy. — Pude notar isso. Trabalhou para um amigo dele, que por acaso era o sr. Solomon, morto há alguns anos. Bom disfarce, esse detalhe, pois ele pode dizer que trabalhou para ele, e o pessoal sabe que isso é a mais pura verdade. Então passa uma aura de completa confiança.

— Sim, é preciso pensar em todos os detalhes — falou Tuppence.

A campainha da frente tocou, e Hannibal saiu da sala como um tigre em disparada, pronto para matar qualquer intruso que se arriscasse a invadir o recinto sagrado que ele protegia. Tommy voltou com um envelope na mão.

— Endereçado a nós dois — anunciou. — Posso abrir?

— Vá em frente — autorizou Tuppence.

Ele abriu o envelope.

— Bem — disse ele —, isso abre perspectivas para o futuro.

— O que é?

— É um convite do sr. Robinson. Para você e para mim. Para jantarmos com ele sem ser na semana que vem, na outra, quando então ele espera que você esteja plenamente recuperada e com vigor. Na casa de campo dele. Em algum lugar de Sussex.

— Será que ele vai nos revelar alguma coisa, então? — quis saber Tuppence.

— Talvez — supôs Tommy.

— Será que devo levar minha listinha comigo? — perguntou Tuppence. — Sei de cor e salteado a essas alturas.

Correu os olhos pela lista.

— Flecha negra, Alexander Parkinson, Oxford e Cambridge, Grin-hen-lo, kk, estômago de Matilde, Caim e Abel, Truelove...

— Chega — pediu Tommy. — Parece maluquice.

— Não deixa de ser. Quem mais vai comparecer ao jantar na casa do sr. Robinson?

— Possivelmente o coronel Pikeaway.

— Nesse caso — comentou Tuppence —, é melhor eu não esquecer da pastilha contra tosse, não é mesmo? Estou curiosa para conhecer o sr. Robinson. Não acredito que ele seja tão gordo e amarelo como você o descreve... Ah!... Mas, Tommy, não é daqui a duas semanas que Débora vai trazer as crianças para passar o fim de semana?

— Não — retrucou Tommy. — Elas vêm no *próximo* fim de semana.

—Ainda bem. Então não tem problema — disse Tuppence.

16

OS PASSARINHOS MIGRAM PARA O SUL

— São eles?

Tuppence apareceu na porta e perscrutou a curva do caminho, ansiosa pela chegada de Débora com os três filhos.

Albert surgiu pela porta lateral.

— Ainda não. Era da mercearia. A senhora não vai acreditar. O preço dos ovos subiu *de novo*. Nunca mais voto nesse governo, *eu* é que não. Na próxima eleição eu voto nos liberais.

— Quer que eu passe na cozinha para dar uma olhada no purê de ruibarbo com morango ao creme?

— Já providenciei tudo. Já observei muito a senhora fazer e aprendi direitinho.

— Nesse ritmo vai se tornar um chef *cordon bleu*, Albert — elogiou Tuppence. — É o doce predileto de Janet.

— E preparei também torta de melaço... Andrew adora.

— Tudo arrumadinho nos quartos?

— Sim. A sra. Shacklebury veio hoje de manhã cedinho. Eu coloquei o sabonete de sândalo Guerlain no banheiro da dona Débora. Sei que é o preferido dela.

Tuppence soltou um suspiro de alívio ao saber que tudo estava preparado para a chegada dos familiares.

Escutou-se o som da buzina de um carro; pouco depois, o veículo apareceu, subindo o caminho com Tommy na direção. No instante seguinte, os hóspedes apearam no pórtico — a filha, Débora, ainda bonita aos 39 anos, Andrew, 15, Janet, 11, e Rosalie, 7.

— Oi, vó! — gritou Andrew.

— Cadê o Hannibal? — perguntou Janet sem demora.

— Estou com fome — choramingou Rosalie.

Trocaram saudações, e Albert encarregou-se de desembarcar todas as mascotes da família, incluindo um papagaio australiano, um aquário com peixes dourados e um hamster numa gaiola.

— Parabéns pela casa nova — falou Débora, abraçando a mãe. — Muito aconchegante.

— Podemos dar uma volta no jardim? — perguntou Janet.

— Depois do chá — falou Tommy.

— Estou com fome — reiterou Rosalie, com uma expressão que significava: não vamos colocar o carro na frente dos bois.

Passaram à sala de jantar, onde o chá foi servido e consumido com satisfação geral.

— Quer me explicar tudo isso que me contaram, mãe? — intimou Débora, encerrada a refeição. As duas estavam na varanda, admirando as crianças correndo e explorando os prazeres do jardim ao lado de Thomas e Hannibal, que não perdeu tempo para sair e participar das brincadeiras.

Débora, que sempre adotara uma linha severa com a mãe (que, em seu ponto de vista, carecia de meticulosa proteção), enfatizou:

— Mãe, o *quê* andou aprontando?

— Ah. Agora já conseguimos resolver tudo de modo satisfatório — falou Tuppence.

A afirmação não convenceu Débora.

— Andou aprontando, não é? Não é verdade, pai?

Tommy aproximou-se com Rosalie em cima dos ombros, enquanto Janet fazia o reconhecimento do novo território e Andrew perscrutava o ambiente de modo avaliador. Débora insistiu:

— Sei que tem aprontado. Brincando de sra. Blenkensop outra vez. O problema é que não tem como segurar a senhora... M ou N... Tudo aquilo de novo. Derek ouviu falar e me escreveu contando. — Ela meneou a cabeça ao mencionar o nome do irmão gêmeo.

— Derek... O que ele pensa que sabe? — questionou Tuppence.

— Derek sempre dá um jeito de ficar sabendo das coisas.

— E você também — Débora dirigiu-se ao pai. — Você também tem se metido em assuntos perigosos. Pensei que iam vir para cá, os dois, para se aquietarem, desfrutarem uma vida tranquila e companhia mútua.

— A ideia *era* essa — falou Tommy —, mas o Destino não quis assim.

— "Portal do Destino" — citou Tuppence. — "Caverna do Desastre, Fortaleza do Medo..."

— Flecker — disse Andrew, com erudição deliberada. Viciado em poesia, sonhava um dia tornar-se poeta. Completou a citação:

Damasco tem quatro portões imponentes (...)
Portal do Destino, Portão do Deserto (...)
Se for passar, ó caravana, não passe cantando.
Por acaso já ouviu

*No silêncio dos pássaros mortos, um pio
Ecoando?*

De repente, com inusitada cooperação, passarinhos desprenderam voo do telhado da casa e passaram por cima de suas cabeças.
— Que passarinhos são esses, vovó? — quis saber Janet.
— Andorinhas migrando para o sul — explicou Tuppence.
— Elas vão retornar algum dia?
— No próximo verão.
— E vão cruzar o Portal do destino! — exclamou Andrew com intensa alegria.
— Antigamente esta casa era chamada de Ninho das Andorinhas — falou Tuppence.
— Mas vocês vão continuar morando aqui? — indagou Débora. — O pai me disse numa carta que estavam procurando outra casa.
— Por quê? — perguntou Janet, a Rosa Dartle* da família.
— Eu gosto desta casa.
— Vou dar boas razões — disse Tommy, puxando uma folha de papel do bolso e lendo em voz alta:

A flecha negra
Alexander Parkinson
Oxford e Cambridge
Banquinhos de porcelana vitoriana
Grin-hen-lo

---

* Personagem de *David Copperfield*, de Charles Dickens. (N.T.)

KK
Barriga de Matilde
Caim e Abel
Valente Truelove

— Silêncio, Tommy... Essa lista é *minha* — reclamou Tuppence.
— Mas o que ela *quer dizer*? — indagou Jane, continuando com seu questionário.
— Parece a lista de pistas de uma história de detetives — diagnosticou Andrew, que nas ocasiões menos poéticas era aficionado desse gênero literário.
— É uma lista de pistas. E é a razão pela qual estamos procurando outra casa — explicou Tommy.
— Mas eu gosto desta — falou Janet. — É encantadora.
— É uma casa bonita — disse Rosalie. — Um biscoito de chocolate — acrescentou, lembrando o chá recém-consumido.
— Gostei dela — anunciou Andrew, com o ar superior de um czar russo.
— Por que não gosta dela, vovó? — perguntou Janet.
— Mas eu *gosto*! — exclamou Tuppence num entusiasmo inesperado e repentino. — Quero continuar morando aqui...
— Portal do Destino — falou Andrew. — Nome palpitante.
— Era chamada de Ninho das Andorinhas — contou Tuppence. — Podemos rebatizá-la assim...
— Todas essas pistas... — comentou Andrew. — Bem que vocês podiam fazer uma história com elas... Um livro...
— Tem nomes demais, é muito complicado — falou Débora. — Quem ia ler um livro desses?

— Você ficaria surpresa — falou Tommy — com o que o pessoal lê... e gosta!

Tommy e Tuppence se entreolharam.

— Posso comprar um galão de tinta amanhã? — perguntou Andrew. — Ou Albert pode me dar uma mãozinha para pintar o nome novo no portão.

— E daí as andorinhas vão saber que podem voltar no verão — disse Janet.

Ela relanceou o olhar para a mãe.

— Boa ideia, filha — incentivou Débora.

— *La Reine le veult** — falou Tommy, fazendo uma reverência para a filha, que sempre considerou prerrogativa sua dar o assentimento real na família.

---

* "A Rainha consente", em francês no original. (N.T.)

17
ÚLTIMAS PALAVRAS: JANTAR COM SR. ROBINSON

— Que refeição agradável — falou Tuppence, correndo os olhos pelo grupo reunido.

Eles haviam passado da mesa de jantar para a biblioteca, onde ocuparam os lugares ao redor da mesa de café.

O sr. Robinson, tão amarelo e ainda mais corpulento do que Tuppence imaginara, sorria atrás de uma bela jarra de café Jorge II. Perto dele, o sr. Crispin; ao que parecia agora respondendo pelo nome de Horsham. O coronel Pikeaway acomodou-se ao lado do sr. Beresford. Com certa indecisão, Tommy ofereceu um cigarro ao coronel.

O coronel Pikeaway, com expressão de surpresa, disse:

— *Nunca* fumo depois do *jantar*.

A srta. Collodon, que Tuppence considerara deveras preocupante, disse:

— É mesmo, coronel Pikeaway? *Muito* curioso.

Ela virou a cabeça em direção a Tuppence.

— Que cão bem-comportado a senhora tem, sra. Beresford!

Hannibal, deitado embaixo da mesa com a cabeça descansando sobre o pé de Tuppence, levantou os olhos de enganosa expressão angelical e abanou o rabo delicadamente.

— Pelo que eu ouvi falar, é um cachorro bem *bravo* — comentou o sr. Robinson, lançando um olhar divertido a Tuppence.

— O senhor precisava vê-lo em ação — falou o sr. Crispin, ou melhor, Horsham.

— Ele se comporta socialmente quando é convidado para jantar — explicou Tuppence. — Ele adora; sente-se realmente um cão de prestígio entrando na alta sociedade. — Voltou o rosto para o sr. Robinson. — Foi mesmo muita, mas *muita* gentileza da sua parte ter enviado um convite para ele e providenciado um prato de fígado. Ele adora fígado.

— Todos os cães adoram fígado — falou o sr. Robinson. — Pelo que fiquei sabendo — disse ele mirando Crispin-Horsham —, se eu fosse visitar a casa do sr. e da sra. Beresford, eu correria o risco de ser estraçalhado.

— Hannibal leva seus deveres muito a sério — falou o sr. Crispin. — Tem pedigree de cão de guarda e nunca se esquece disso.

— Você entende os sentimentos dele, é claro, sendo um agente de segurança — falou o sr. Robinson, com brilho de satisfação nos olhos. — A senhora e o seu marido fizeram um trabalho notável, sra. Beresford. Temos com a senhora uma dívida de gratidão. O coronel Pikeaway me contou que foi a *senhora* quem começou a investigar.

— Foi sem querer — falou Tuppence, constrangida. — Eu fiquei curiosa... Quis descobrir umas coisinhas...

— Sim, estou sabendo. E agora, naturalmente, a senhora está curiosa para saber a explicação de tudo isso?

Tuppence ficou ainda mais constrangida, e sua fala tornou-se um pouco incoerente.

— Ah... é claro... quero dizer... entendo que tudo isso é confidencial... tudo muito sigiloso... e que não podemos fazer perguntas... afinal o senhor não tem autorização para contar nada. Entendo isso perfeitamente.

— Quem quer fazer perguntas sou eu. Se a senhora me responder, vou ficar imensamente satisfeito.

Tuppence o encarou com olhos arregalados.

— Não consigo imaginar... — Ela se calou.

— A senhora tem uma lista... o seu marido me contou. Ele não me explicou bem de que a lista tratava. Com razão. Essa lista é *sua* propriedade secreta. Mas eu também sei o que é sentir curiosidade.

Outra vez Tuppence notou nos olhos do sr. Robinson um brilho de satisfação. De repente, se deu conta de que simpatizava bastante com ele.

Ficou calada por alguns instantes, então tossiu e remexeu dentro da bolsa.

— É uma tolice enorme, aliás — falou ela. — Mais que tolice: é ilusão.

O sr. Robinson respondeu de modo inesperado:

— "Ilusão, ilusão, tudo no mundo é *ilusão!*" Assim falou Hans Sachs, sentado à sombra da árvore em *Os mestres cantores*. Minha ópera favorita. Como ele estava certo!

Ele pegou a folha de papel ofício que ela lhe entregou.

— Leia em voz alta se quiser — falou Tuppence. — Não me importo mesmo.

O sr. Robinson passou os olhos na lista e então a entregou a Crispin.

— Angus, você tem melhor dicção do que eu.

O sr. Crispin pegou a folha. Em voz de tenor, leu em alto e bom tom:

Flecha negra
Alexander Parkinson
Mary Jordan não morreu de morte natural
Oxford e Cambridge bancos de porcelana vitoriana
Grin-Hen-Lo
KK
Estômago de Matilde
Caim e Abel
Truelove

Ele fez silêncio e mirou o anfitrião, que se virou para Tuppence.
— Minha cara — falou o sr. Robinson. — Permita-me lhe dar meus parabéns. A senhora tem um cérebro privilegiado. Partir dessa lista de pistas e chegar até as descobertas finais é algo digno de nota.
— Tommy também ajudou bastante — falou Tuppence.
— Influenciado por você — disse Tommy.
— Ele fez uma pesquisa primorosa — falou o coronel Pikeaway em tom de elogio.
— A data do censo forneceu uma indicação precisa.
— Vocês formam uma dupla talentosa — disse o sr. Robinson. Fitou Tuppence outra vez e sorriu. — Obrigado por não demonstrar nenhuma curiosidade indiscreta, mas não quer mesmo saber a explicação disso tudo?
— Ah! — exclamou Tuppence. — Vai mesmo nos contar? Que coisa maravilhosa!

— Parte da história começa, como a senhora suspeitava, com os Parkinson — falou o sr. Robinson. — Ou seja, no passado remoto. A minha bisavó era da família Parkinson. Ela foi a fonte de algumas informações...

"Mary Jordan trabalhava para nós. Tinha ligação com a Marinha... A mãe dela era austríaca, por isso Mary falava alemão com fluência.

"Como a senhora talvez saiba e como o seu marido certamente já sabe, em breve certos documentos serão publicados.

"A tendência atual do pensamento político é que o sigilo, necessário em certas épocas, não deve ser preservado por tempo indefinido. Os dados e registros devem vir a público como parte cabal da história pregressa de nossa nação.

"Três ou quatro volumes devem ser publicados nos próximos anos, autenticados por provas documentais.

"O que aconteceu na vizinhança do Ninho das Andorinhas, na época, o nome da casa onde vocês moram hoje, com certeza vai ser incluído. Houve vazamento de informação... como sempre acontece em época de guerra ou antes do início de um conflito. Políticos com prestígio, tidos em alta conta, e jornalistas famosos utilizavam sua poderosa influência de modo imprudente. Mesmo antes da Primeira Guerra Mundial alguns conspiravam contra o próprio país. Depois daquela guerra, surgiu uma leva de jovens recém-graduados nas universidades, esquerdistas fervorosos, com frequência membros ativos do Partido Comunista, sem que ninguém tomasse conhecimento do fato. Mais perigoso que isso, o fascismo flertava com Hitler, que se dizia amante da paz e prometia um fim rápido à guerra. Havia uma ação constante nos bastidores. Já aconteceu antes na História. Sem dúvida, sempre vai acontecer: uma quinta-coluna ativa e perigosa, dirigida por aqueles que acreditavam nela... e também por aqueles que desejavam vantagens financeiras, que visavam, no futuro, à tomada do poder. Renderá trechos de leitura absorvente. Com que frequência a mesma frase foi enunciada com toda a boa-fé: 'Quem? O velho B., traidor? Tolice! Seria a última pessoa na face da Terra a nos trair! Era confiável até o tutano dos ossos! O velho truque da confiança plena. A velha história de sempre. Não muda nunca. No mundo comercial, nas repartições públicas, na vida política, sempre há um sujeito carismático, de aparência honesta, que desperta simpatia e confiança. Parece estar acima de qualquer suspeita, alguém com pendor para vender gato por lebre. A cidadezinha onde a senhora mora hoje, sra. Beresford, tornou-se o quartel-general de um certo grupo pouco antes da Primeira Guerra Mundial. Só mais uma simpática aldeia do Velho Mundo... um povo tão bom sempre vivera ali... todos patriotas, atuando em várias funções do trabalho de guerra. Um porto seguro... um jovem e bonito comandante... de boa família, o pai era almirante. Um bom médico conhecido no local... muito admirado por todos os pacientes... que o usavam como confidente. Um simples clínico geral. Ninguém suspeitava de que ele era treinado em guerra química, em gases venenosos. "Mais tarde, antes da Segunda Guerra Mundial, o sr. Kane (com к), adepto de crenças políticas particulares, morou num bonito chalé com telhado de sapê. Não era fascista. De modo algum! afirmava ser um pacifista, um credo que ganhava seguidores com rapidez no continente e em inúmeros países mundo afora. Nada disso é o que a senhora realmente deseja saber, sra. Beresford, mas a senhora precisa primeiro compreender o cenário, construído com muito cuidado. Foi nesse contexto que Mary Jordan foi enviada para descobrir, se pudesse, o que estava acontecendo. Ela é de uma geração anterior à minha, mas não há como deixar de admirar o trabalho feito por ela em prol da nação... Oxalá a tivesse conhecido. Uma coisa é certa: caráter e personalidade não lhe faltavam. Mary era o prenome verdadeiro, mas era mais conhecida pelo apelido, Molly. Ela fez um bom trabalho. Foi uma tragédia a sua morte prematura.

Tuppence não despregava os olhos de um retrato na parede que, por alguma razão, lhe parecia familiar. O rosto de um menino.

— Aquele é...

— Sim — confirmou o sr. Robinson. — O menino Alexander Parkinson, quando tinha onze anos. Nessa época, Molly foi trabalhar na casa dos Parkinson, numa posição segura para vigiar sem chamar a atenção. Não era possível imaginar... — ele engoliu em seco — o que estava para acontecer.

— Não foi um Parkinson? — indagou Tuppence.

— Não, minha cara. Até onde eu sei, os Parkinson não estavam envolvidos de modo algum. Mas outras pessoas, hóspedes e amigos, dormiram na casa naquela noite. Foi seu marido Thomas quem descobriu que na ocasião aconteceu um recenseamento. O nome de qualquer pessoa que dormiria naquela casa precisava ser comunicado, além dos moradores de sempre. Um daqueles nomes tinha uma conexão relevante. A filha do médico do qual falei há pouco foi visitar o pai, como sempre fazia, e pediu hospedagem aos Parkinson naquela noite, com dois amigos que ela trouxera. Os amigos eram pessoas de bem, porém mais tarde descobriu-se que o pai dela estava envolvido até o pescoço em tudo de podre que acontecia naquele lugar. Ao que parece, ela se oferecera para ajudar os Parkinson no jardim algumas semanas antes e plantara espinafre perto das dedaleiras. E foi ela quem levou a mistura de folhas para a cozinha no dia fatídico. A intoxicação dos comensais foi considerada um desses malfadados equívocos que acontecem de vez em quando. O médico explicou que já conhecera caso semelhante. A prova apresentada no inquérito resultou em veredito de fatalidade. O fato de que um copo de coquetel havia sido quebrado por acidente naquela mesma noite não chamou a atenção de ninguém. Talvez, sra. Beresford, seja de seu interesse saber que a história poderia ter se repetido. A senhora sofreu um atentado a tiros de alguém escondido na moita de capim-dos-pampas, e, mais tarde, a mulher que se autodenominava srta. Mullins tentou envenenar a sua xícara de café. Pelas informações de que dispomos, na verdade ela é neta ou sobrinha-neta do médico criminoso original. Antes da Segunda Guerra Mundial, ela foi pupila de Jonathan Kane. Por isso Crispin a reconheceu, é claro. E o seu cão definitivamente não gostou dela e agiu com energia. Hoje sabemos: foi ela quem deu o golpe na cabeça do velho Isaac e o matou. Agora temos que nos deter numa personalidade ainda mais sinistra: o médico bonachão e gentil, idolatrado por todos na cidade. As provas que temos indicam que ele foi o responsável pela morte de Mary Jordan. Na época, ninguém teria acreditado nisso. Ele tinha amplos interesses científicos, conhecimento especializado em venenos e um trabalho pioneiro na área de bacteriologia. Foram precisos sessenta anos para isso vir à tona. Só Alexander Parkinson, na época um colegial, começou a suspeitar.

— "Mary Jordan não morreu de morte natural" — citou Tuppence docemente. — "Foi um de nós." Foi o médico que descobriu o que Mary estava fazendo?

— Não. O médico não tinha suspeitado de nada. Mas alguém tinha. Até aquele momento a missão dela era plenamente bem-sucedida. O comandante da Marinha trabalhara com ela conforme planejado. As informações que Mary lhe entregava eram autênticas, e ele não percebeu que era apenas material sem importância... mascarado para parecer importante. Supostos planos e segredos navais que ele lhe passava eram entregues em Londres, nos dias de folga dela, obedecendo com eficiência às instruções de quando e onde. O jardim da rainha Maria no Regent's Park era um desses pontos... E a estátua de Peter Pan nos Kensington Gardens era outro. Ficamos sabendo muita coisa desses encontros e dos funcionários de segundo escalão das embaixadas envolvidas. Mas isso tudo ficou no passado remoto, sra. Beresford.

O coronel Pikeaway tossiu e de repente tomou a palavra:

— Mas a história se repete, sra. Beresford. Todo mundo aprende isso mais cedo ou mais tarde. Uma célula formou-se recentemente em Hollowquay. Pessoas que sabiam de tudo armaram o circo de novo. Talvez por isso a srta. Mullins tenha voltado. Certos esconderijos foram novamente utilizados. Reuniões secretas eram feitas. Outra vez, o dinheiro tornou-se primordial... De onde vinha, para onde ia... O nosso sr. Robinson aqui foi acionado. E então nosso velho amigo Beresford apareceu e começou a me fornecer informações muito úteis, que se encaixavam com o que já suspeitávamos. O cenário futuro sendo armado com antecedência, para ser controlado e governado por um vulto político desse país. Vulto de reputação e, a cada dia, com mais adeptos e seguidores. O truque da confiança outra vez em ação. Homem íntegro... Amante da paz. Nada de fascismo...

Não! Só impressão. Paz para todos... e recompensa financeira para quem colaborava.

— Então o processo continua? — arregalou os olhos Tuppence.

— Agora sabemos mais ou menos tudo que queremos e precisamos saber. Em parte graças à contribuição de vocês dois. A cirurgia no cavalo de balanço foi especialmente informativa...

— Matilde! — exclamou Tuppence. — Fico contente! Mal posso acreditar. A barriga de Matilde!

— Que seres maravilhosos, os cavalos! — exclamou o coronel Pikeaway. — E imprevisíveis. Desde os tempos do cavalo de Troia.

— Até mesmo o Truelove ajudou, espero — acrescentou Tuppence. — Mas, então, se a coisa ainda continua... Com crianças por perto...

— Não continua — falou o sr. Crispin. — Não precisa se preocupar. Aquele canto da Inglaterra está expurgado... E o vespeiro, eliminado. Adequado à vida privada outra vez. Temos razões para acreditar que transferiram a base de operações para as redondezas de Bury St. Edmunds. E vamos cuidar da segurança de vocês, então, não há motivo para se preocupar.

Tuppence soltou um suspiro de alívio.

— Obrigada por me contar. Sabe, minha filha Débora nos visita de vez em quando e traz os três filhos...

— Não precisa se preocupar — garantiu o sr. Robinson. — Por sinal, depois do caso M ou N, vocês não adotaram a criança envolvida na história... aquela dos livros de cantigas de ninar como "Gansinho, tolinho"?

— Betty? — perguntou Tuppence. — Sim. Ela se destacou na universidade e partiu para a África para fazer pesquisa antropo lógica... ver como o povo vive e esse tipo de coisa. Uma porção de jovens dá importância a isso. Ela é um anjo... e irradia felicidade.

O sr. Robinson pigarreou e levantou-se.

— Quero propor um brinde. Para o sr. e a sra. Beresford, em reconhecimento ao serviço prestado à nação!

O brinde foi erguido com entusiasmo.

— E, se me permitem, vou propor outro brinde — anunciou o sr. Robinson. — Para Hannibal!

— Que tal, Hannibal? — falou Tuppence, acariciando a cabeça do cãozinho. — Um brinde a sua saúde! Algo quase tão honroso quanto ser nomeado cavaleiro ou receber uma condecoração. Por sinal, há poucos dias, li *Conde Hannibal*, de Stanley Weyman.

— Li quando menino — disse o sr. Robinson. — "Quem toca meu irmão, toca Tavanne", se bem me recordo. Pikeaway, o que você acha? Hannibal, eu posso cingir o seu ombro?

Hannibal deu um passo na direção do sr. Robinson, recebeu um tapinha na espádua e abanou a cauda alegremente.

— Elevo Hannibal a conde deste reino.

— Conde Hannibal! Não é encantador? — disse Tuppence. — É de encher o peito de orgulho!

ESTE LIVRO, COMPOSTO NA FONTE FAIRFIELD,
FOI IMPRESSO NO PAPEL POLEN SOFT 70G/M² NA ALTER GRAFIKA.
RIO DE JANEIRO, AGOSTO DE 2019.